Les cahiers oubliés

Jean-Luc Christol

Les cahiers oubliés

ROMAN

Ce roman se veut une œuvre de fiction. Hormis l'évocation de Pitt et Yvès Krüger, les noms, les personnages, les lieux et les événements ne renferment aucune vérité et ne représentent que le fruit de l'imagination de l'auteur. Ainsi, toute ressemblance avec des individus réels, vivants ou ayant existé, avec des établissements d'affaires ou privés n'apparaîtrait que comme une pure coïncidence.

Crédit photo APA Poux

Dépôt légal : Février 2022

ISBN : 9 798 468 121 115

Nos larmes sont utiles.
Elles nous révèlent le bon chemin…

PROLOGUE

Depuis quelques jours, la tramontane mordait de ses griffes acérées les contreforts du Conflent. Sans vergogne, la tourmente glaçait la terre, s'engouffrait dans les vallons, déchirait la plus petite pousse d'herbe et figeait les hommes qui osaient s'aventurer à l'extérieur.

En ce matin du 14 février 2008, les bourrasques balayaient la cime des cyprès qui, alignés contre le mur de l'église de Valmanya, se courbaient en s'abandonnant à la puissance du souffle impétueux. Le prêtre qui officiait, tenait d'une main son pâtisson. Il s'avança vers le cercueil posé sur des tréteaux branlants et se tourna vers l'assemblée en déclarant :

– Mes sœurs, mes frères, nous allons maintenant accompagner Inés en sa dernière demeure. Ceux qui le souhaitent peuvent s'approcher afin de lui rendre un ultime hommage. Maria Rubio restait légèrement à l'écart, épaulée par son mari. Derrière ses lunettes noires, qui cachaient ses yeux embués, elle regardait, surprise, défiler tous ces gens venus en nombre bénir le catafalque.

En songeant à toutes ces personnes qui avaient courageusement bravé les frimas de l'hiver afin de lui témoigner leur soutien, son émotion redoubla. Mais au fond, elle ne s'en étonnait pas, car elle connaissait la plupart des participants et l'attachement que ceux-ci, aujourd'hui, lui manifestaient.

La cérémonie se termina et l'assemblée s'éparpilla lentement. Le maire et le curé s'avancèrent afin de la saluer, une dernière fois. Maria et son mari regagnèrent leur voiture et s'engagèrent sur la route qui menait vers la plaine. Un étau enserrait si fort leur poitrine que ni l'un ni l'autre ne ressentait l'envie de parler. Les virages s'enchaînaient semblables et monotones. La végétation environnante malmenée par les éléments n'offrait aucun attrait.

Maria se détendit un peu. Les jours précédant l'enterrement, elle avait redouté cette épreuve et à présent, en son for intérieur, elle se sentait soulagée. Au cours de la célébration, elle avait tenu à se montrer digne, se demandant si elle était parvenue à se hisser à la hauteur de l'honorabilité de sa mère. Elle en doutait. Dans son allocution, l'édile du village, entouré de deux anciens combattants FFI, avait loué avec force la modestie et le courage d'Inés Fàbregas.

« Je veux ici saluer la bravoure de cette femme espagnole qui, à la fleur de l'âge et au mépris du danger, s'est engagée corps et âme dans la résistance française. Sauvagement torturée, elle a par chance survécu à son martyre... »

Ces mots résonnaient dans la tête de Maria, ils s'entrechoquaient et la blessaient. Elle aurait voulu crier, mais seules des larmes mouillèrent ses yeux.

Trois mois plus tard

– Allô !

– Monsieur Feixas ?

– Oui, qui est à l'appareil ?

– Vous êtes bien monsieur Feixas Joan ?

– Oui ! Qui est à l'appareil ? répéta-t-il méfiant.

– Je m'appelle Maria Rubio. J'espère que je ne vous dérange pas !

– ...

– Voilà... Nous nous connaissons pas mais je... Je souhaiterais vous rencontrer... C'est... C'est important !

– Je vous arrête tout de suite, madame, s'interposa Joan, si c'est pour me vendre quoi que ce soit, vous perdez votre temps et vous me faites perdre le mien !

– Non, non... Je suis désolée. Il ne s'agit pas de cela, monsieur ! Je comprends que cette requête vous étonne, mais ma démarche est sincère, croyez-moi !

– De quoi s'agit-il alors ?

– C'est... à propos de votre mère !

Joan resta un moment interloqué.

— Ma mère ? Vous vous foutez de moi ? Ma mère est morte il y a bien longtemps ! Qu'est-ce que c'est que ces histoires ? s'emporta-t-il.

— Ne vous fâchez pas, monsieur Feixas ! Je suis sérieuse et honnête. Je souhaite simplement m'entretenir avec vous.

Joan douta un instant, mais la voix paraissait animée de sincérité. Toutefois, il resta sur ses gardes.

— Je… Je ne comprends pas !

Au bout du fil, la voix se fit plus convaincante :

— Je pense que le mieux serait que nous nous rencontrions, monsieur Feixas, vous verrez alors que je ne vous mens pas.

Quelques jours plus tard, Joan pénétra dans le café de la Rotonde, à Perpignan. D'emblée, il reconnut la femme qui l'attendait, assise sur une banquette de cuir rouge. Elle correspondait parfaitement à la description qu'elle avait dressée d'elle-même. Elle se tenait droite sur son siège. Ses cheveux grisonnants entouraient son visage fin et encore empreint d'une certaine séduction.

Joan estima qu'elle devait avoir le même âge que lui. Elle portait un pull-over écru à col roulé. Le manteau qu'elle avait posé à côté d'elle paraissait de bonne coupe. Il se dirigea vers elle. Lorsqu'elle l'aperçut, elle se leva pour l'accueillir.

— Bonjour, monsieur Feixas. Merci encore d'avoir accepté cette rencontre.

Joan se plaça en face d'elle. La serveuse s'approcha. Il commanda un café, puis il planta ses yeux dans ceux de Maria. Il n'y découvrit aucun signe d'hypocrisie.

Les propos tenus par cette femme, lors de leur communication téléphonique, avaient tout d'abord suscité sa curiosité puis, petit à petit, un flot de questions s'était immiscé dans son esprit. Maintenant, elle allait devoir répondre à toutes ses interrogations et surtout, ne rien laisser en suspens. Il ne le tolérerait pas…

Mais Maria ne parla d'emblée. Elle le dévisagea. Elle remarqua qu'il affichait un visage fermé et suspicieux, qu'il paraissait mal à l'aise. Pourtant, elle ne s'inquiéta pas de ce comportement qu'elle acceptait. Elle comprenait parfaitement le cas de conscience de cet homme qui, il y a quelques jours encore, vivait en toute quiétude, dans sa bulle, loin de se douter de ce qui l'attendait, de ce qu'elle allait maintenant lui dévoiler.

De son côté, elle avait vécu les mêmes doutes, la même émotion et elle avait longtemps hésité avant de contacter Joan. Mais, consciente qu'elle ne pouvait pas garder tout cela pour elle, elle avait dû s'y résoudre.

– Je vous écoute ! lança froidement Joan.

Elle s'attendait à cette réaction.

– Je comprends votre méfiance, monsieur Feixas, mais croyez-moi, cette démarche ne s'avère pas simple pour moi.

Joan se détendit et offrit une allure un peu plus conciliante.

Elle continua :

– Il y a trois mois, j'ai enterré ma mère... Et...

Ses mots se perdirent dans un sanglot, mais elle persista, malgré tout :

– Elle s'appelait Inés Fàbregas, elle avait quatre-vingt-neuf ans.

Elle s'arrêta et avala le reste du contenu de son verre. Circonspect, Joan la fixait intensément. Il ne discernait toujours pas les motivations de cette femme qui paraissait aussi troublée que lui.

Elle s'obstina :

– Elle est entrée en France en 1939, au moment de l'exode. Elle et sa grand-mère se sont retrouvées internées pendant plusieurs mois au camp d'Argelès-sur-Mer. C'est là qu'elle a connu votre mère.

Joan demeura perplexe.

Il connaissait cet épisode de la vie de sa mère. Il en attendait plus, beaucoup plus. Du dessous de son manteau, Maria Rubio extirpa une enveloppe de papier kraft qu'elle déposa sur la table.

Elle essuya ses larmes et formula :

– À l'intérieur, vous trouverez dix cahiers. Ce sont ceux que votre mère a écrits. Ils couvrent une période allant de 1939 à 1944. Ces cahiers, je les ai lus. Attentivement. Lisez-les à votre tour et vous comprendrez pourquoi j'ai tant insisté pour vous rencontrer !

Fébrilement, Joan avança une main vers le paquet. Maria le retint.

— Non ! Pas ici ! Cet endroit ne me paraît pas le plus approprié !

Elle le fixa.

— Je vous dois la vérité, monsieur Feixas ! La société tout entière vous doit la vérité. Dès que vous aurez pris connaissance de ces documents, contactez-moi. À ce moment-là, vous pourrez, en toute conscience, me poser toutes les questions que vous voudrez. Je pense pouvoir y répondre. À bientôt, monsieur Feixas.

Elle se leva et s'habilla.

Il tenta de la retenir, mais elle quitta rapidement le bar. Désemparé, il s'empara de l'enveloppe et à son tour, il sortit.

Quand il remisa son véhicule devant son garage, il aperçut Clémence, sa femme, qui l'attendait sur le pas de la porte. Sans un mot, il entra et alla directement s'asseoir sur le canapé du salon. Il posa le pli sur la table basse. Clémence, qui l'observait, devina son embarras. Elle lui apporta un verre d'eau et se cala près de lui. D'un trait, il lui révéla son entrevue avec Maria Rubio.

Elle demeura tout d'abord muette, puis elle demanda :

— Tout cela te paraît sérieux ?

— Je ne sais pas ! souffla Joan. Je ne sais vraiment pas.

Afin d'analyser le déroulement de son entretien avec cette femme, il ferma les yeux. Il l'avait observée et il n'avait décelé, dans ses propos ou dans son attitude, aucune mauvaise foi, pas la moindre simulation. Il décida de lui accorder sa confiance.

Mais bien vite, d'autres questions, bien plus préoccupantes, vinrent le tarauder, le harceler : qu'allait-il découvrir, à la lecture de ces cahiers ? De quelle vérité parlait Maria Rubio ? Et ses cousins, sa grand-mère, qui l'avaient élevé et chéri durant toute sa jeunesse, avaient-ils pu lui cacher certaines réalités ?

Un souvenir douloureux lui revint à l'esprit : lorsqu'il était enfant, aucun membre de sa famille n'évoquait devant lui la mémoire ou le nom de sa mère. Bien sûr, il avait à plusieurs reprises posé des questions et, chaque fois, il avait reçu les mêmes réponses : « Ta maman était quelqu'un de bien. Elle était dans la résistance française. Elle a été arrêtée et déportée dans un camp, en Allemagne. Elle n'est jamais revenue ».

Voilà les mots qu'il détenait.

Au cours des années, il se les était appropriés. Il n'avait jamais osé en demander plus, et jusqu'à aujourd'hui, il s'était contenté de ces explications… Mais à présent, il soupçonnait des non-dits, et cela le contrariait. Après tout ce temps, qu'allait-il découvrir, au travers de ces cahiers ? Une version différente ? S'acheminait-il vers la révélation d'un lourd secret, d'un pan caché de la vie de sa mère ?

Avec un pincement au cœur, il estima qu'il avait là matière à se poser des questions. Il rangea le pli dans un casier de son bureau. À cet instant, il ne ressentait aucune envie de se plonger dans la lecture de ces cahiers tant son désarroi l'oppressait.

Joan renoua, tant bien que mal, avec ses activités, avec le cours de sa vie. Il s'efforçait d'oublier l'enveloppe, mais, implacables, ses pensées le guidaient vers le contenu du meuble.

À la fin du troisième jour, il ne résista plus. Il ouvrit le tiroir…

PREMIER CAHIER

Début février 1939, Porte-bouquet — frontière entre l'Espagne et la France

« Écris pour transmettre au monde la mémoire de nos jours, de nos existences et de nos douleurs ».

Sur l'instant, je n'avais pas perçu toute la portée de ces mots, je ne le pouvais pas… Je n'avais certainement pas le cœur encore assez grand pour cela. Aujourd'hui, pour que personne n'oublie, j'entreprends la rédaction de ce premier cahier afin de rendre hommage à tous ceux qui comme moi ont souffert lors de la « Retirada » et qui se sont retrouvés dans ces camps, sur ces plages du Roussillon.

LA RETIRADA

Le soleil, au zénith, réchauffait les corps et les âmes qui s'agglutinaient sur cette route. En endossant ma besace, je remarquai que celle-ci blessait un peu moins mes épaules. Les réserves que nous avions emportées lors de notre départ s'amenuisaient à vue d'œil et pesaient de moins en moins lourd dans mon sac à dos. Ma mère, Isabel, enfila le sien sans broncher et attrapa la main d'Anna qui, trop fatiguée, échappait au port du barda.

Nous avons quitté la placette où nous nous étions arrêtées pour avaler notre modeste repas ; un quignon de pain rassis et un morceau de fromage déjà bien avancé. De cet emplacement, j'avais pu profiter, pour un temps, d'un point de vue imprenable sur la baie bordée de ses falaises déchiquetées.

Afin de ne pas perturber le flot de la marée humaine, compacte et incessante qui s'écoulait devant nous, nous avons attendu l'instant propice pour nous y insérer et nous mélanger aux autres, à cette horde disparate qui cheminait inexorablement vers la France, terre de liberté et de sécurité…

Après avoir dépassé les dernières maisons du bourg, je levai les yeux. Au-dessus de moi, j'aperçus ce long ruban noir, cette procession mouvante qui s'étirait et serpentait en lacets sur les coteaux dominant la Méditerranée.

Combien, comme nous, marchaient sur cette route ? Des milliers ? Des dizaines de milliers ? Impossible de le dire.

Nous zigzaguions silencieusement entre les véhicules de toutes sortes, arrêtés sur le bord ou au milieu de la voie. Mon émotion redoubla à la vue de tous ces camions, de ces voitures, de ces charrettes, de tous ces engins qui hier encore pouvaient rouler et servir. Abandonnés, ils s'éparpillaient maintenant, dans un désordre indescriptible et ne présentaient plus aucun intérêt.

Ils gisaient là tels des carcasses dérisoires et inutiles. Des valises éventrées, des caisses, des musettes, des cabas, des paniers, des immondices de toutes sortes, jonchaient le sol. Des chiens faméliques nous suivaient. Certains les chassaient d'un coup de pied. D'autres, plus attentionnés, leur lançaient un morceau de pain. Beaucoup portaient sur leurs épaules des baluchons, certains traînaient sur de petits chariots des malles ou des paquets fermés par des ficelles, ou encore des meubles, des matelas… Des enfants s'agrippaient à la main de leurs parents. Leurs regards paraissaient éteints.

L'odeur qui flottait dans l'air me soulevait le cœur. À la vue de cet amoncellement de détritus, je me demandai si notre cohorte, à l'approche de la délivrance, ne s'était pas débarrassée, petit à petit, de tous ses objets encombrants. Dégoûtée par cette négligence, je continuai ma progression. Le dénivelé accablait nos jambes affaiblies et pour reprendre notre souffle, nous devions, en cours d'ascension, nous arrêter souvent. Ma mère nous encourageait :

— Allez, allez ! Ce n'est plus très loin ! Ce col là-haut, c'est la frontière et de l'autre côté, c'est la France, et ça descend !

Ses paroles m'avaient réconfortée, car en me remémorant le chemin que nous avions parcouru depuis notre départ, trois jours plus tôt, j'entrevoyais, j'espérais la fin prochaine de nos interminables souffrances.

Trois jours déjà…

Ce matin-là, vers huit heures trente, l'autocar, qui s'était arrêté dans notre village de Banyoles, avait repris sa route en direction de Figueres. Toutes les trois, nous nous étions entassées sur deux sièges étroits et durs.

Nos bagages, empilés sur nos genoux, nous avaient torturées à chaque soubresaut. Dans l'allée principale, de nombreuses personnes se tenaient debout, écrasées les unes contre les autres. Mon père, qui nous avait accompagnées depuis la maison jusqu'à l'aire de stationnement, n'avait cessé, durant tout le trajet, de rabâcher ses ultimes consignes :

– Quand vous arriverez à Figueres, prenez le train en direction de la France pour rejoindre Perpignan. À la sortie de la gare, mon cousin Claudi viendra vous chercher. Je lui ai envoyé un courrier. Il vous attendra. Moi, je vous retrouverai dès que possible. Aussitôt que j'aurai tout réglé ici !

Ces paroles m'avaient plongée dans le souvenir de mes grands-parents. Tous les deux voyageaient, à présent, dans leur « Nouveau Monde », et je m'étais réjouie en pensant qu'ils n'avaient pas à endurer une telle humiliation. Mon grand-père et ma grand-mère, je ne les avais pas connus. Ils s'étaient « effacés » bien avant ma naissance. L'unique lien, les seules racines qui les rattachaient à moi, c'était leurs doux visages qui souriaient sur des photographies jaunies que ma mère gardait accrochées aux murs du salon.

Depuis ma plus tendre enfance, j'avais vécu avec ce manque, privée de ces références, de cet épanouissement.

Ce sentiment de vide, je l'avais toujours ressenti comme une honte. Mes amis, mes camarades de classe, tous les autres, jouissaient inconsciemment, de ce bonheur, celui de se voir chéris par des grands-parents aimants. Moi, pas…

Les jours précédant notre départ, j'avais assisté, le cœur blessé, aux préparatifs de la fuite de nos voisins.

Comme nous, ils allaient bientôt déserter notre village. Le moment des adieux sur le quai s'était éternisé et il m'avait laissé un goût amer dans la gorge, surtout quand j'avais remarqué que ma mère et Anna pleuraient. Je n'avais pas sangloté, car depuis quelque temps, je m'étais volontairement enfermée dans un mutisme infini.

Cette décision de quitter le pays, je ne l'avais pas comprise, je ne l'avais pas admise. Pourquoi partir ? Pourquoi se plier à ces règles édictées par qui, d'ailleurs ? Pourquoi accepter cette retraite et l'abandon de notre demeure, de notre commune, de mon chien Pigo ? Je n'avais pas trouvé de réponses à ces questions.

L'autocar avait longé le lac, mon merveilleux lac bleu… À ce moment-là, j'avais espéré qu'un jour je pourrais revenir sur ses rives, chez moi… Pourtant, tout au fond de mon cœur, un sentiment étrange s'était installé. L'intuition que je ne reverrais jamais ma patrie…

L'arrivée à Figueres s'était avérée bien plus chaotique que je ne l'avais imaginée.

Les avenues, les rues, les places débordaient d'une multitude qui bruissait dans un brouillard pesant et malodorant. Une véritable fourmilière humaine s'avançait, désordonnée, désabusée… Mais pour aller où ? Je m'étais interrogée, puis j'avais fini par comprendre que tous ces gens marchaient dans la même direction que nous, vers la gare ferroviaire… Cette station, nous n'avions pu l'atteindre tant ses accès se trouvaient bloqués par les masses qui s'y agglutinaient. Harassées, nous nous étions assises parmi les autres, à même le sol, au milieu d'un boulevard, une grande artère de la ville, une voie bordée d'immeubles gris et froids. La nuit nous avait rapidement enveloppées, nous livrant à une immense détresse.

Autour de nous, nul ne semblait vouloir bouger. D'ailleurs, compte tenu du nombre de personnes présentes sur cette avenue, cela aurait relevé d'un exploit quasiment impossible. Non loin de nous, une dame âgée s'était levée. Visiblement désorientée, hagarde, elle avait commencé à invectiver les individus les plus proches d'elle. La plupart des mots qu'elle avait prononcés m'étaient parvenus d'une manière inintelligible, mais j'avais quand même compris. Elle avait décrit comment des soldats avaient pillé son village, massacré les hommes, mutilé les enfants, violé les femmes, « Et même les plus âgées », avait-elle ajouté. Puis, les bras en croix, pantelante, elle s'était jetée sur le sol froid.

Ces paroles, qui m'avaient transpercé le cœur, s'étaient étouffées dans un cri que l'obscurité avait escamoté.

Le bouche-à-oreille, qui nous arrivait de-ci de-là, nous avait laissé croire que dès le lendemain, des trains, en partance vers la France, pourraient nous emmener.

Je m'étais interrogée sur le nombre de convois nécessaires pour transporter toute cette population et là non plus, je n'avais pas trouvé la réponse…

D'autres rumeurs s'étaient propagées. Ici, on annonçait une distribution de lait pour les femmes et les enfants. Là, une livraison de pain. Beaucoup avaient attendu. En vain...

Le torrent humain n'avait plus avancé. Nous avions déballé les couvertures que, fort heureusement, ma mère avait entassées au fond de nos bagages. Sur le moment, je m'en étais étonnée auprès d'elle.

En personne avertie, elle avait répliqué :

— On ne sait jamais ! Par les temps qui courent, nous devons rester prudentes !

Et le temps, justement... il ne s'était pas montré clément, cette nuit-là, envers les hommes. La pluie s'était alliée au froid pour nous glacer les os.

Par bonheur, elle n'avait pas duré, mais suffisamment, malgré tout, pour bien mouiller nos vêtements. En tremblant, nous avions mangé. Depuis le matin, l'appétit m'avait tenaillé et ma mère avait dû nous restreindre, ma sœur et moi.

Elle nous avait expliqué :

– Doucement ! Doucement ! Mâchez bien ! On ressent moins la faim quand on mastique bien !

L'eau n'avait pas manqué. Alors, jugeant que cela pouvait calmer ma fringale, j'en avais rempli mon estomac, et autant ma vessie. Bien sûr, j'avais rapidement ressenti le besoin d'uriner.

Je m'étais adressée à ma mère :

– Comment je vais faire, maman ? Je ne vois pas de

toilettes par ici !

À ces mots, Anna avait annoncé qu'elle aussi devait « faire pipi ». Après avoir observé les alentours, ma mère nous avait conseillé :

– Accroupissez-vous et faites là, par terre. Vos manteaux vous cachent !

Anna s'était exécutée, mais moi je n'avais pas pu tellement la honte m'avait bloquée. J'avais regardé, effarée, le petit filet brillant que ma sœur avait expulsé et qui s'était écoulé lentement jusqu'à venir imprégner la capote d'un soldat qui dormait à poings fermés.

Repliées les unes contre les autres, nous nous étions préparées à passer notre première nuit « à la belle étoile » en nous ensevelissant sous nos frêles protections. Le vent du nord avait balayé les nuages et, la tête appuyée sur la jambe de ma mère, j'étais restée un moment à admirer l'immensité du ciel.

Aux premières lueurs du jour qui pointaient sur un horizon blafard, un froid glacial m'avait réveillée.

En me redressant, je m'étais sentie « mouillée ». Rapidement, j'avais pris conscience que ce n'était pas la pluie de la veille qui m'avait trempée de la sorte, mais mon urine qui dégoulinait sur mes cuisses.

Ma mère m'avait donné un linge avec lequel je m'étais nettoyée. Heureusement, mes intestins, peu sollicités, m'avaient laissée tranquille.

Des informations contradictoires et inquiétantes nous étaient parvenues de toute part :

— Les convois sont sur le point d'arriver ! Il n'y aura pas de place pour tout le monde ! Il faudra attendre plusieurs jours !

Autour de nous, la cohorte s'était ébranlée en gémissant, comme écrasée par le poids d'une immense déception. Les gens s'étaient levés et, à nouveau, ils avaient marché, mais dans quel but ? Ma mère nous avait regardées :

– Mes enfants, je pense que nous allons devoir continuer à pied ! Aucun train n'entrera jamais plus dans cette gare ! Inutile d'attendre !

Anna avait pleuré.

J'avais demandé à ma mère :

– Combien de kilomètres encore ?

– Je ne sais pas au juste ! 30 ! 40 peut-être !

Déçue, et la peur au ventre, je m'étais remise en marche…

La route serpentait et n'en finissait plus. Avant la cime, qui apparaissait au-delà des crêtes les plus proches, je devinai que le ruban noir, de plus en plus dense, n'avançait plus du tout. Que se passait-il ? Personne ne comprenait. Ma mère interrogea les gens aux alentours.

Quelqu'un marmonna :

– Nous arrivons près de la frontière ! Les Français, là-haut, ils doivent certainement nous contrôler !

Bloquées par une multitude d'ambulances, de charrettes et de véhicules à moteur, nous avons encore piétiné des heures et des heures avant d'atteindre le sommet. Des nuages plats et gris s'accumulaient dangereusement sur les collines environnantes.

Le poste douanier se présenta à nous, un peu plus bas, après le passage du col. Au pied de cette construction de pierre, j'aperçus des soldats français qui fouillaient méticuleusement tous les bagages.

Je remarquai, non loin de la bâtisse, un amoncellement de mitraillettes, fusils, pistolets, baïonnettes. Je compris que les militaires s'étaient appliqués à en débarrasser ceux qui les transportaient.

Quand notre tour arriva, ma mère tendit fièrement nos papiers à un fantassin assis derrière un bureau de bois. Il les observa attentivement puis, à l'attention de celui qui se tenait à ses côtés et qui notait les identités, il aboya :

— Trois femmes : la mère, Isabel Feixas Varéla, née le 24 juillet 1901 à Girona. La première fille, Paula Feixas, née le 23 mai 1918 à Banyoles, la seconde fille, Anna Feixas, née le 27 novembre 1930 à Banyoles ! Signez là, madame.

Après ces formalités, nous avons repris notre place dans le flot qui continuait à avancer. Quelques dizaines de mètres plus loin, d'autres goumiers bloquaient les accès.

De nouvelles inquiétudes s'abattirent sur la marée humaine, mais bientôt, des informations plus rassurantes nous parvinrent :

— Ça y est ! On va nous prendre en charge dans des camions ! clama une voix, trois rangs devant nous.

Un sourire s'afficha sur nos visages. Échaudée par tout ce désordre, je redoutais encore une fausse bonne nouvelle. Alors, refoulant notre joie, nous nous sommes assises tant bien que mal, au pied du talus de la route. La nuit tomba rapidement.

De l'emplacement où nous nous trouvions, je pouvais admirer la courbe scintillante des villages côtiers qui s'étiraient devant moi. Un nouveau matin se leva, glacial. La tramontane déchirait avidement le moindre bout de nos chairs non préservées, se glissait jusqu'à notre peau déjà bien martyrisée.

Nos corps endoloris ne voulaient pas se désunir de ce cocon presque chaud que nous avions, durant la nuit, façonné en accumulant sur nous, nos vêtements, nos couvertures, nos sacs, tout ce qui pouvait nous procurer un peu de cette chaleur tant désirée.

Après avoir silencieusement avalé nos dernières provisions, je ressentis une profonde détresse s'installer en moi. Qu'allions-nous devenir ? Qui détenait la réponse ? Combien de temps devions-nous encore attendre et rester là, bloquées sur cette route ? Des spasmes tordirent mes tripes. Dans la précipitation, je cherchai à dénicher un emplacement à l'écart.

Comme beaucoup, je tentai de me dissimuler le mieux possible derrière le poste de douane, mais déjà, plusieurs autres silhouettes noires s'accroupissaient.

À mon retour, ma mère me demanda de garder Anna. Elle emprunta la même direction que moi.

Vers dix heures, des vrombissements se firent entendre. Les têtes se levèrent, des cris fusèrent.

— Les camions… ils arrivent !

Aussitôt, comme une traînée de poudre, des clameurs de joie éclatèrent. Mais mon entrain s'éteignit rapidement, car à la vue des nuées qui s'agitaient devant nous, je devinai que notre attente allait durer.

Nous avons moisi là jusqu'à la fin du jour avant que notre tour ne se présente. Au moment d'embarquer, je découvris que les camions ne prenaient en charge que les femmes et les enfants. Les hommes, eux, devaient continuer à pied.

En nous aidant les unes les autres, nous avons grimpé sur le plateau arrière d'un poids lourd. Les soldats nous poussaient pour nous « tasser » le plus possible sur les bancs. Les petits, endormis, ivres de fatigue, reposaient sur les genoux de leurs mères. Enfin, lentement, le convoi s'ébranla. J'éprouvai alors une certaine euphorie, car notre « voyage » en territoire français commençait…

Dans la lueur des phares, je distinguais, le long de la route, une file ininterrompue de civils, mais aussi, beaucoup d'anciens combattants qui, à notre passage, s'écartaient en nous lançant des regards interrogateurs, perplexes, voire défiants.

Les kilomètres me parurent sans fin. Mais comme je ne souhaitais rien perdre du parcours, tenant à m'en imprégner, je m'appliquai à en détailler les moindres contours. Le convoi traversa deux villages, faiblement éclairés. Je n'avais pas eu l'occasion de voir le nom du premier, mais, sur une borne, je pus lire celui du second : Banyuls-sur-Mer. Ensuite, le cortège longea une plage de galets. En prêtant l'oreille, je perçus le bruit des vagues qui se fracassaient sur les rochers. Plus loin, au sommet d'une côte, m'apparut, ce qui ressemblait à un port. À son approche, je me tortillai sur mon siège de manière à « attraper » une nouvelle indication : Port-Vendres.

Des bateaux de pêcheurs tanguaient le long des quais. Sur ma droite, je remarquai une chapelle aux façades claires qui surplombait un appontement. Au faîte de son surprenant clocher, qui se reflétait dans les flots, trônait une vierge noire. Au passage, je lui adressai une prière, un appel pour la protection de ma famille, pour nous tous ici…

À maintes reprises, les camions se trouvèrent bloqués. Des ombres compactes d'hommes et de femmes encombraient la route déjà très étroite. Cette affluence provoquait chez les chauffeurs des envolées d'injures que je ne comprenais pas. Au détour d'un virage, un autre village s'offrit à mon regard : Collioure. Une fois de plus, le parcours contournait une crique bordée à sa gauche par un château imposant.

Au fond de l'anse se dressait une petite église qui paraissait couronnée du même étrange campanile que celui rencontré dans la ville précédente.

Cette vision s'estompa rapidement, car l'interminable voyage reprenait.

Le dernier panneau indicateur que je repérai mentionnait : Argelès-sur-Mer. Dans la nuit noire, la caravane s'immobilisa soudainement. Des fantassins nous ordonnèrent de descendre des camions. Une fois au sol, nos jambes se tordirent de douleur et de fatigue. Ma mère tenait Anna endormie dans ses bras. Afin de la soulager, je me chargeai d'un maximum de bagages.

Sous le poids, mon dos ploya, mais je ne me plaignis pas. Je tins bon. Je restai un moment, déconcertée par le ton employé par les gendarmes qui nous houspillaient. Je discernai à leur façon de parler, à leurs gestes, une exaspération évidente qui me glaça. Mes doutes se confirmèrent quand, à quelques mètres de moi, les soldats bousculèrent un homme âgé qui, à leur gré, n'avançait pas assez vite.

Des voix s'élevèrent, des personnes s'interposèrent, le calme revint. Sur ces entrefaites, je me demandai si nous étions les bienvenues dans ce pays.

Ma surprise grandit encore lorsque je vis arriver des cavaliers capés et coiffés d'étranges turbans blancs enroulés autour de la tête. Ils portaient le fusil à l'épaule et se déplaçaient, juchés sur de petits chevaux noirs. Ils encadrèrent la colonne qui s'ébranla à nouveau.

Nous avons arpenté des boulevards, des rues mal éclairées, puis des chemins. Quelques riverains, qui s'étaient postés aux fenêtres de leurs immeubles ou de leurs villas, nous observaient, impassibles. D'autres, des femmes bien souvent, sortaient de chez elles et offraient à celle-ci ou à celui-là un morceau de pain ou un peu d'eau. Bien entendu, tout le monde ne put être servi, mais ce « tant soit peu », cette compassion me réchauffa le cœur.

Notre cortège laissa derrière lui les lumières du village qui lentement s'estompèrent. À ma droite, j'entendis à nouveau le ressac des vagues. La mer ne devait pas se trouver bien loin et ses embruns, soulevés par les vents, s'abattirent sauvagement sur nous, nous engourdissant un peu plus.

Notre groupe marchait maintenant sur une plage éclairée par la lune. Seule, une piste en terre nous séparait du rivage. Au loin, quelques lueurs éparses surgirent du néant. Encore une fois, la colonne marqua une pause. Je constatai que ces lumières provenaient d'une série de baraquements de bois.

Les cavaliers nous conduisirent vers ces constructions. À l'entrée, des plantons filtraient les nouveaux venus et les comptaient.

En arrivant près du poste, j'entraperçus des barbelés qui, de droite et de gauche, couraient jusqu'à plonger dans les ténèbres. Tout à coup, j'entendis des pleurs et des cris, que je ne tardai pas à comprendre…

Plus loin, d'autres soldats séparaient sans ménagement, les hommes de leurs femmes et de leurs enfants. Beaucoup d'entre elles tentaient de les retenir en s'agrippant à eux. Mais c'était inutile… Les fantassins isolaient les maris, les compagnons et les dirigeaient vers des couloirs grillagés dans lesquels je les perdis de vue.

À notre tour, nous avons pénétré dans l'enceinte par un autre passage, et la nuit s'est refermée derrière nous. L'obscurité nous contraignait à faire attention où nous posions les pieds, car des masses difformes et mouvantes occupaient déjà le moindre espace. Des gens couchaient à même le sable froid.

Nous avons marché ainsi sur plusieurs centaines de mètres avant de dénicher un emplacement assez grand pour nous recevoir toutes les trois. Après nous être débarrassées de nos baluchons, nous nous sommes enveloppées dans nos couvertures et, rompues, harassées, nous nous sommes instantanément endormies.

Des cris de mouettes m'ont réveillée. Ma mère se tenait assise, immobile. Elle pleurait. Anna somnolait encore. Je me suis levée. Une lumière blanchâtre ondulait autour de nous. Devant mes yeux ébahis, j'ai aperçu le paysage irréel qui, face à moi, s'étalait.

À perte de vue, la marée humaine tapissait le sable gelé et grouillait comme une fourmilière en alerte. Çà et là, des fumerolles s'élevaient. Quelques « guitounes » de fortune dardaient leurs pointes vers des cieux menaçants.

Dans des amoncellements de valises, de sacs, de déchets, des gens dormaient encore, repliés sur eux-mêmes, enveloppés dans leurs seuls vêtements.

Désabusée, je me suis tournée vers ma mère et j'ai balbutié :

– Maman ! Nous sommes enfermées dans un camp !

À mon tour, j'ai sangloté.

LE CAMP D'ARGELES-SUR-MER

Février 1939 – juin 1939

Les journées qui s'écoulaient lentement s'apparentaient à des puits sans fond. Mes yeux se déchiraient sur un paysage de fin du monde, sur une étendue ingrate où le temps ne comptait plus. Les heures s'enchaînaient les unes aux autres dans une paresse impressionnante. Des matins inutiles pointaient vers l'est, sans que quiconque prête attention à la trajectoire du soleil ou à la nuit qui réapparaissait et nous enveloppait de sa triste noirceur.

Submergée par cette inactivité épuisante, j'avais le sentiment qu'aucun être humain ne souhaitait s'intéresser à ce temps qui fuyait. Quel jour vivions-nous, un lundi, un mercredi ? Qu'importait ! De toute façon, comment aurait-on pu se repérer alors qu'ici le quotidien ne reposait que sur l'unique besoin de ne pas mourir de faim, de froid ou de désœuvrement ?

La vie, qui s'en était allée vers des cieux plus cléments, devenait immatérielle, invisible. Nul ne bougeait, nul ne parlait, pétrifié par ce sable qui nous pénétrait, jusqu'à nous meurtrir, corps et âme.

Même la nature paraissait stupéfaite de ce répit et de cette inaction. Les roseaux ne présentaient plus que de simples tiges sèches raidies par le froid, que les oiseaux, eux-mêmes, ignoraient.

Assise à même le sol, j'observai les autres femmes qui nous entouraient. Sur leurs visages émaciés, je pouvais lire une profonde résignation, un abandon de dignité. Je détournai mon regard. Je voulais fuir tout ça… Pourtant, je me posai la question : est-ce que j'étais en mesure de me comporter différemment ? Ici, nous perdions, jour après jour notre quotidien d'avant, nos besoins artificiels, notre bien-être, notre abondance, pour ne plus penser avec inhumanité, qu'à nos nécessités vitales : manger, boire, respirer…

Depuis notre arrivée dans le camp, ce qui me déconcertait au plus haut point, c'était ce calme, cette absence de rires, de cris d'enfants, de mouvements. Bien sûr, notre « troupeau » subsistait encore, mais son bruissement se limitait à des rumeurs dissimulées, étouffées et presque accidentelles. Nous nous retrouvions là, par milliers, perdus, tel un essaim dérangé, partagés entre l'indignation, le découragement, fatigués d'avoir tant marché, espéré, l'esprit anéanti par notre exil.

Chaque heure du jour, de la nuit, je m'insurgeais, je ne décolérais pas et je me révoltais contre toutes ces contraintes inexpliquées. Je ne parvenais pas à comprendre pourquoi nous gisions parquées comme du bétail, derrière des clôtures clinquantes, gardées par des hommes en armes. Pour quelle raison devions-nous accepter cette déchéance, cette humiliation, dans cette France, pays d'accueil dans lequel nous avions espéré trouver la liberté et le respect que tout être était en droit d'attendre ? Pourquoi ce peuple nous traitait-il ainsi ?

Perdue parmi toutes ces pensées, je ressassai la question que je m'étais posée lors de notre départ de Banyoles : pourquoi avions-nous dû quitter notre patrie et tout abandonner ? Quel crime horrible avions-nous commis pour subir une telle punition ? J'attendis l'instant propice pour interroger ma mère. Elle demeura un moment muette puis, visiblement gênée, elle avoua :

– Cette décision de partir n'a pas été simple à prendre. Nous y avons longuement réfléchi, ton père et moi ! Mais comment faire autrement ? Pour notre sécurité, nous ne pouvions plus rester en Espagne. En 1936, ton père appartenait à un groupe communiste et il était devenu un de ses plus influents représentants. Aujourd'hui, nous savons comment les franquistes règlent leurs comptes avec ceux qu'ils appellent « les rouges ». Nous ne pouvions prendre ce risque, pour nous, pour vous deux… J'acceptai cette réponse, mais je refusais le spectacle décadent de cette multitude de gens qui marchaient, abattus, vers le pitoyable destin qui s'offrait à eux. Cette vision me conduisit, malgré mon inexpérience et mon innocence, à me poser toutes ces questions qui me paraissaient justifiées. Je me demandai comment nous allions nous comporter, dans les jours à venir pour pouvoir survivre, pour pouvoir affronter la promiscuité, la honte, la faim, la misère, la maladie, la solitude, les angoisses permanentes. Comment parviendrions-nous à ne pas renoncer, à ne pas nous laisser engloutir, sans distinction d'âge, de sexe, de classe, dans des abysses insondables ? Que seraient demain, les maux et les mots de notre peuple, pour justifier ses attitudes individuelles ou ses déviances ? Devais-je me résoudre à penser que ma famille et tous les êtres qui m'entouraient, tous ces cœurs inertes, plongés dans un tel désarroi, allaient se trouver dans l'obligation d'accepter, sans broncher cette servitude ? Bien sûr, je m'estimai incapable d'apporter une réponse à cette énigme, ou même d'être en mesure de changer quoi que ce soit à toute cette détresse, mais je me refusai à cette fatalité.

Je n'eus pas à attendre longtemps avant de constater les premiers effets de la cohabitation. Ils survinrent dès les premiers jours, pendant la distribution quotidienne du pain. Des camions arrivèrent et, du haut des bennes, les soldats jetèrent, sans vergogne, les miches vers les réfugiées. Alors, les plus fortes, les plus unies, les plus habiles n'hésitèrent pas à bousculer sans ciller les plus faibles, les plus petites, celles qui ne se rebellèrent pas, celles qui n'osèrent pas... Les préposées au service et les gardes ne s'en émurent pas et laissèrent faire, sans aucune compassion.

Au fil des jours, j'avais bien vite deviné que dans cet enfer, chacune d'entre nous allait devoir trouver sa place, se battre, se faire respecter, ou subir...

À son tour, la répartition des couvertures donna lieu à des cris, des éclats de voix, des tirages de cheveux, des insultes. En jouant des coudes, je réussis à m'en procurer deux. L'après-midi même, nantie de ces protections bien dérisoires contre le froid et la pluie ajoutées aux nôtres, j'entrepris, avec ma mère, de confectionner notre abri. À mains nues, nous avons creusé le sable sur une profondeur suffisante, pour pouvoir « nous loger » toutes les trois. Nous rejetions ce sable à l'extérieur. Une fois accumulé, il devait servir à former un talus de défense contre le vent. Ces cabanes rudimentaires prirent le nom de « chabolas[1] ».

Bien vite, des vols eurent lieu. Alors, tapie dans son « trou », chacune d'entre nous s'évertuait à protéger le moindre pouce de son bout de terrain, le peu de nourriture qu'elle détenait, le plus petit objet précieux qu'elle dissimulait contre sa peau. Ainsi, je m'appliquai à faire disparaître, la fine chaîne en or offerte par mes parents à l'occasion d'un de mes anniversaires. Ma mère procéda de la même manière pour camoufler ses boucles d'oreille

---

[1] Chabolas — Cabanes rudimentaires construites de bric et de broc

et son collier en argent.

Anna passait le plus clair de son temps blottie entre ses jambes. Elle s'employait à la coiffer, à lui caresser les cheveux en lui murmurant des chansons enfantines. De temps en temps, je sortais de mon sac, un recueil de poèmes de Federico García Lorca. J'avais fourré ce livre dans ma besace juste avant de quitter notre demeure et à présent, je m'en réjouissais. Il représentait le seul bien que je possédais. Anna choisissait parfois quelques vers et les lisait, sous mon contrôle.

Au début de notre « captivité », je n'osais pas bouger, ou alors, uniquement pour me rendre aux latrines, derrière le talus de sable prévu à cet effet. Dès que ces trous, creusés à la hâte par les hommes « d'à-côté », se révélaient « pleins », ces terrassiers intervenaient pour les reboucher et pour en créer de nouveaux, ailleurs. Il se dégageait de ces endroits, des senteurs épouvantables. Rapidement, j'avais perdu là toute ma dignité, toute ma pudeur et, comme toutes les autres, quand je partais soulager mes entrailles de la maigre pitance qui nous était allouée, je n'éprouvais plus aucun scrupule.

Le matin, nous nous hâtions vers les cuisines afin de recevoir le bol de café et le morceau de pain noir qui nous étaient attribués. À midi, des femmes servaient dans nos gamelles, des lentilles ou des pois chiches, des tomates, des topinambours ou des carottes. Parfois, nous avions la chance de trouver quelques bouts de viande grasse que nous avalions avec avidité et délectation.

Allez savoir pourquoi, mais jamais on ne nous accorda des pommes de terre ou des fruits. Au début, mes intestins n'avaient pas supporté ce régime et ils me l'avaient longtemps reproché. Puis, petit à petit, ils s'étaient accoutumés à ce traitement.

Progressivement, je m'enhardissais. Aussi, avec audace, j'avais entrepris de visiter « notre domaine ». Au nord, une rivière divisait le camp en deux parties. Sur ses rives, j'eus la chance de collecter quelques roseaux qui avaient servi à doter notre refuge d'un « toit ». Cette couverture dérisoire ne nous permettait pas de nous tenir debout, mais nous nous en contentions. Plus loin, j'avais ramassé du bois mort avec lequel ma mère allumait des feux. Ces bûches, chargées de sel, ne brûlaient pratiquement pas et se délitaient rapidement procurant malgré tout un peu de chaleur.

Au sud se trouvait l'entrée du camp, celle par laquelle nous étions arrivées. Un portail se dressait au milieu des baraquements qui abritaient sûrement toute l'intendance, y compris la cantine. À proximité de celle-ci, plusieurs personnes battaient la semelle, parfois des heures entières, dans l'espoir de récupérer les quelques épluchures de légumes ou fragments de repas que nos « cordons-bleus » jetaient dans les poubelles. J'avais remarqué que l'édifice qui avoisinait les cuisines et qui servait d'entrepôt de marchandises restait protégé, de jour comme de nuit, par un fantassin aux aguets.

Avec tous ces ventres affamés, comment pouvait-il en

être autrement ?

Un peu plus loin s'étirait une longue bâtisse. Au-dessus de la porte d'entrée, une croix rouge signalait l'hôpital. Ensuite, j'avais repéré un camp de tentes. Celles-ci abritaient la troupe et les gendarmes. Les jours de forte tramontane, ces couvertures s'envolaient, emportées par le vent comme des fétus de paille.

Notre village de toile bordait la plage. Celui des hommes, des combattants républicains ou des membres des brigades internationales, se trouvait de l'autre côté de la Grande Allée qui se déployait dans le prolongement de l'accès principal. Les réfugiés baptisèrent cette voie : « la rambla ». Enfin, le cantonnement qui se situait au nord de la rivière constituait la partie réservée aux civils. Plus loin, entre le fleuve et nos quartiers, un espace demeurait libre de toute occupation. Je devais comprendre plus tard pourquoi…

Derrière les clôtures, des surveillants de couleur déambulaient, l'allure nonchalante. J'appris, par la suite, que l'armée française s'était largement appuyée sur les troupes coloniales pour exercer la garde des camps.

Bien souvent, je longeais les barricades et je contemplais la mer grise qui moutonnait sous le souffle de la tramontane. Dans ces moments-là, des émotions me submergeaient. Alors, je cherchais à m'évader. Je me tournais vers cette montagne au pic enneigé, vers ce massif appelé « Canigou ». Cette éminence agissait sur moi telle une immense attraction qui m'éblouissait, et je m'abandonnais, ébahie, devant tant de beauté.

De-ci de-là, des groupes se créaient. Les discussions allaient bon train. De loin, je percevais de temps en temps quelques bribes de ces palabres interminables. Certaines femmes parlaient, avec grandiloquence du passé. D'autres s'échauffaient à l'évocation d'un futur illusoire qui me laissait rêveuse.

Deux fois par jour, je prenais la file de celles qui se coltinaient la corvée d'eau. Munie de deux boîtes métalliques rouillées, découvertes au bord de la rivière, j'attendais mon tour afin de les remplir à l'une des trois pompes installées à droite de l'entrée du camp. Cette eau, captée dans la nappe phréatique, nous laissait un goût âpre et salé qui persistait dans la bouche durant des heures. Nous nous en servions aussi pour nous laver. Ces ablutions quotidiennes avaient d'ailleurs déclenché chez Anna, de violentes démangeaisons. À l'occasion d'un de ses rares déplacements, ma mère s'était adressée à l'un des gardiens :

– Combien de temps la France va-t-elle encore nous maintenir enfermées dans ce camp ?

L'homme l'avait regardée. Interloqué et manifestement en colère, il l'avait vertement chassée. Elle s'était alors cloîtrée dans un silence sans fin.

Je m'inquiétais pour elle, car chaque jour je voyais grandir son affliction. Je l'entourais le plus possible.

Je parvenais même, de temps en temps, à lui arracher un sourire.

Dans ces moments-là, je lui parlais de tout, de rien, de mes projets d'avenir, réels ou chimériques. Bien souvent, elle me fixait sans émotion apparente puis elle se replongeait rapidement dans sa détresse.

La plupart du temps, Anna s'amusait avec la fille de notre « voisine ». Leurs divertissements avaient pour but la mise en scène de coquillages récoltés sur le sable. Je la questionnai sur la raison de ce jeu. Elle me toisa et me répondit hautainement :

— Ben, tu ne vois pas que nous jouons à la marchande !

La préoccupation principale de chacun des êtres vivants sur cette plage consistait à scruter les cieux, à guetter l'arrivée de la pluie. Dès que les nuages s'amoncelaient, les femmes râlaient, car elles prenaient conscience qu'elles allaient passer les prochaines heures trempées malgré leurs couvertures ou leurs toits de branches bien fragiles. Beaucoup d'entre elles demeuraient muettes, isolées, comme figées dans une désolation destructrice. Leurs regards semblaient fixer des horizons inconnus où leurs esprits malades sombraient. Le côté inquiétant de la nature humaine s'était révélé, mais peu à peu, ses meilleurs aspects se manifestèrent aussi sous des formes inattendues.

Des infirmières, dentistes, médecins, psychiatres, kinésithérapeutes s'étaient organisées afin d'apporter aux autres les soins les plus élémentaires, un tant soit peu de réconfort.

Bien vite, d'ailleurs, ces spécialistes étaient venues renforcer les effectifs de l'hôpital. Mais ce dévouement ne concernait pas seulement ces gens de métier.

La compassion que beaucoup maintenant manifestaient envers autrui s'était développée de manière étonnante. Les altercations s'avéraient de plus en plus rares et un certain respect mutuel semblait percer. L'entraide s'exerçait, du moins tant qu'elle ne compromettait en rien les chances de sa propre survie.

Les semaines s'enchaînaient les unes derrière les autres, dans une uniformité pesante. Aucun événement important ne se produisait. Rien ne bougeait. Rien en tout cas qui aurait pu laisser dans ma mémoire l'empreinte d'un souvenir marquant.

Le climat paraissait s'améliorer. Sur les quelques zones de sable abandonnées qu'Anna et moi avions délimitées à l'aide de bouts de bois s'épanouissaient de petites fleurs bleues. Le printemps pointait-il son nez ?

La vie continuait… immobile.

Certaines s'occupaient à chasser les rats, qui pullulaient. Pour cela, elles déployaient des stratagèmes et des pièges qui d'ailleurs, ne fonctionnaient que très rarement. À chaque instant, nous devions prendre garde à ne pas nous faire mordre, car des épidémies s'étaient développées. Nous protégions, dans des sacs que nous portions sur nous, les restes de pain économisés sur nos rations du jour. Mais, au moment de les avaler, nous ne trouvions rien d'exceptionnel de constater que ces réserves soient déjà en partie grignotées.

Parfois, je contemplais, émerveillée, la dextérité de ces femmes qui, au moyen de quelques morceaux de bois flotté et de savon, parvenaient à fabriquer des instruments de première nécessité : cuillères, fourchettes, couteaux, pièces pour les échecs, mais aussi, des cartes pour jouer au « truc [2]». Une fois terminés, tous ces objets servaient de monnaie d'échange. Je pouvais rester des heures et des heures à observer ces prodiges, tout droit issus de la créativité humaine.

Un matin, lors de ma corvée d'eau quotidienne, je remarquai une effervescence inhabituelle sur « la rambla ». En m'approchant, je trouvai, médusée, des étals plantés le long de l'avenue. Un véritable marché aux puces. Stupéfaite, je m'y aventurai. Sur des couvertures posées à même le sable, j'identifiai tout un tas d'ustensiles proposés à la vente : de la vaisselle, de la lingerie, des livres, des bibelots hétéroclites et inattendus. Tout ce bric-à-brac se négociait à des prix extrêmement bas, ou s'échangeait contre un paquet de cigarettes ou un demi-pain. Les réfugiées appelèrent cette brocante « le Barrio Chino[3] ».

J'appris par la suite que quelques personnes avaient retrouvé là, des vêtements ou des bijoux dérobés quelques heures plus tôt, dans leur trou et malgré leurs

[2] Le « truc » est un jeu de cartes catalan.

[3] Barrio Chino — Quartier chinois

récriminations, ces pauvres gens n'avaient pas pu récupérer leurs biens. Ces transactions m'étonnèrent, car je me demandais quelle pouvait être, à ce moment-là, l'utilité de nos billets de banque... Mais une nouvelle question me tarabustait : comment ce petit « trafic » pouvait-il durer alors que la plupart d'entre nous ne possédaient pas le moindre sou ?

À mon retour, je me sentis heureuse, plus légère, en pensant qu'un bout de vie rejaillissait enfin de cette torpeur. Je me dépêchai de rapporter tout cela à ma mère. Elle m'écouta et à observer son sourire, je compris qu'un coin de ciel bleu habitait maintenant son existence. Elle me promit que la prochaine fois elle m'accompagnerait.

D'autres négoces avaient vu le jour. Des détaillants français venaient périodiquement s'installer sur « la rambla ». Ils proposaient des fruits, des légumes ou des marchandises de première nécessité : savon, dentifrice, lessive... Mais comment acquérir ces denrées ou ces produits puisque nous ne possédions plus rien ? J'avais trouvé la réponse en constatant, médusée, que certaines n'hésitaient pas à échanger leurs bijoux contre quelques cigarettes de mauvais tabac.

Dans le camp, des coiffeuses s'employaient à redonner un visage humain à celles qui, depuis longtemps, avaient abandonné leurs attraits au dépouillement le plus complet. Les poux envahissaient les cheveux, les corps, les habits, les couvertures. Les femmes passaient des heures et des heures à tenter de s'en débarrasser tout en sachant pertinemment que ce travail s'avérait inutile.

Régulièrement, des brancardiers débarquaient et évacuaient les personnes décédées. Les morts ne se comptaient plus. La faim, le froid ou les maladies avaient eu raison des plus faibles. Les épidémies provoquaient des ravages. La dysenterie, la tuberculose, la typhoïde, le paludisme, la gale, la teigne, la conjonctivite aigüe, toutes ces maladies nous concernaient toutes à un moment ou à un autre. Les maux de gorge touchaient la plupart d'entre nous et le sable qui s'infiltrait partout, dans le moindre interstice, le plus petit orifice de nos corps, déclenchait de terribles allergies.

Chaque fois, mon cœur vacillait. Je ne pouvais m'empêcher de penser à ces gens venus mourir ici, loin de chez eux, loin de leurs familles et de leur pays dans une indifférence quasi totale.

Alors que je déambulais dans les couloirs ténus qui bordaient notre « habitation », je remarquai une femme assise devant « son trou ». Elle portait une blouse grise, rétrécie à la taille par une grosse ceinture de cuir. Ses cheveux, ramenés en un chignon impeccable, lui conféraient l'aspect d'une personne posée. De son visage fin et blanc, émanait une douceur inhabituelle. Son sourire radieux m'inonda de joie. En m'approchant d'elle, je fus surprise par la propreté de ses mains et de ses ongles coupés court. Elle leva sa tête de son ouvrage. Elle avait dû comprendre mon étonnement, car elle me révéla sans détour :

– Ma mère était manucure ! Je n'ai gardé d'elle que ces instruments qui me permettent de conserver un semblant de dignité.

Je devinai immédiatement, dans sa façon de parler, une personne de qualité affublée d'une classe certaine.

Elle me questionna :

– Bonjour jeune fille ! Comment t'appelles-tu ?

– Paula ! Paula Feixas, répondis-je. Je « loge » là-bas avec ma mère et ma petite sœur Anna !

– Ah, tout cela est bien triste, surtout pour une jeune demoiselle comme toi ! Moi, je me nomme Henrietta.

Cette compassion inutile me blessa. Cette femme, pour qui me prenait-elle ? J'eus envie de lui rétorquer que je ne m'apitoyais pas sur mon sort, que je résistais, quoiqu'il m'en coûte. Que nous nous en sortirions toutes ensemble ! Mais je renonçai à lui montrer mon courroux. Je ne souhaitais pas la vexer ou exposer ainsi ce ressentiment mal venu.

Je m'assis près d'elle. Henrietta portait, appuyée sur ses genoux, une planchette de bois recouverte d'une feuille de papier écru. Intriguée, je m'avançai un peu plus et lui demandai :

– En quoi consiste votre travail, madame ?

Son sourire, déjà bien présent, s'élargit encore plus.

– Vois-tu, Paula, j'étais journaliste à Barcelone et ici dans ce camp, je retranscris, sur ces pages, les articles que nous avons rédigés, mes amies et moi. Nous allons faire paraître une gazette. Notre groupe se compose d'une douzaine de personnes. Chacune d'entre elles prépare ses propres rubriques et moi, je les recopie, à la main.

Je m'étonnais.

— Un journal, ce n'est pas possible ! Ça doit être interdit ici ? Et puis, je ne vois pas du tout quels peuvent être les sujets qui pourraient intéresser tous ces pauvres gens ! D'autant qu'il ne se passe rien ici, sinon que nous y croupissons tous !

À la vue de mon visage empourpré, Henrietta ironisa :

— Certes, nous sommes enfermées dans ce camp ! Bien sûr, nous pouvons accepter notre sort sans rechigner ! Mais alors, devons-nous nous taire et attendre que le Ciel veuille bien nous sortir de là, sans que nous tentions quoi que ce soit ? Pour ma part, je considère que la vie ne s'arrête pas à ce que nous vivons aujourd'hui et que nous avons le devoir de continuer à espérer, pour nous, pour nos familles, pour notre patrie !

Ces paroles résonnèrent dans mon esprit et, à bien y penser, elles se rapprochaient de mes convictions.

La tête basse, je déclarai :

— Vous avez raison ! Veuillez m'excuser, madame ! Je regrette !

Elle prit ma main et d'un air clément, elle me rassura :

— Ne regrette pas tes mots, Paula ! Cette période difficile ne représente pas qu'un simple passage dans notre vie, elle la marquera à jamais ! Aussi, je comprends ce que chacune d'entre nous peut éprouver. Mais j'espère bien, grâce à ce journal, redonner aux lecteurs un peu d'espoir !

À l'écouter, ma curiosité grandit.

– M'autorisez-vous à lire l'une de vos publications ?

– Bien sûr !

Elle me tendit son « papier. »

Le titre « La Barraca » régnait en maître dans un encadré centré sur la première page. En dessous, sur deux colonnes, s'étalaient les articles. Au verso, je trouvai d'autres rubriques. Henrietta m'expliqua qu'une fois terminée, chaque feuille nécessitait d'être pliée en deux pour former ce qui devait ressembler le plus possible à un périodique. Je parcourus, au hasard, le début d'un chapitre. Sidérée, je découvris le caractère satirique que l'auteur avait souhaité mettre en avant.

Il retraçait, ouvertement et largement, les dérives de la politique franquiste.

– Vous ne pourrez jamais faire circuler ce journal ! On ne vous laissera pas faire ! Et puis c'est dangereux !

Elle sourit.

– Ne vivons-nous pas ici, dans un endroit extrêmement difficile ? Et ne penses-tu pas que les Français se fichent pas mal de ce que nous faisons ou ne faisons pas dans ce camp ? Pour nous, c'est fini, nous ne pourrons plus retourner en Espagne. Mais est-ce que cela nous prive du droit de continuer à nous battre ? Voilà ce que je veux clamer haut et fort !

– Mais vous évoquez aussi le parcours de certaines

femmes devenues combattantes ! Pourquoi ?

— Pourquoi ? Parce que les femmes n'ont jamais eu droit de cité ! Les écrits des hommes l'ont toujours emporté. Alors aujourd'hui, personne ne peut m'empêcher de retracer l'histoire des plus méritantes. Dans l'histoire de la littérature, les actions des femmes, leurs mobilisations sont passées, au fil des siècles, sous silence. Ces agissements n'ont conduit qu'à réduire, pour les générations à venir, le champ des possibilités !

— Voulez-vous m'expliquer ?

— La plupart des ouvrages parus ont contribué de tout temps à dénier aux femmes toutes capacités d'actions politiques ou militaires. Et lorsque les femmes sont présentes dans quelques témoignages, elles sont toujours représentées comme invalides, malades ou fragiles. Il convient alors de parler d'acte de violence. Une violence qui ne semble reconnue par personne d'ailleurs. Lors d'un conflit, dès que les femmes prétendent prendre les armes, cela soulève de très fortes réticences. Le monopole des armes semble réservé aux hommes. Alors la bonne manière de cacher cette violence féminine, consiste à la taire, à ne pas la divulguer. C'est ce que je veux éviter ici, avec ce journal.

Sans réponse, je baissai la tête.

— Puis-je en emporter un ?

— Bien sûr prends celui-ci, je le gardais pour moi, pour mes archives. Tu me le rendras lorsque tu l'auras lu.

Dès mon retour dans « notre trou », je me plongeai avidement dans la lecture de ces entrefilets. Celle-ci illumina mes heures et me conforta dans l'idée que nous nous dirigions peut-être vers de meilleurs jours. Différents articles décrivaient l'évolution de la guerre en Espagne. D'autres concernaient les améliorations des conditions d'existence dans le camp. Mais à mon avis, elles ne se basaient sur aucun renseignement sérieux. Sur la dernière page s'étalaient les avis de décès. Je ne fus pas étonnée de voir qu'ils remplissaient la majeure partie de la feuille tant les noms étaient nombreux.

Le lendemain, je retrouvai Henrietta qui ne lâchait pas sa besogne. Assise auprès d'elle, j'observai sa façon d'écrire. Pour cela, elle se servait d'un porte-plume doté d'un manche de bois. La pointe effilée, qu'elle plongeait dans une petite fiole couleur sépia, me rappela l'école primaire. Je l'attrapai et le portai à mes narines, cherchant à retrouver cette odeur très particulière, celle qui pouvait me rappeler « les beaux jours ».

Henrietta m'exhorta à bien faire attention de ne pas renverser le contenu, car l'encre s'avérait difficile à trouver ou se vendait à prix d'or. Je reposai délicatement la petite bouteille près d'elle et je continuai de contempler, émerveillée par l'art de sa calligraphie. Elle apportait un soin incroyable à former les lettres ou les signes. Sa plume, qui crissait sur le papier, traçait avec dextérité les pleins et les déliés de chacun des mots qui, ainsi dessinés, apparaissaient alors comme autant de minuscules chefs-d'œuvre. Sans lever les yeux, elle me demanda :

– Parle-moi de ta famille, de toi ? As-tu entrepris des études ?

Je répondis en posant l'accent sur mon père, ingénieur dans le bâtiment. Puis j'évoquai ma mère, occupée au bien-être et à l'éducation de ses deux filles. J'effleurai les conditions de mon enseignement, les écoles que j'avais fréquentées, mon cursus scolaire et notamment ma formation d'architecte entamée depuis plus d'une année.

– Que penses-tu de la politique appliquée par le S.E.U[4] ? me demanda-t-elle à brûle-pourpoint.

Je ne m'étonnai pas de cette question. Elle connaissait certainement les tenants et les aboutissants de cette doctrine destinée à écraser la fédération universitaire et à introduire dans ce milieu la propagande phalangiste.

La tête haute, je ripostai :

– Comme tous les autres, j'ai subi cette pression. Ils cherchaient à nous regrouper et nous encadrer sous leur idéologie fasciste. Moi, je ne me suis jamais laissé faire. D'autres se sont abandonnés, mais pas moi !

Henrietta me dévisagea, visiblement surprise de ma répartie.

– Je vois que nous partageons les mêmes valeurs ! Cela me réconforte ! Nous pourrons rester amies !

Mon attachement à cette femme grandissait et chaque jour je m'empressais de terminer mes tâches quoti-

---

[4] SEU – Syndicat espagnol universitaire.

diennes pour aller la retrouver. Celles-ci se limitaient à aérer et à balayer notre gîte, à épousseter les vêtements et surtout à les épouiller, sans oublier d'aller chercher l'eau et le bois. Je m'employais assidûment à effectuer mes besognes et, dès que possible, je courais vers le trou d'Henrietta.

Quelques jours plus tard, à mon arrivée, elle me proposa :

– Je te connais un peu mieux maintenant Paula, et je ressens ton intérêt pour l'écriture ! Tu t'exprimes bien. Tu possèdes beaucoup de vocabulaire ! N'aurais-tu pas envie d'écrire quelques histoires pour les enfants ? Des contes qui leur permettraient, pour un temps, de s'évader hors de ces barrières ?

Sur le moment, je demeurai interdite de tant de sollicitude. Mais bien vite, je me demandai si moi, réfugiée espagnole, je me sentais capable d'apporter à de petits lecteurs, suffisamment de rêves afin de chambouler leur existence alors que les miens s'apparentaient bien souvent à des cauchemars. D'un autre côté, comment refuser une telle proposition ? J'avais l'occasion d'occuper intelligemment mon temps, de m'exprimer et de me mettre en valeur.

J'acquiesçai.

– C'est parfait ! s'écria-t-elle souriante !

Les sujets, qui ne manquaient pas pour alimenter la revue, parvenaient à « la rédactrice en chef » par le biais de quelques « correspondantes » disséminées dans le camp. Ces personnes triées sur le volet amassaient et lui transmettaient les moindres informations qu'elles jugeaient importante. Henrietta collectait alors tous ces renseignements puis les redistribuait à ses « journalistes » qui les recopiaient elles-mêmes à la main.

Sans que l'on sache comment, ces parutions « traversèrent » les clôtures et aboutirent dans le camp des hommes. Bien vite, les rubriques se trouvèrent enrichies d'éditoriaux, d'articles de fond, de nouvelles ou encore de dessins humoristiques qui bien souvent s'avéraient satiriques.

Henrietta m'expliqua que ces caricatures provenaient d'un illustrateur célèbre qui « habitait » dans le quartier des civils. De nombreux artistes, peintres, sculpteurs, photographes, écrivains ou poètes de renom croupissaient, comme nous, sur cette plage et certains avaient découvert, là, une nouvelle raison de vivre.

Je m'aventurai dans ce travail sans trop de conviction. Mes intentions consistaient à raconter des histoires qui, je l'espérais, devaient conduire mes petits lecteurs à rêver et à oublier pour un temps leur condition. Cette tâche, qui occupait une bonne partie de mes journées, devint pour moi une véritable passion.

Je découvris le bonheur infini de créer des situations, d'assembler des mots, de construire des phrases, de développer des idées, d'inventer des personnages et de les faire évoluer dans des milieux réels ou imaginaires. Peu à peu, je m'enorgueillissais de la puissance qu'un auteur peut éprouver quand, dans ses rêves les plus fous, il détient le pouvoir de se transformer en maître du monde, de l'univers…

Mes récits parurent sous la forme de feuilletons. Ils retraçaient les péripéties de preux chevaliers qui galopaient au secours de princesses ou de peuples opprimés sous le joug de tyrans implacables, ou bien encore, de monstres à trois têtes…

Accaparée par ce travail, je ne pris pas conscience que je délaissais ma sœur, mais aussi ma mère qui passait la majeure partie de son temps à s'occuper d'Anna. Avec minutie, elle la lavait, la coiffait. Parfois, je les entendais chanter et dans ces moments-là, je supposais que petit à petit elles reprenaient le dessus.

Peut-être que comme moi, elles percevaient les prémices d'un changement à venir, d'une libération prochaine ? Alors, dès que j'en eus la possibilité, je leur révélai les raisons de mes « escapades ». Elles parurent surprises puis sans plus de commentaires, elles me demandèrent si elles pouvaient lire un de mes textes. Avec une fierté non dissimulée, je leur confiai l'histoire que je venais de terminer. Le lendemain, en me le rendant, ma mère ironisa :

— Je pense que le monde compte une nouvelle romancière de talent…

Un matin, des camions arrivèrent par « la rambla » et pénétrèrent dans la partie nord du camp.

Ils étaient accompagnés par une colonne formée par les civils d'à côté. Les soldats recoururent à la manière forte pour disperser la vague de femmes qui déferla alors en masse vers ces hommes. La nouvelle s'était propagée en un éclair et maintenant, la majorité de la population de notre village de toile convergeait vers eux. Des tirailleurs sénégalais furent appelés à la rescousse afin de contenir le flot grandissant de ces femmes avides de retrouver un mari, un parent…

Des ordres fusèrent, et les ouvriers s'employèrent à décharger des poids lourds des pelles, des pioches, des seaux, des brouettes…

La meute se tenait maintenant silencieuse derrière les barricades. Comme tant d'autres, je me demandai quel pouvait être le travail de ces hommes-là. Durant des jours entiers, je les observai et quand ils commencèrent à ouvrir des tranchées, je compris quelle pouvait être la nature de leurs travaux.

Dans un passé pas si lointain, mon père m'emmenait souvent « visiter » les chantiers de construction dont il s'occupait. Il m'enseignait avec passion, avec précision, comment et par qui, tel ou tel édifice avait été conçu, pourquoi certains matériaux étaient employés plutôt que d'autres, à quoi servaient les équipements déployés par les artisans. Puis il me conduisait vers une baraque et là, il déroulait sur une table, de grands plans sur lesquels s'étalaient des dessins techniques auxquels je ne comprenais rien.

Il m'expliquait le pourquoi de la profondeur d'une fondation, le détail de la coupe d'une poutre, l'utilité d'un poteau ou d'un linteau, l'intérêt du ferraillage d'une dalle. Au fur et à mesure de ses indications, je voyais scintiller dans les yeux de mon père, cette flamme qui s'embrasait, chaque fois plus ardente que les brûlots de notre camp.

Ces hommes érigeaient donc des bâtiments…

Mais, je me demandai à qui ou à quoi ils étaient destinés. Les différents ateliers s'affairaient, et bientôt, des pièces de bois, assemblées les unes aux autres, se dressèrent pour former plusieurs baraquements.

Henrietta me montra un des articles de notre gazette qui parlait de ce sujet. Celui-ci expliquait que ces constructions devaient prochainement nous accueillir, nous, les femmes et les enfants. Elle me demanda de jurer de ne pas ébruiter cette information avant que le journal ne paraisse. Mais après avoir donné ma parole, je m'empressai de courir vers ma mère pour lui faire part de la bonne nouvelle.

À mon grand étonnement, elle sourit.

— Et bien, moi aussi, j'ai une bonne nouvelle…

Elle pénétra dans notre trou et en ressortit en exhibant fièrement un petit sac de jute et une bouteille qui contenait un liquide blanchâtre.

— Regarde ce que j'ai pu rapporter aujourd'hui ! Du riz, du lait, et deux couvertures supplémentaires ! Ce sont des Français qui nous ont distribué ça. J'ai cru comprendre qu'ils nous portaient secours au nom d'un comité national catholique ! Ce soir, je préparerai un bon repas avec toutes ces victuailles !

À ces mots, elle éclata d'un rire franc qui me réchauffa le cœur. Les travaux avançaient et chaque jour j'assistais à leur évolution.

À vue d'œil, nos « maisons » surgissaient du néant. J'en éprouvais la plus grande joie. J'attachais un intérêt particulier à ces édifications et j'en observais les moindres détails. Je remarquai tout d'abord que les différentes parties qui composaient les structures arrivaient toutes prêtes, livrées par des transporteurs. Les ouvriers les déchargeaient et les assemblaient au sol. Dès ce travail effectué, il ne restait plus qu'à lever chacune de ces pièces et à procéder à leur arrimage. Ensuite, les façades étaient recouvertes de bardeaux. Enfin, la toiture recevait des plaques de bois enduites de toiles goudronnées. Au bas de ses pentes, des gouttières collectaient les eaux de pluie et les acheminaient vers de grands baquets. Cette eau, nous allions l'utiliser un peu plus tard pour laver notre linge ou nos désuets ustensiles de cuisine.

Une fois terminées, ces constructions offraient un aspect architectural tellement étonnant les railleries à leur sujet ne manquèrent pas de courir.

Henrietta me surprit quand elle m'indiqua que ces édifices, du type « Adrian », avaient abondamment servi en France durant la guerre de 1914/1918. Lorsque la main-d'œuvre nombreuse, constituée essentiellement par les réfugiés eux-mêmes, débarquait sur le chantier, des femmes s'approchaient le plus possible des barbelés. Certaines leur lançaient des messages attachés à des pierres suffisamment lourdes pour qu'elles puissent franchir la trentaine de mètres qui les séparaient de leurs destinataires. D'autres couvraient les hommes d'œillades, ou encore leur criaient des propositions grivoises non dissimulées. Les travailleurs ne manquaient pas de leur répondre en des termes ou par des gestes évocateurs. Pour ma part, je restais en retrait, car je trouvais tout cela bien déplacé.

Le printemps s'invita et la nuit, nous ressentions beaucoup moins les morsures du froid. Aux meilleures heures de la journée, je me laissais envahir par la douce chaleur du soleil, à peine rafraîchie parfois, par la brise marine.

En déambulant vers la pinède, qui occupait auparavant la partie nord du camp, je découvris, scandalisée, qu'elle n'existait plus. Seuls les troncs sciés se détachaient du sable. Cette vision me plongea dans une profonde amertume.

Un matin, les gardes pénétrèrent dans notre quartier, nous rassemblèrent puis nous conduisirent vers nos îlots. Dans la précipitation, nous avions réuni nos maigres effets qui tenaient dans un sac fichtrement rongé par les rats. Nos « nouvelles résidences » étaient conçues pour recevoir vingt-quatre personnes. Dans le prolongement de la porte d'entrée, une allée centrale traversait le bâtiment de part en part. De chaque côté, six paires de châlits superposés et recouverts de paillasses compartimentaient chaque espace. J'eus la chance de pénétrer la première et je pus ainsi choisir mon emplacement, près d'une ouverture. Ce n'était pas une fenêtre, à proprement dit, mais plutôt une lucarne disposée en hauteur et équipée d'un cadre battant.

Dans une joyeuse confusion, nous avons entrepris notre installation. J'occupais la couche du dessus. J'y accédais facilement par une échelle de bois. Anna détenait celle du bas. Au-dessous de chacune de nos litières, des coffres permettaient le rangement de nos affaires.

De tous les côtés, des éclats de voix et des rires nous parvenaient. À cet instant, j'approuvai ces élans de joie. Ces femmes qui, depuis des mois, avaient enduré tant de souffrances, tant de privations, tant de désillusions, pouvaient, maintenant se laisser aller et se comporter comme des enfants à qui l'on offrait un incroyable présent.

Ma mère partageait son espace avec une jeune fille qui devait avoir mon âge, mais que je ne connaissais pas encore. Elle s'appelait Inés Garcia et rapidement, nous étions devenues amies, car elle aussi avait choisi la partie supérieure du lit.

Une chaleur lourde pesait sur nos corps. Comme beaucoup d'entre nous, nous nous tenions assises toutes les trois à l'arrière de notre « maison ». Cette zone paraissait la seule capable de nous offrir un peu d'ombre et de fraîcheur.

La fournaise qui régnait à l'intérieur des baraques ne nous permettait pas d'y séjourner longtemps.

Ma mère et Anna dormaient. Moi, je discutais avec Inés. Au fil des jours, j'avais décelé chez elle une force qui m'impressionnait. Elle ne se plaignait jamais, ne poussait le moindre cri ou le plus petit soupir, ne montrait aucune faiblesse évidente qui puisse laisser croire qu'elle souffrait autant que nous. La pluie, le froid, la faim, les maladies, l'inactivité, tous ces maux semblaient glisser sur elle comme l'air qui, venu du large, nous rafraîchissait agréablement.

Curieuse, je lui demandai :

– Comment se fait-il que tu te retrouves-tu seule ici, avec ta grand-mère ?

Elle soupira :

– Mes parents n'ont pas voulu fuir la Catalogne. Pourtant, nous avons insisté, ma grand-mère et moi. Mais rien ne pouvait les faire changer d'avis. Ils disaient qu'ils n'avaient rien à se reprocher, qu'ils ne faisaient pas de politique, qu'ils étaient d'honnêtes travailleurs.

– Mais alors pourquoi vous ont-ils laissé partir toutes les deux ?

Elle détourna son visage et lorsqu'elle me fit face, je remarquai que des larmes coulaient sur ses joues. Elle inspira et d'une voix calme, elle répondit :

– Mon père avait un frère qui vivait, avec toute sa famille dans la province de Burgos. Au début de la guerre, les nationalistes se sont livrés là-bas à des exactions terribles. Beaucoup d'exécutions sommaires ont eu lieu. Sous les yeux de mon oncle, les soldats ont massacré ma tante, violé mes deux cousines, et ensuite, ils les ont tuées toutes les trois.

Certains ont appelé cette répression « la terreur blanche ». Il paraît que cette horreur se prolonge encore de nos jours. Tu comprends maintenant pourquoi mes parents ne souhaitaient pas que je reste, pourquoi ils ont tenu à ce que ma grand-mère m'accompagne ici en France ?

Inés m'exposa ces faits sans haine apparente. Ce que je ne m'expliquai pas.

Je m'étonnai :

— J'ai l'impression que tu acceptes ton sort avec fatalité, comme si, tout compte fait, tout ça ne te concernait pas… Je ne te comprends pas ! Moi, à ta place, je…

— Tu… quoi ? me coupa-t-elle sèchement. Qu'aurais-tu fait à ma place ? Pleurer, crier ? J'ai pleuré, j'ai crié ! Mes parents, ma grand-mère, ensemble, nous avons versé toutes les larmes de notre corps. Crois-tu que toutes ces jérémiades puissent servir à changer quelque chose à la nature humaine ? Notre histoire compte tant de guerres, tant de morts, de destructions, de malheurs. Chaque fois, des gens se sont levés, révoltés. Certains ont clamé « Il ne faut plus que ça recommence ! » Et pour quel résultat ? Les troupes franquistes avancent et rien ne pourra les arrêter !

Son regard paraissait maintenant bien moins conciliant envers moi. Mais n'avait-elle pas raison ? Mon impétuosité me poussait souvent à réagir sans trop réfléchir. Je lui souris.

– Je suis désolée, je ne voulais pas te blesser, mais tes parents, ne crains-tu pas pour eux ?

– Si… Mais ils en ont décidé ainsi. Je ne peux que respecter leur choix !

Cherchant à changer de sujet, je la questionnai à nouveau :

– Quand nous serons libres, sais-tu quelle sera votre destination ? Quelqu'un vous attend quelque part ?

– Ma grand-mère m'a dit qu'il y a un village dans cette région où un de ses cousins travaille dans une mine. Escaro, je crois. Oui, c'est ça ! Escaro ! Nous irons là-bas !

Au fil des jours, Inés partagions une telle amitié, une si forte complicité que nous ne passions plus un instant l'une sans l'autre. Fortes de cette sororité, de cette entente sans faille, nous avions petit à petit redressé la tête. Nos peurs s'estompaient, nos journées nous paraissent moins longues, moins pesantes. Alors, d'un commun accord, nous avions tenu à partager cet entrain avec nos semblables. Peu à peu, ayant renoncé à notre immobilisme, nous avions marché à la rencontre de celles, plus âgées qui sombraient, de celles qui n'espéraient plus. Notre aide, bien qu'immatérielle, semblait porter ses fruits.

Ainsi, chaque jour nous passions un peu de temps à bavarder avec celle-ci, assistions cette autre dans sa toilette ou son coiffage, amusions les enfants des îlots les plus proches. Ces services rendus nous procuraient une énergie grandissante et le soir, quand nous nous retrouvions allongées face à face sur nos litières, nous échafaudions dans des éclats de rire, nos actions du lendemain. Nous nous sentions utiles, prêtes à affronter n'importe quelle difficulté, n'importe quel tourment…

Nous existions…

Bien sûr, je n'oubliais pas mes visites « chez » Henrietta à qui je présentai Inés. Je lui expliquais le sens de notre travail, nos motivations. Elle approuva et m'indiqua qu'un de ses prochains articles relaterait notre démarche.

Depuis plusieurs jours, une chaleur étouffante s'était installée durablement sur le pays. Cette pesanteur accentuait notre inertie. Nous devions trouver de l'ombre. Alors, à l'aide de nos couvertures, nous avions érigé des velums qui battaient parfois dangereusement au vent marin.

Anna et moi revenions de la plage où nous étions allées nous rafraîchir. Nous ne possédions pas de maillots de bain, aussi, nous avions plongé dans les vagues, simplement accoutrées de nos sous-vêtements usés. À l'approche de notre îlot, je remarquai que ma mère discutait avec un homme. Ses habits paraissaient propres. De toute évidence, il ne s'agissait pas d'un réfugié.

Étonnée, je m'approchai sans bruit.

Il se tenait droit et arborait une chemise bleue à manches courtes, un pantalon beige en toile fine.

Ses pieds étaient chaussés d'espadrilles. Dans ses mains, il tournait et retournait un béret noir. Ma mère semblait souriante, et dès qu'elle nous aperçut elle nous appela :

– Les filles, les filles, venez vite ! Notre cousin Claudi est là ! Il vient nous chercher, nous allons partir, nous allons quitter ce camp !...

Le sentiment de joie, de délivrance que je ressentis, à ce moment-là, devait rester gravé dans ma mémoire jusqu'à la fin de mes jours.

Nous avons couru, ma sœur et moi, dans les bras de ma mère, et nous avons pleuré…

DEUXIÈME CAHIER

Juin 1939 – août 1939

J'ai combattu de toutes mes forces les brumes de mon hiver. Elles ont fini par se dissiper, abandonnant sur ma personne une empreinte impérissable.

À présent, laissez-moi vous conter comment ma destinée m'a guidée vers ce bel été, à la rencontre de mes jours heureux…

LE BEL ÉTÉ

La Peugeot 402 fourgonnette roulait en direction de Prades. Tout en conduisant, Claudi nous expliqua que cette voiture appartenait à son chef et que celui-ci s'était gentiment proposé de la lui prêter pour qu'il puisse venir nous chercher. Ma mère avait pris place sur la banquette avant alors que ma sœur et moi, tout heureuses, nous voyagions sur le plateau arrière. L'air qui giflait nos visages nous procurait un peu de fraîcheur, mais surtout le sentiment d'une immense liberté. Nos bagages, que nous n'avions pas arrimés, glissaient au gré des virages, de droite et de gauche, et ce balancement amusait beaucoup Anna. Une indescriptible folie nous emportait. Pour un oui, pour un non, pour la moindre phrase, le plus petit mot qui nous parvenait déformé, nous éclations de rire. Je m'attardai sur le visage souriant de ma sœur, sur les vergers et les bois qui défilaient devant nous. Plus loin, je ressentis, une fois de plus, l'attrait de cette montagne, maintenant si proche.

Je ne cessais de me répéter : « Nous voilà libres, libres... »

Ces mots résonnaient dans mon crâne et m'emportaient au-delà d'une plénitude que depuis longtemps je n'espérais plus. Cette quiétude me rappela un de nos repas de fête.

Pour Noël, nous dressions des tables que nous surchargions de plats plus succulents les uns que les autres, de friandises à volonté, de coupes de fruits débordantes, de pâtisseries, de bons vins qui faisaient tourner les têtes… Il régnait dans la maison une euphorie que tous semblaient partager. Les enfants riaient, chahutaient, les yeux pétillants dans l'attente de leurs cadeaux… Les adultes paraissaient communier dans un même élan d'affabilité, de prévenance et de bienveillance… Chacun participait à sa façon et à son rythme à cette parfaite entente.

Ces souvenirs se dissipèrent bien vite. Ils cédèrent la place à l'idée que j'allais bientôt pouvoir me laver à l'eau claire, me savonner jusqu'à m'user la peau et débarrasser mon corps et mon cœur de toute la crasse accumulée durant des mois. Je songeai que sous peu, je retrouverais un toit qui ne plierait pas sous l'effet de la pluie ou du froid, que je me coucherais dans un bon lit douillet, sans la peur au ventre, que plus jamais mes jours ne s'étireraient dans cette stérilité pesante et, qu'en aucun cas, je ne laisserais qui que ce soit décider de mon destin. À ce moment-là, dans un torrent de larmes longuement retenues, je libérai tout mon être de ses souffrances.

Un visage flou apparut dans les nuages amassés sur l'horizon, celui d'Inés. Inés… Je l'avais abandonnée dans le camp, seule avec son désespoir. Mais, à mon corps défendant, je n'avais disposé que de peu de temps pour effectuer mes adieux.

Dès que je m'étais approchée d'elle, j'avais eu le sentiment qu'elle avait compris. J'avais pleuré. Elle m'avait prise dans ses bras, puis elle avait murmuré :

– Nos larmes sont utiles. Elles nous révèlent le bon chemin… Tu occupes une partie de mon cœur et tu y demeureras pour toujours. Nous nous reverrons, c'est sûr. Un jour, nous nous retrouverons…

Nous nous étions embrassées.

Quand la fourgonnette avait quitté le camp, je l'avais cherchée des yeux, mais elle avait déjà disparu.

Je m'étais rendue « chez » Henrietta qui s'était montrée heureuse pour moi.

Elle aussi m'avait enlacée et elle avait murmuré :

– Tu vas me manquer ! Nos routes se séparent, mais aime ! Vis ta vie, et surtout, ma douce Paula, ne t'arrête pas d'écrire ! Tu as du talent. Écris pour transmettre au monde la mémoire de nos jours, de nos existences, de nos douleurs. De mon côté, je m'y attacherai tant que je le pourrai. Et puis, de cette manière, nous serons toujours proches l'une de l'autre. Aujourd'hui, ce n'est qu'un au revoir. Ne nous abandonne pas ! Ne renonce pas au souvenir de tes semblables, de tous ceux qui ici endurent la période la plus difficile de leur vie. Nous ne devrons jamais les oublier !

Sa dignité m'avait émue ainsi que son courage qui, sur le moment, m'avait laissé douter du mien…

Au bout d'une ligne droite, un panneau signalait que nous arrivions à Prades. À mon grand étonnement, Claudi, après avoir traversé la ville, bifurqua et continua sur une route secondaire.

– Claudi ! Ne devions-nous pas nous arrêter à Prades ?

– Non ! précisa-t-il, nous habitons à Taurinya, un petit village à quelques kilomètres d'ici.

Ma mère me regarda et m'adressa un clin d'œil qui se voulait rassurant.

Un peu plus loin, je remarquai une curieuse bâtisse qui ressemblait à un château. En passant à proximité, Claudi nous indiqua qu'il s'agissait de l'abbaye de Saint-Michel de Cuxa. Sans comprendre pourquoi, une étrange émotion m'étreignit.

À l'approche de Taurinya, je discernai, sur le clocher de l'église, une pendule qui précisait l'heure : treize heures. À la sortie du bourg, la voiture quitta la route et emprunta une allée bordée de pommiers. Une cinquantaine de mètres plus loin, une maison se détacha de la verdure qui l'entourait.

Sur la terrasse de lauzes se tenait une femme qui nous accueillit en souriant. Ma mère s'élança vers elle et l'embrassa longuement. Toutes les deux pleuraient. Anna et moi, après être descendues, étions restées un peu en retrait.

– Allez les filles, nous invita ma mère, venez que je vous présente notre cousine !

Antonia nous enlaça tendrement.

Elle proposa :

– Vous devez mourir de faim ! Entrez, entrez ! Nous allons manger…

Nous l'avons suivie dans la cuisine. La porte à peine franchie, des senteurs oubliées vinrent titiller mes narines. D'une marmite noire posée sur un fourneau à bois, se répandait un doux fumet. Sur la longue table garnie d'une nappe blanche se trouvaient cinq couverts déjà disposés, ainsi qu'une panière en osier qui contenait de grosses tranches de pain blond. En apercevant tous ces bienfaits, ma mère, qui avait porté ses mains à son visage, nous observa, muette. Je devinai ses pensées et son émotion. En quelques heures seulement, nous étions passées d'un enfer innommable à ce paradis qui nous paraissait irréel. Pouvoir s'asseoir sur de solides chaises, utiliser de vraies assiettes, des couteaux, des fourchettes, boire dans des verres, une eau pure, s'essuyer la bouche avec une serviette de lin… Nous avions oublié tout cela…

Ce que nous avions également effacé de nos mémoires, c'était le goût de ce jambon de montagne, les saveurs de ce ragoût de mouton, la douceur sucrée de ces pêches du pays. Aussi, ne pouvant contenir mon appétit, je mangeai plus que de raison, jusqu'à me rassasier. Mon estomac, plus du tout habitué à ces agapes, me le reprocha rapidement et je dus me précipiter vers les toilettes…

Durant tout le repas, Antonia s'empressa de nous servir et de répondre au moindre de nos besoins. Elle allait et venait, s'inquiétant de savoir si nous ne manquions de rien, un peu de sel ou de poivre… À plusieurs reprises, ma mère proposa de l'aider, mais chaque fois, elle refusa :

– Non, Isabel, reste assise… Mange !… Tu dois reprendre des forces… Tu as bien changé depuis la dernière fois que je t'ai vue. Tu as tellement maigri. Et vous aussi, les filles, mangez ! Il faut vous remplumer… À ces mots, nous avons ri et nous nous sommes laissé emporter par cette insouciante allégresse.

Dehors, l'air devenait plus respirable. Antonia nous proposa de passer sur la terrasse. Elle nous servit du café dans de belles tasses blanches et elle posa devant nous deux boîtes métalliques. La première contenait le sucre, et la seconde des chocolats. Une fois de plus, ce décor m'apparut irréel, d'un Autre Monde.

Nous bavardions, comme si, à quelques encablures de là, la folie des gens n'existait pas. Nous nous retrouvions bercées par le calme environnant à peine troublé par le bruissement du vent dans les arbres ou le piaillement des oiseaux.

Deux jours auparavant, comment aurais-je pu imaginer vivre cette quiétude, ce bonheur immense ? Antonia prit place près de nous. Claudi en profita pour nous expliquer pourquoi il n'avait pas pu nous « secourir » plus tôt.

– J'ai bien reçu le courrier de mon cousin Josep et comme il le précisait, je suis descendu à Perpignan le jour où vous deviez arriver. Près de la gare, c'était le chaos. Des gens couraient dans tous les sens. L'accès aux quais était impossible. J'ai difficilement réussi à m'approcher d'un employé de la SNCF. Je me suis présenté. Je lui ai dit que j'étais de « la maison », que je travaillais sur la ligne du « Train Jaune ». Je lui ai demandé les horaires des trains en provenance de Port-Bou. Il m'a regardé comme si je tombais de la lune. Avec un sourire narquois, il m'a répondu qu'il n'y avait plus de trains qui arrivaient de là-bas et il est parti en riant.

Claudi accompagnait de gestes chacune de ses paroles, ce qui me fit sourire.

Il continua :

– Le lendemain, j'en ai parlé à mon chef qui connaît bien le maire de Prades. Il m'a promis de lui en glisser un mot. J'ai aussi envoyé un courrier à Josep, mais je n'ai reçu aucune réponse. Je ne sais même pas s'il a reçu ma lettre. Un matin, mon responsable m'a indiqué que le maire de Prades me conseillait de me rendre à la sous-préfecture. Que là-bas, je pourrai certainement récolter des renseignements. J'ai pu obtenir un rendez-vous avec le chef de cabinet, un type bien, à l'écoute. Cet homme m'a expliqué que retrouver ma famille ne serait pas facile. Que plus de 450 000 personnes avaient fui l'Espagne et qu'elles ne se trouvaient pas toutes dans les Pyrénées-Orientales ! Bref ! Il m'avait fait comprendre que c'était impossible…

Il s'arrêta un moment et avala le reste de sa tasse.

— En rentrant à la maison, j'étais tellement déçu que j'en aurais pleuré. Heureusement, Antonia m'a bien soutenu.

L'émotion de Claudi devenait palpable. Toujours attablées, nous buvions ses paroles.

Il se servit un peu d'eau et poursuivit :

— Vous n'allez pas me croire, mais un miracle a eu lieu !... Oui, un véritable miracle ! Je travaillais à Rivesaltes ; des travaux urgents sur la ligne Port-Bou/Narbonne. À midi, le chef de gare nous a invités, mes collègues et moi, dans sa cuisine. Nous avons mangé, fumé, parlé de tout et de rien. Vers la fin du repas, il s'est approché de moi, il m'a tendu un journal. Il m'a indiqué qu'il l'avait trouvé chez un maraîcher, près d'Argelès-sur-Mer ! En le feuilletant, je me suis rendu compte que tous les articles étaient écrits en catalan. D'ailleurs, c'est pour ça qu'il me l'avait donné. En catalan et à la main. À la main ! Vous vous rendez compte ! C'est incroyable, non ?

Claudi se tourna vers moi.

– Et là, sur la dernière page, un nom écrit en toutes lettres a attiré mon attention. Et quel nom ! PAULA FEIXAS. Je ne pouvais me tromper. Ce nom c'était bien le tien, Paula !

Je restai un moment sans voix, abasourdie par cette révélation. Ma mère, qui me regardait, pleurait. Anna se jeta dans mes bras.

– Mais alors Paula, c'est toi qui nous as sauvées ! s'écria-t-elle.

Satisfait de son effet, Claudi persévéra :

– L'après-midi même, je me suis rendu à la sous-préfecture. Dix jours plus tard, tout était réglé. Des recherches avaient été menées par la gendarmerie d'Argelès-sur-Mer et ce sont eux qui vous ont retrouvées, là-bas, dans le camp !

Anna se mit à applaudir comme on acclame à la fin d'une belle histoire. Antonia souriait.

Ma mère laissa aller sa curiosité :

– Mais… ils nous ont laissé partir comme ça, sans autre forme de procès ?

– Non, répondit Claudi, ça n'a pas été aussi simple ! Mais grâce au soutien du maire de Prades, j'ai rapidement obtenu l'autorisation d'un regroupement familial. Pour ça, nous avons dû prouver que nous étions établis en France depuis plusieurs années, que nous disposions de papiers d'identité en règle pour résider sur le sol français, que j'occupais un emploi stable et que nos ressources étaient suffisantes pour subvenir à vos besoins, et enfin, que nous pouvions vous héberger. Non, vraiment, toutes ces démarches, toutes ces contraintes n'ont pas facilité les choses. Mais aujourd'hui, vous avez toutes les trois un titre de séjour, et pour moi, c'est ce qui compte !

Dans un élan commun, nous nous sommes levées et nous avons embrassé Claudi et Antonia. Puis, nous avons tous pleuré.

Essuyant ses larmes, Antonia fut la première à troubler cet instant :

— Bon, allez !... Maintenant, je vais vous faire visiter la maison et vous montrer vos chambres !

Je restai un moment à l'extérieur, abasourdie par cette chance, par cette providence qui avait placé le journal d'Henrietta sur le chemin de Claudi.

Mon regard s'égara sur les contours de l'habitation. Elle paraissait robuste. Ses façades de grosses pierres grises jointées semblaient solides. Au rez-de-chaussée, comme à l'étage, les fenêtres étaient pourvues de rideaux blancs. La toiture, revêtue de tuiles rouges, écrasait l'ensemble. En me déportant légèrement sur la gauche, j'entraperçus, de l'autre côté de la bâtisse, un appentis. Sur des rayonnages de bois s'entassaient des casiers, des bocaux, du matériel de jardinage, des outils. Deux bicyclettes reposaient, appuyées contre l'une des parois.

À l'arrière de la maison, je trouvai un potager parfaitement entretenu.

Plus loin encore se dressait un petit baraquement entouré de palissades. Je m'en approchai, quand soudain, un porc que j'avais certainement dérangé durant sa sieste, grogna si fort, que je fus apeurée. Honteuse, je cessai là mes explorations et je retournai en courant vers la demeure.

La porte d'entrée s'ouvrait sur un vestibule qui desservait, à droite la cuisine, au centre, un escalier menant à l'étage et à gauche, une vaste salle à manger équipée d'une cheminée. Je gagnai le niveau supérieur, et me dirigeai vers les voix de ma mère et d'Antonia. Elles se trouvaient dans une chambre claire, meublée de deux lits d'une place, d'une table de nuit et d'une grande armoire.

En me voyant, Antonia m'annonça :

– Ah ! Paula ! Voici la chambre que tu partageras avec ta sœur.

Cette chambre, à quel point l'avais-je imaginée, espérée comme je la découvrais maintenant ? Belle, lumineuse, accueillante, spacieuse… Je m'assis sur un des matelas et j'en appréciai aussitôt sa douceur. Combien de fois, dans mon trou, avais-je pesté contre la dureté du sable, contre le froid pénétrant qu'il retenait en ses grains ?

L'autre chambre, en face de la nôtre, Antonia l'avait dédiée à ma mère. Elle était meublée d'un grand lit, d'une commode surmontée d'un miroir, d'une armoire et d'une chaise. Puis, Antonia nous conduisit au bout du couloir vers « la salle de bains ».

C'était une pièce exigüe, uniquement éclairée par une petite trappe disposée en hauteur. À gauche en entrant, une coiffeuse supportait une cuvette de faïence. Au sol reposait un broc rempli d'eau. Au fond, j'aperçus un seau fermé par un couvercle. J'en devinai immédiatement l'utilité. Pour moi, cet objet appartenait à un autre monde. Dans ma mémoire ressurgissait la puanteur qui se dégageait des latrines de notre camp.

Et cette eau, dans ce récipient, pouvait-elle me faire oublier cette lavasse saumâtre que nous employions au fond de notre trou, pour nos toilettes intimes bien souvent bâclées ? Détenait-elle la vertu d'effacer cette rinçure qui nous exposait à toutes sortes de mycoses impossibles à traiter ?

En songeant à Inés et à Henrietta, je me demandai pourquoi je pouvais à présent profiter de toutes ces faveurs alors qu'elles croupissaient encore sur leur plage. En redescendant au rez-de-chaussée, je retins mes larmes tant mon cœur sombrait dans un repentir démesuré.

Je rejoignis les autres qui avaient repris leurs places sous la véranda. La journée s'acheva par un repas aussi festif que celui servi à midi. Après le dessert, Claudi nous offrit un petit verre de muscat. J'avalai avec délectation ce doux breuvage qui déversa dans mon estomac endolori une chaleur mémorable. La fatigue nous assommait. Alors, tout heureuses de nous coucher entre ces draps immaculés, nous avons regagné nos chambres.

Au cours des jours qui suivirent, Claudi et Antonia se

dévouèrent corps et âme pour nous. Leurs attentions renforçaient notre volonté de relever la tête si longtemps ployée, de recouvrer certains de nos sens oubliés et de renouer avec un peu de gaieté. Nous avions vécu méprisées, accueillies comme des indésirables, inexistantes aux yeux de beaucoup, et maintenant, ces bienfaits, cette générosité sans limites me réconciliaient avec le genre humain.

Bien souvent, le matin, les senteurs du café nous réveillaient. Nous descendions à la cuisine. Antonia avait déjà préparé le petit déjeuner. Les bols étaient disposés sur la table. Dans une panière nous attendaient les tranches d'un bon pain qui embaumait toute la pièce. Nous étalions sur elles du beurre et une épaisse couche de confiture de cerises ou de fraises, puis nous trempions le tout dans le liquide fumant et nous mangions avidement. Au moment de la toilette, je frémissais de bonheur à l'idée de me laver avec de l'eau claire, de coiffer mes cheveux propres et de les laisser sécher au soleil.

Souvent je supervisais les activités d'Anna. Je remarquais, avec satisfaction, que petit à petit, elle retrouvait son sourire et se réappropriait les plaisirs des jeux d'enfants.

Un matin, nous étions « descendues » en autobus jusqu'au marché de Prades. En arrivant dans les rues du centre-ville, j'étais restée stupéfaite de trouver là toute une profusion d'étals. Alignés les uns à côté des autres, les détaillants proposaient au choix des clients leurs produits : des fruits, des légumes, de la viande et de la charcuterie, des poissons et des coquillages, des miels et des vins du pays, des pâtisseries. Toutes ces marchandises s'offraient à nos papilles chargées d'envies.

Plus loin, des femmes tressaient des brins d'osier et confectionnaient des sacs ou des cabas. Devant nous, un grand escogriffe, coiffé d'un béret et couvert d'une blouse grise, haranguait les acheteurs. Sa voix tonitruante effraya Anna qui commença à sangloter.

Antonia s'adonna à ses emplettes et au fur et à mesure, ma mère les empilait dans des paniers. Puis elle nous conduisit vers la boutique d'un fripier. Là, nous avons essayé des vêtements ; les nôtres n'étaient bons qu'à jeter.

Antonia nous conseilla :

– Vous devriez prendre aussi des maillots de bain ! Demain, nous irons faire un pique-nique à la cascade des Anglais. Vous verrez ! C'est magnifique ! Vous pourrez aussi vous baigner ! Avec ces chaleurs, ça vous fera du bien !

Ma mère s'était approchée d'elle, visiblement gênée.

– Merci ! Merci mille fois pour tout Antonia ! Je n'oublierai jamais ! Dès que je le pourrai, je te rendrai tout ça au centuple !

– Tu ne me dois rien, Isabel ! Vous agiriez de même, toi et Josep ! Et puis, pour Claudi et moi, c'est un immense plaisir de vous avoir retrouvées toutes les trois !

Nous nous étions levées de bonne heure, car la veille,

Antonia avait recommandé de ne pas partir trop tard afin d'éviter la fournaise.

Anna et moi étions très excitées à l'idée d'une randonnée agrémentée d'un déjeuner sur l'herbe et d'une baignade rafraîchissante.

Après deux heures de marche menées tambour battant par Claudi sur des sentiers escarpés, nous avons atteint le site, au détour d'une forêt.

Instantanément, je me suis sentie bien en ce lieu. Je restai surtout émerveillée face à ce spectacle marqué par l'authenticité de la nature.

Devant nous, dans un grondement sourd, un mur d'eau de plusieurs mètres de hauteur s'écrasait dans une cuvette avant de continuer son périple vers l'aval. Cette vasque, suffisamment grande pour que nous puissions nous y tremper tous, paraissait accueillante. D'ailleurs, en un rien de temps, nous nous sommes débarrassés de nos vêtements et nous avons piqué une tête. Après nos efforts pour arriver jusque-là, ce bain s'avéra très salutaire.

Anna en profita pour nous arroser en poussant des cris de ravissement. Ses hurlements s'accentuèrent lorsque Claudi la poursuivit en imitant le rugissement d'un lion. Plus tard, allongés sur nos serviettes, nous avons laissé les rayons du soleil nous sécher.

Antonia et ma mère commençaient à dresser « la table », quand une bande de garçons déboula non loin de nous. Je levai la tête et en comptai quatre.

Ils nous évitèrent pour passer sur l'autre berge, mais à entendre leurs rires mélangés à des sarcasmes, je compris rapidement que nous devions faire l'objet de leurs moqueries.

Renfrognée, je rejoignis ma famille tandis que les jeunes hommes se jetaient dans le flot en se bousculant et en s'invectivant gaiement.

À l'ombre d'un rocher, Claudi découpait le pain alors qu'Antonia procédait aux derniers préparatifs. En m'approchant, je découvris, étendue sur le sol, une nappe blanche chargée de victuailles : une salade de tomates, des anchois, du pâté, du saucisson, du fromage, des fruits, une bouteille d'eau et une de vin.

Étonnée par cette profusion de denrées, je questionnai Claudi.

– Mais ça sort d'où tout ça ?

Il s'esclaffa :

– De mon sac, pardi !

– T'as tout porté sur ton dos ?

– Ce n'est rien... au cours de ma vie, j'ai dû faire preuve de beaucoup plus de courage, crois-moi !

Bien sûr que je le croyais, car l'histoire qu'il nous avait racontée, quelques jours plus tôt, était encore gravée dans ma mémoire.

« À l'âge de vingt-deux ans, je me suis engagé dans la légion espagnole. Pas par conviction, mais plutôt parce que ça représentait pour moi le meilleur moyen de ne pas crever de faim. L'armée me payait modestement, mais j'étais logé, nourri et blanchi. En 1920, mon contingent a rejoint le nord du Maroc. Là-bas, l'Espagne essayait, tant bien que mal, d'administrer la région montagneuse du Rif. Nos patrouilles se multipliaient sous une chaleur étouffante. Nous parcourions à pied d'importantes distances. Nous gravissions bien souvent sur des sentiers accidentés, des sommets qui culminaient à plus de deux mille mètres d'altitude. Notre barda obligeait les plus endurcis à courber le dos. Je ne rechignais pas, bien au contraire. Souvent, je proposais à mes chefs d'ouvrir la marche, même si je me savais en première ligne en cas d'embuscade. Mais mis à part quelques échauffourées avec quelques tribus rifaines, je profitais pleinement de la beauté des paysages. Au début de l'année 1921, un jeune Marocain, ancien fonctionnaire de l'administration espagnole, a déclenché de véritables hostilités envers nos forces d'occupation. Il s'appelait Mohamed ben Abdelkrim al-Khattabi, ou Abdelkrim. Avec mon bataillon, nous nous sommes rendus à Abarran, à cinq kilomètres à l'est d'Anoual. C'est là-bas que le 21 juin 1921, nos troupes se sont retrouvées encerclées par plus d'un millier de combattants marocains. Cette attaque a coûté la vie de plus de deux-cents de nos soldats, sauvagement massacrés. Seule une poignée d'hommes, dont je faisais partie, a réussi à échapper à la boucherie. Nous étions livrés à nous-mêmes, sans chef, sans eau et sans vivres. Nous nous retrouvions complètement perdus, ne sachant quelle direction prendre, quelle option choisir, coupés de tout contact avec les autres bataillons. Certains ont proposé de rejoindre la Méditerranée distante de quelques kilomètres à peine. Je me suis interposé et j'ai suggéré d'aller dans les montagnes où nous pourrions nous cacher, trouver de l'eau et avec un peu de chance, dénicher aussi de quoi manger. La majorité s'est rangée à mon avis. Durant plus de trente jours, nous avons marché sous un soleil de plomb, à la merci d'une rencontre avec les belligérants. Nous avons évité les villages. Nous nous sommes nourris de figues de barbarie, le plus souvent. Nous avons bu de l'eau croupie, dénichée dans quelques flaques boueuses. À l'ouest, nous avons découvert des vallées plus verdoyantes, plus accueillantes. Nous y avons trouvé des dattiers et des sources. Un de nos compagnons souffrait de terribles diarrhées et peinait à suivre. Pendant des kilomètres et des kilomètres, je l'ai aidé à se maintenir, à avancer, coûte que coûte. Après avoir contourné la ville de Tétouan, nous avons réussi à atteindre l'enclave de Ceuta. Étant donné que nous étions tous malades, les autorités nous ont rapatriés dans un hôpital à Barcelone. En 1924, j'ai quitté la légion, et j'ai épousé Antonia. Nous n'avions plus de famille en Espagne, alors nous avons émigré en France. À ce moment-là, on trouvait encore du travail et je suis parvenu à me faire embaucher à la SNCF. Elle recrutait pour des travaux du prolongement de la ligne entre Bourg-Madame et Latour-de-Carol. Depuis nous habitons ici, dans ce village, et nous y sommes bien. »

Il avait terminé son propos en ajoutant :

— Ce n'est pas tant mon existence, là-bas au Maroc, qui me préoccupe… Moi je m'en suis sorti. Je ne me plains pas. Mais c'est ce qui se passe actuellement dans notre pays qui me blesse… Tous ces morts, toute cette misère, tous ces gens déracinés, pourquoi ? Pourquoi tout ça ? Au nom de quoi ?

Cet homme pour qui je ressentais de l'admiration se dressait devant moi. Je le regardais chaque jour vivre sa vie. Il paraissait heureux. Il riait franchement et plaisantait à chaque instant, à chaque phrase comme s'il voulait s'étourdir pour ne pas pleurer.

Nous avons mangé goulûment, affamés que nous étions. Puis, après le repas, je me dirigeai seule vers la rivière où j'avais repéré une pierre plate sur laquelle je souhaitais m'étendre au soleil.

À peine allongée, une gerbe d'eau froide me trempa de la tête aux pieds. Du haut d'un rocher, un des garçons venait de sauter dans le bassin tout près de moi. Je me levai, prête à le sermonner, mais quand il émergea, nos regards se croisèrent. Je fus immédiatement séduite par ses yeux d'un bleu profond, par sa chevelure blonde plaquée sur son crâne. Je le trouvai tellement beau, respirant la jeunesse, la joie de vivre, que j'en oubliai ma colère. Il me toisa, l'air satisfait de sa plaisanterie, me tourna le dos et nagea vers ses acolytes hilares.

En regagnant mon emplacement, je le suivis du coin de l'œil. Lorsqu'il sortit du bassin, je remarquai son torse imberbe, ses épaules larges et musclées, ses longues jambes fuselées. Il devait mesurer au moins un mètre quatre-vingt et l'eau qui ruisselait sur son corps hâlé le rendait encore plus attirant. Je tâchai de ne rien laisser paraître, mais l'exaltation qui montait en moi demeura la plus forte. Je ne pouvais plus détacher mon regard de ce beau jeune homme.

Je tentai de me montrer totalement désintéressée, mais j'éprouvais une telle fascination, qu'immanquablement mes yeux se tournaient vers lui.

Les quatre garçons étaient assis sur des pierres en face de moi. Ils riaient à leurs blagues en m'observant. Je compris bien vite que mon « préféré » avait deviné mon attirance pour lui, car malgré la présence de ses amis, il ne cessait de me dévisager et de me sourire.

Anna me tira de ma béatitude.

— Paula ! Tu viens te baigner avec moi ?

Une demi-heure plus tard, ma mère m'indiqua que nous devions partir. Pendant que je rassemblais mes affaires, ma respiration s'accéléra. Je n'avais absolument pas envie de quitter ces lieux merveilleux et de le perdre lui, qui, de l'autre côté, me fixait toujours. Il ne bougeait plus, il ne riait plus. Il paraissait aussi désemparé que moi de me voir m'envoler.

Claudi donna le signal de la séparation. Je restai volontairement à la traîne afin de prolonger le moment.

Un peu plus loin, le sentier formait un coude et je savais qu'à partir de ce point, je ne pourrais plus l'apercevoir. Je me retournai. Il se tenait toujours sur la berge. Il leva la main et m'adressa un signe discret. Pétrifiée, je parvins à lui sourire. Je détournai mon regard et, submergée de désespoir, je m'enfonçai dans les bois…

Le retour dura une éternité.

J'avais hâte de rentrer à la maison, de me retrouver seule, de me réfugier dans ma chambre pour ne penser qu'à lui. D'ailleurs en arrivant, je prétextai des maux de tête qu'Antonia qualifia de « coup de chaud ». Je restai longuement renversée sur mon lit. Je gardai les yeux fermés afin de préserver le souvenir de son visage. Une douce sensation s'installa en moi, une excitation inconnue qui me fit frissonner. Tout mon corps réagissait, tremblait. J'avais l'impression de planer au-dessus de ma couche. Plongée dans mes pensées, je n'entendis pas ma mère entrer. Je transpirais. Affolée, elle posa la main sur mon front.

— Mais tu es brûlante ! Tu dois faire une insolation !

Elle se dirigea vers la salle de bains et revint avec un gant de toilette mouillé qu'elle appliqua sur ma tête. La fraîcheur de l'eau me soulagea. Peu à peu, je recouvrai mes sens et mon corps s'apaisa. C'est alors que je ressentis une pointe acérée traverser mon cœur. Je ne savais rien de ce garçon, ni son nom, ni où il demeurait, ni comment je ferai pour le retrouver et le revoir. Toutes ces questions me laissèrent un goût amer dans la bouche.

Les jours suivants ne m'apportèrent aucun répit. Mon imagination voyageait sans cesse. Elle me menait immanquablement vers ce paysage idyllique, vers cette avalanche d'eau d'où surgissait miraculeusement mon beau jeune homme. Je m'efforçais de chasser ces chimères, mais à chaque tentative mes entrailles se ratatinaient. À me voir ainsi, ma mère s'inquiéta :

– Quelque chose ne va pas, ma fille ?

– Non, non, maman ! Tout va bien ! Ne te fais pas de soucis !

Elle ne me poussa pas plus dans mes retranchements, mais je savais qu'elle ne devait pas se fier à mes affirmations.

Petit à petit je récupérai un peu de mon dynamisme. Certes, je n'oubliais pas ce garçon, mais je luttais afin de retrouver mon bon sens, pour ne retenir que le meilleur de cette rencontre. Pour cela, j'avais solidement logé son image dans un recoin de mon cœur.

Nos occupations ne variaient guère d'un jour à l'autre. Nous aidions Antonia dans ses tâches ménagères et dans la préparation des repas. Elle me sollicitait bien souvent pour porter des épluchures à « Grognon », le porc qui m'avait tant effrayée lors de notre première confrontation. Depuis, lui et moi étions devenus amis. Dès qu'il m'entendait arriver, il se précipitait vers la barrière en poussant des borborygmes de satisfaction.

Je déversai par terre les restes sur lesquels il se jetait voracement.

Je pensais pouvoir un jour lui caresser la tête, mais mon courage n'avait pas encore atteint ce degré.

De son côté, Anna prenait un plaisir évident à s'occuper des poussins. Elle s'appliquait à leur lancer des graines ou du vieux pain qu'Antonia lui avait confiés. Nous nous réjouissions de voir la joie qu'elle manifestait quand elle revenait du poulailler en exhibant fièrement les œufs qu'elle y avait trouvés.

Un soir, durant le souper, Claudi annonça :

– Demain, c'est le 14 juillet. Nous pourrions tous aller à Prades. Il y aura un bal et un feu d'artifice sera tiré.

Ravies, nous avons applaudi à l'idée de cette fête, mais mon enthousiasme s'estompa bien vite. Les vêtements dont je disposais ne se prêtaient pas du tout à une telle sortie et encore moins à quelques pas sur une piste de danse. De plus, je ne bénéficiais d'aucun subterfuge qui me permettrait d'agrémenter mon apparence physique…

Antonia dut deviner mes pensées, car elle m'adressa immédiatement un sourire.

– Nous irons au marché demain matin. Nous achèterons de quoi nous habiller convenablement pour ces festivités.

Les larmes aux yeux, je l'embrassai…

Pour la soirée, Claudi avait emprunté la fourgonnette de son chef. Anna et moi, nous nous tenions debout sur le plateau arrière, tandis qu'Antonia et ma mère avaient pris place aux côtés de notre chauffeur.

Je me gardai bien, surtout dans les virages, de salir contre la tôle, la jolie robe bleu clair offerte le matin même par Antonia.

J'avais beau râler, mais cela ne servait à rien. L'air qui fouettait mon visage s'amusait à m'ébouriffer alors que, durant plusieurs heures, je m'étais appliquée à obtenir une coiffure convenable.

Pour la première fois de ma vie, j'avais passé sur mes lèvres le bâton rose qu'Antonia m'avait prêté. En me voyant ainsi fardée, ma mère s'était écriée :

— Mon Dieu que tu es belle ! Tu vas faire des conquêtes ce soir !

Nous avons bien ri. Mais je regrettais maintenant d'avoir utilisé cette pâte épaisse qui collait à mes babines.

À l'entrée de Prades, un flot ininterrompu de personnes déferlait vers le centre-ville. La bonne humeur et la fête semblaient de mise. Dans une rue étroite, de jeunes hommes se bousculaient en imitant les plaquages que les joueurs accomplissaient au rugby. D'autres, se tenaient par les épaules, sautillaient en entonnant des chants catalans. Cette liesse prometteuse me réjouissait d'autant, qu'une nuit étoilée nous offrait un peu de la fraîcheur tant espérée durant la journée.

De la place de l'église où la foule s'était agglutinée nous parvenait un brouhaha sourd et régulier, mêlé aux flonflons d'un orchestre. Sous des platanes illuminés trônait une estrade qui accueillait les musiciens.

Devant eux, des couples enlacés tourbillonnaient joyeusement sur des paso doble endiablés. Sur le côté, près du sanctuaire, une buvette, qui s'étirait sur plusieurs mètres, paraissait prise d'assaut par une majorité d'hommes. Un verre de muscat ou de vin à la main, ils discutaient entre eux.

Jouant des coudes, nous nous sommes frayé un chemin afin de nous rapprocher de la scène. Claudi proposa aussitôt à ma mère de danser. Rapidement, ils se perdirent au milieu de la piste.

Par précaution, je tenais Anna fermement appuyée contre moi. Profitant pleinement de cette allégresse et de cette insouciance ambiante, je me laissai porter par la musique qui emplissait mon cœur de joie.

La ronde s'acheva. Claudi reconduisit ma mère vers nous, puis, derechef, il attira Antonia dans une valse. Je les contemplais virevolter. Ils arboraient, tous les deux, un large sourire bourré de tendresse qui me procura un immense plaisir.

Brusquement, mes jambes se dérobèrent.

À quelques pas de là se tenait mon adorable blondin. Il me tournait le dos et ne pouvait pas me voir. Je me sentis prise de vertiges, mais surtout, ne sachant pas comment réagir, je me mis à rougir. Je me tassai sur moi-même de manière à me dissimuler à son regard, mais à l'instant où je me redressai, mes yeux s'accrochèrent aux siens. Un moment, il parut indécis puis son sourire se dessina. Il m'avait reconnue…

Quel bonheur ! Il m'avait vue…

Je restai figée. Autour de moi, plus rien ne subsistait comme si la terre elle-même s'était arrêtée de tourner. Je ne percevais plus la rumeur ambiante ni la musique. Je ne ressentais plus l'oppression de la foule collée contre mon corps. Seuls son visage et ses yeux focalisaient mon esprit.

Comme dans mes rêves les plus fous, il me sourit. Bien plus qu'une simple politesse, je décelai dans ce geste une véritable attirance. Mon cœur battait tant la chamade que ma mère s'aperçut de mon trouble.

— Paula ! Paula ! Redescends sur terre !

Un scintillement multicolore, suivi d'une explosion, éclaira le ciel et m'arracha à mon mirage. Le feu d'artifice commençait.

— Heu... Oui, maman ! Excuse-moi !

Après le bouquet final, l'orchestre entama de nouvelles musiques. Durant les illuminations, j'avais pu entrevoir la silhouette de mon « casque d'or » et maintenant, comme par enchantement, il se tenait tout près de moi. Je pouvais presque sentir son souffle sur mes cheveux. Il s'avança.

— Mademoiselle, acceptez-vous cette danse ?

Il souriait de toutes ses dents. Je restai inerte, sans voix, pensant qu'il ne s'adressait pas à moi. Impossible…

Un coup de coude me tira de mes doutes.

— Ben alors, Paula ! Va ! Qu'est-ce que tu attends ? me glissa ma mère…

Si j'avais pu me métamorphoser en petite souris, je me serais cachée dans le trou le plus proche… Mais quand il attrapa ma main et qu'il m'emmena sur la piste de danse, toute ma timidité s'envola comme par miracle.

Les musiciens entamèrent une sardane. Mon cavalier m'entraîna vers la ronde qui s'était déjà formée. Rapidement, il se rendit compte que je ne connaissais pas les pas de cette danse qui, pourtant, se pratiquait aussi dans ma région. Très compréhensif et très gentiment, il prit soin de me diriger. Nos doigts s'agrippèrent. Nos pieds se touchèrent et mon corps exulta. Je restai décontenancée quand la musique cessa.

Il me proposa :

– Veux-tu boire quelque chose ?

– Oui ! Mais je dois prévenir ma mère. Attends-moi là ! Je reviens de suite !

Elle me donna son consentement, mais elle me demanda de les retrouver impérativement, sur cette place, avant minuit trente…

Tout heureuse, je rejoignis mon inconnu.

Une heure… Je disposais d'une heure pour enfin le découvrir et profiter de lui…

À la buvette, je sollicitai un verre d'eau. Lui, commanda un muscat qu'il avala d'un trait.

– Éloignons-nous un peu de la fête, me proposa-t-il, nous serons plus au calme !

Avec lui, je me sentais en sécurité et je consentis à le suivre.

En contournant l'église, nous avons débouché sur le parvis. Nous nous sommes assis sur les marches.

Sans attendre, il engagea la discussion.

— Je m'appelle Julien. J'ai vingt et un ans ! Et toi ?

Il avait l'air très sûr de lui. Ses yeux rieurs me scrutaient. Je bafouillai dans un français impeccable.

— Moi… je m'appelle… Paula ! J'ai le même âge que toi !

— Paula ! C'est un joli nom ! J'aime bien !

Nos regards ne se lâchaient pas. Je tentai de contenir le trouble qui m'empêchait de respirer.

— Tu n'es pas française ! Je ne t'ai jamais vue par ici ! Heu... à part l'autre fois, à la cascade !

Je ne tenais pas à lui dévoiler mon histoire. Pas ici. Pas maintenant. Ma réponse resta évasive.

— Non ! Il n'y a pas bien longtemps que nous vivons dans la région.

— Et où habites-tu ?

— Chez des cousins ! À Taurinya !

Son visage s'illumina.

— À Taurinya ! C'est formidable ! Moi je suis de Fillols ! C'est juste à côté ! On pourra se voir souvent ! Enfin, si tu le souhaites…

Si je le voulais ? Mon Dieu ! Combien je le désirais ! Rien ne pouvait me procurer plus de joie.

— J'ai un vélo ! Je pourrai venir te chercher. On pourra aller se balader !

Je mentis :

— Moi aussi j'ai un vélo !

Tout à coup, son expression changea et son sourire disparut. Sur l'instant, je me demandai si j'avais prononcé quelques mots qui auraient pu l'offenser, mais je fondis de bonheur quand il approcha ses lèvres des miennes. Ce premier baiser volé, tant désiré, si savoureux, si inoubliable, je voulais le garder à jamais gravé dans ma mémoire. Il m'entraîna vers un autre univers, dans une nouvelle dimension, totalement inconnue pour moi. À ce moment-là, je me sentis femme…

Au-dessus de nos têtes, la cloche de l'église tinta, marquant ainsi la fin de « notre moment ». Julien tenait mes mains serrées dans les siennes. Nous nous sommes regardés sans voix, étonnés de ce moment de bonheur.

— Je dois y aller ! Ils vont m'attendre, je…

Il ne me laissa pas terminer. Une fois de plus, il m'attira vers lui et déposa un délicat baiser sur ma bouche.

Il murmura :

— Désormais, je sais où te retrouver. Je viendrai. Oui, c'est sûr ! Je viendrai te rejoindre le plus vite possible. Va, maintenant, va…

Mon désespoir devint tel que mes jambes ne me portèrent que difficilement. Comme un automate, j'avançai vers la foule, vers le bruit, vers mon supplice…

Après notre retour à Taurinya, ma mère, fort heureusement, n'évoqua pas mon « escapade ». Cette discrétion que j'avais souhaitée, m'apaisa.

Dans les brumes de ma chambre, je songeai, tout à loisir, à cet instant magique. Pendant des heures et des heures, je me repassais les images de notre rencontre, de la surprise et du bonheur ressentis... Ce n'est que bien plus tard que je réussis à trouver le sommeil...

Le lendemain matin, je fus la première à me lever, à entreprendre ma toilette et à m'habiller. J'ouvris grand la porte de la cuisine. Tout en mangeant, je scrutais, fébrile, le bout du chemin et, plus haut, la route départementale. Ma seule préoccupation restait de savoir s'il allait venir aujourd'hui, et surtout quand ? À quelle heure ?

Antonia s'étonna de ma présence si tôt.

— Tout va bien, Paula ? Tu n'es pas malade ?

Quand elle croisa l'air béat que j'exhibais, elle sembla comprendre. Elle esquissa un large sourire et entonna :

— L'amour, l'amou... our, l'amour !

Honteuse, je la défiai du regard, mais aussitôt elle éclata de rire, me prit dans ses bras et m'embrassa.

Je passai le reste de la matinée à guetter l'arrivée de Julien. Ma mère vint s'asseoir près de moi, sous la véranda.

Sans détour, elle me demanda :

— Comment s'appelle ce beau garçon ?

Je demeurai un moment interdite.

— Julien ! Il s'appelle Julien !

— Il était à la cascade l'autre jour non ? ironisa-t-elle.

— Oui ! Il y était ! C'est là-bas que je l'ai vu pour la première fois !

— Et vous devez vous revoir ?

Je levai vers elle un regard chagriné.

– Oui maman ! Il m'a dit qu'il viendrait ! Mais je ne sais pas quand !

Elle passa son bras autour de mon cou.

– Ne t'inquiète pas, ma fille, il va venir ! Crois-moi, il va venir…

Effectivement, en début d'après-midi, je le vis arriver perché sur son engin, essoufflé, les joues rougies par l'effort, mais le visage épanoui.

Le cœur battant, je courus à sa rencontre. Il sauta presque de son vélo, le laissa tomber par terre. Il m'enlaça et m'embrassa. Des perles de sueur dégoulinaient de son front haut et volontaire, mais je m'en moquais, il était là et rien d'autre ne comptait.

Je me détachai de lui et formulai :

– Attends-moi ! Je vais chercher ma bicyclette.

Je fonçai vers la remise. Le matin même, j'avais demandé à Antonia la permission d'emprunter un des vélos, si par bonheur… « IL » venait…

Les parfums des vergers m'enivraient. Juchés sur nos « petites reines », nous avons dévalé la route en direction de Prades. Le soleil brûlait les collines environnantes. Le ciel bleu, se profilant jusqu'à l'horizon, nous promettait un après-midi sans nuages, sans fin…

Julien ouvrait la voie.

Je le suivais, accordant une attention toute particulière à ma conduite. En vérité, je ne possédais que très peu d'expérience dans l'art du pilotage d'une bicyclette.

Mes genoux gardaient encore les traces douloureuses de l'unique fois où j'avais eu l'occasion de me livrer à cette pratique.

Un peu plus loin, il s'écarta de la route et emprunta une piste en terre. Je me souvins alors de ce lieu, de ce bâtiment que j'avais remarqué au moment de notre arrivée chez Claudi et Antonia : l'abbaye de Saint-Michel de Cuxa.

Julien descendit de son vélo, le plaqua contre un mur de pierre et m'invita à le suivre. Il saisit ma main et me conduisit vers le prieuré.

– Viens vite ! Je vais te montrer quelque chose d'exceptionnel ! suggéra-t-il.

Nous avons contourné le majestueux monastère et emprunté un sentier qui longeait un canal bordé d'arbres. L'eau qui courait entre les rochers alignés nous procura un peu de fraîcheur. Après avoir suivi l'aqueduc sur plusieurs centaines de mètres, nous nous sommes approchés d'un ouvrage en béton. De cette construction, en forme de cercle, jaillissait un flot continu qui se déversait dans le ruisseau. Julien devina mon étonnement.

– Ce dispositif est un véritable chef-d'œuvre, commenta-t-il, une véritable prouesse. C'est une démonstration du génie de l'homme !

Il était tellement impliqué que je pris à cœur son exposé. Il persévéra dans son élan et me demanda de regarder de l'autre côté de la vallée.

– Tu vois, toute cette eau provient d'un canal accroché là-bas, au flanc de cette colline. Elle traverse tout ce vallon pour ressurgir ici, par ce siphon. Tu t'imagines, tout ce travail a été réalisé il y a presque quatre-vingts ans, avec des moyens complètement dépassés maintenant. Tout ce boulot pour irriguer cette partie du vallon et tous ces vergers, il fallait y penser ! Tu sais, les hommes, quand il s'agit d'assurer leur survie, ils peuvent développer une intelligence incroyable.

J'avais suivi au cours de ma scolarité des leçons renforcées de langue et d'expression française. Aussi, je trouvai son élocution remarquable. Il parlait naturellement, en des termes choisis, et cette particularité m'enthousiasma. Amusée, je le regardai gesticuler et s'enflammer, fier de ses commentaires.

Au-delà de ses mots, qui me parvenaient par bribes, je décelai dans son comportement une vitalité étonnante, enivrante, un dynamisme contagieux qui me rappela mon père.

Il s'entêta, durant plusieurs minutes, à me fournir tout un tas d'explications. Mais quand il constata que je le dévisageais en affichant un sourire béat, il s'avança, me prit dans ses bras et m'embrassa…

Nous nous sommes assis sur un talus, l'un contre l'autre. Tout en nous tenant les mains, nous avons regardé devant nous, perdus dans notre quiétude.

Je rompis le silence.

– Parle-moi de toi ! De tes goûts ! De tes occupations… Raconte-moi ton enfance, ta famille !

Ma question parut le gêner, et sa gaieté sembla s'effacer. Je regrettai immédiatement ma curiosité peut-être déplacée. Il ne répondit pas tout de suite. Il fixa le panorama qui s'étalait devant nous avant de se détendre et de se laisser aller.

– Je suis désolé, mais parler de mon enfance m'est bien difficile. Mais, bon ! Pour toi, je vais faire un effort. Mon père, Amat Pagès, était instituteur dans notre village de Fillols, avant la Grande Guerre. Je ne l'ai pas connu. Je suis né alors qu'il était au front. Il a perdu la vie en 1918, pendant la bataille de la Somme, juste quelques mois avant l'armistice. Ma mère me parle souvent de lui comme d'un homme respectable, quelqu'un d'honnête et très avide de liberté, mais surtout de patriotisme. Il était apprécié de tous au village.

Il se tourna vers moi :

– Il me manque ! Durant toute mon enfance, il m'a manqué. À l'école, les autres se moquaient de moi parce que je n'avais pas de papa. J'en ai terriblement souffert. Le seul souvenir qui me reste de lui, c'est une photographie accrochée à un mur de la salle à manger. Une photo sur laquelle il sourit dans son habit de soldat. Ma mère garde ses médailles dans un tiroir. De temps en temps, elle les sort. Elle les regarde, les fait briller. Elle pleure et après, elle les remet en place. Moi, en souvenir de lui, je fais tout ce que je peux pour me conduire de mon mieux, mais aussi pour respecter ses idées. D'après ma mère, il défendait les valeurs du gouvernement français. Je les défends aussi. Je n'accepterai pas que notre pays bascule dans une ruine provoquée par des extrémistes ou des révolutionnaires.

Abasourdie, je lui fis face. Ses propos venaient de creuser entre lui et moi, un abîme idéologique qui me glaça. Je ne lui montrai pas ma déception et je le laissai continuer.

– Aujourd'hui, je vis avec ma mère. En tant que veuve de guerre, elle a trouvé un emploi de comptable à la mairie. Moi je voudrais passer des examens pour rentrer dans la police. Mais en ce moment, ce n'est pas facile. Voilà. À ton tour maintenant de me parler de toi.

Il déposa un nouveau baiser sur mes lèvres.

Je m'appliquai à ne pas lui montrer mon désappointement, car au fond de moi, je n'imaginais pas un seul instant que nos différences de pensées puissent ébranler cet amour naissant. D'ailleurs, je chassai bien vite de mon esprit ce petit nuage noir venu entacher ce bel après-midi.

Retracer mon âge tendre et mon adolescence ne s'avéra pas un exercice laborieux. De ces années, qui s'étaient écoulées dans la douce sérénité de notre histoire familiale, je gardais un souvenir paisible, celui d'une existence simple, ponctuée de ses joies et de ses peines, celui d'une vie basée sur le travail et le respect d'autrui.

Concernant mes parents, je m'attachai dans un premier temps à valoriser la faculté que possédait mon père à s'épanouir dans son métier de bâtisseur.

Patiemment, il avait déversé sur nous toute son instruction, toute sa gentillesse. Je me rappelais que bien souvent, Anna et moi l'écoutions parler sans faiblir durant des heures et des heures.

Puis j'évoquai ma mère qui s'occupait du foyer, d'Anna et de moi. Mais, pour autant, je précisai qu'elle ne restait pas confinée à la maison à parfaire jour après jour la blancheur de notre linge ou la pureté de l'air de notre habitation. Dans les pas de Clara Campoamor[5], elle avait lutté au sein de l'union républicaine féminine espagnole. Sa motivation sans faille avait engendré, pour toujours, ma fierté. Enfin, je décrivis les raisons de notre exil et les tourments qui avaient suivi. Je ne souhaitais pas qu'il s'apitoie sur mon sort, mais simplement qu'il sache et qu'il demeure conscient du désintérêt ou de la désinformation d'un bon nombre de Français face à cette ignominie.

Je m'aperçus au fur et à mesure de mes explications que mes paroles dépassaient parfois largement mes pensées. Julien remarqua mon émotion. Il posa immédiatement son index sur ma bouche.

Dans un « chut », il m'invita à me calmer.

Lorsqu'il me quitta, devant la maison, je gardai, de cette première sortie, une imperceptible déception.

---

[5] Femme politque. Présidente de l'organisation de l'« Union républicaine féminine espagnole » dès 1920, elle milita en faveur des droits de l'individu, de l'égalité de traitement entre les hommes et les femmes, mais aussi pour la garantie des principes démocratiques malgré l'opposition des conservateurs du monde politique et de l'Église catholique

Au moment de me coucher, je parvins malgré tout à chasser ces pensées obscures pour chavirer dans des songes emplis de plaisir.

Au fil du temps, je me rendis compte que les visites quotidiennes de Julien m'éloignaient de ma famille et surtout d'Anna qui acceptait difficilement mes absences. Je n'avais que peu d'occasions de partager avec elle cette période prodigieuse. Ma mère ne s'opposa pas à mon désir de liberté et d'émancipation. Elle possédait suffisamment de sagesse pour comprendre et admettre mes écarts, surtout après nos souffrances récentes. Elle me supplia seulement, de « faire attention », et de ne pas rentrer trop tard.

Chaque jour avec Julien, nous écumions la campagne et les collines, recherchant, au gré de nos envies, le meilleur emplacement pour nos ébats. Nous avons fait l'amour pour la première fois dans sa chambre. Sa mère s'était absentée durant tout un après-midi, nous laissant le champ libre. Ce moment, tant attendu, je l'avais accepté, je m'étais sentie prête.

Avant cela, nous nous embrassions. Nos lèvres se touchaient, mais c'était insuffisant. Nous en voulions plus, tous les deux… Nos corps devaient s'unir, s'atteindre, se serrer, s'explorer intensément.

Quand nous avions franchi le seuil de la porte de sa maison, plus rien n'avait existé, sauf nos deux cœurs unis. Nous nous étions regardés, émerveillés.

Il m'avait prise dans ses bras et m'avait délicatement portée dans sa chambre. Sa douceur, son attention, ses baisers et ses caresses, sa patience avaient éveillé dans tout mon être des sensations nouvelles et renversantes. La légère appréhension ressentie au début s'était bien vite retrouvée reléguée au second plan, bousculée par la force de notre désir et celle de notre plaisir.

De temps à autre, nous partagions aussi de bons moments avec ses amis, le plus souvent, près de la cascade des Anglais. Après la baignade, nous nous allongions sur des roches plates et nous nous esclaffions aux blagues de Rémi, à ses aventures amoureuses défaillantes, ou à l'imitation de l'accent prononcé de Jordi que Julien réussissait parfaitement.

TROISIÈME CAHIER

Août 1939 — octobre 1940

J'ai délaissé ma plume et mes cahiers durant plusieurs mois, car mon cœur grisé d'allégresse n'a battu qu'au rythme de mon insouciance. Mais pendant ce temps, des tempêtes se sont abattues sur le monde et malgré le retour de l'être aimé, elles m'ont replongée dans mes tourments.

LES TEMPÊTES

Julien arriva un peu plus tard que d'habitude. En le voyant surgir au détour de la route, ma joie l'emporta sur l'angoisse qui depuis un moment me dévorait. Pourtant, lorsqu'il s'approcha de moi, je constatai que son visage, d'ordinaire rieur, paraissait éteint. Je me montrai inquiète même si dans un coin de mon esprit, je n'ignorais pas le motif de son trouble.

– Que se passe-t-il, Julien ? Quelque chose ne va pas ?

Il abandonna son vélo et se dirigea lentement vers la véranda où il s'assit.

– Viens près de moi ! articula-t-il.

J'attrapai une chaise et me plaçai en face de lui. Il me dévisagea, puis il prit mes deux mains dans les siennes.

– Ma Paula ! se désola-t-il. Je vais devoir partir défendre mon pays. Je dois me présenter demain matin à la gendarmerie de Prades !

Des larmes mouillèrent mes yeux. Ce que je redoutais se confirmait.

Julien passa son pouce sur mes joues afin de gommer ma douleur. Ma gorge se trouvait tellement nouée que mes mots s'y tarirent aussitôt.

Il me prit dans ses bras.

– Ne t'inquiète pas ! Je serai bientôt de retour, crois-moi ! Cette guerre, nous allons la gagner en un rien de temps ! Les Allemands, tu verras, on va leur botter le cul, vite fait, bien fait !

J'esquissai un sourire, mais ma détresse redoubla.

– Comment je vais faire pour vivre sans toi ? En te rencontrant, la vie m'a accordé une immense faveur. J'ai l'impression qu'elle veut à nouveau me retirer tout ce qu'elle m'a donné !

Une nouvelle fois, il m'étreignit.

– Je dois le faire, Paula ! Je dois le faire… c'est mon devoir !

– Laisse-moi t'accompagner ! Je veux rester avec toi, jusqu'au dernier moment !

Le lendemain matin, nous avons utilisé nos vélos pour nous rendre jusqu'à Prades. Cette route, plusieurs fois empruntée lors de nos sorties, s'étirait tel un serpent de bitume noir et hostile. Je regardais Julien dévaler la pente. J'aurais voulu le retenir, lui crier de s'arrêter là, maintenant, de ranger nos bicyclettes, de prendre ma main et d'aller marcher dans ce sous-bois, pour y respirer la bonne odeur des feuilles mortes. Mes larmes, fouettées par le vent, glissaient le long de mes tempes puis s'envolaient pour aller mouiller les champs, les vergers et les collines qui, d'habitude, m'éblouissaient, par tant de beauté.

Julien déposa son vélo chez une de ses connaissances. J'allai près de lui, poussant le mien. Il portait sur son dos un sac de toile dans lequel il avait fourré quelques vêtements, une paire de brodequins, une bouteille d'eau, mais aussi de quoi se restaurer en cours de route.

Une longue file d'hommes s'était déjà formée devant la gendarmerie. Beaucoup étaient accompagnés d'un père, d'une mère, d'une femme et même, pour certains, par des enfants. La plupart d'entre eux exhibaient une insouciance qui me décontenança. Ils riaient, ils plaisantaient, alors que moi, accrochée au bras de Julien, je vivais un véritable cauchemar.

Julien ressortit deux heures plus tard de la gendarmerie. Il tenait dans sa main une feuille de papier bleue.

Il souriait.

– Je dois me présenter demain matin au centre de recrutement, à la caserne de la citadelle à Perpignan. Je serais certainement affecté à la première Demi-brigade de Chasseurs pyrénéens.

Ses yeux brillaient d'un éclat assuré. Il paraissait heureux. Étant donné que je ne voulais pas me montrer accablée, je gardai ma souffrance. Je rajoutai :

– Bon, alors nous avons toute cette fin de journée pour nous, n'est-ce pas ?

La plupart des hommes en état de combattre avaient quitté le village.

Les rues désertes ne retentissaient d'aucun bruit et semblaient vivre au ralenti. Seuls restaient les plus anciens, les malades, les soutiens de famille.

Je traversai les jours qui suivirent dans une morne solitude. La vie dans le hameau paraissait éteinte et j'éprouvais beaucoup de difficulté à accepter cette inertie. Je passais le plus clair de mon temps à exécuter ma part des tâches ménagères. Mais dès que je le pouvais, je me réfugiais dans ma chambre où je m'inventais mille stratagèmes fantaisistes qui me permettraient de retrouver Julien, de me sentir plus proche de lui…

Le reste du temps, je m'occupais d'Anna. Le directeur de l'école municipale avait accepté de la scolariser à la prochaine rentrée des classes prévue en octobre. Elle s'était montrée, avant notre exil, douée en forçant le respect et la fierté de ses instituteurs et de mes parents qui s'extasiaient et ne tarissaient pas d'éloges à son propos. Forte de ses aptitudes, son apprentissage du périlleux langage français se trouva considérablement facilité. Bien souvent, nous partagions des instants de lecture. Nous avions déniché, dans un recoin du grenier, une caisse en bois vermoulu, remplie de vieux livres poussiéreux. Mon émerveillement s'était accentué quand j'avais découvert quelques volumes de Victor Hugo, ou encore des poésies d'Arthur Rimbaud. Munies de nos trésors, nous étions redescendues, tout heureuses, faisant part de nos trouvailles à Antonia. Sans plus de considération pour ces ouvrages, elle nous avait indiqué qu'elle ne s'était jamais rendue dans la soupente, qu'elle ignorait leur existence et que ces livres devaient avoir appartenu aux précédents locataires qui les auraient oubliés ou abandonnés au moment de leur départ. Par conséquent, je m'étais immédiatement sentie l'unique propriétaire de ces chefs-d'œuvre que j'avais précieusement rapatriés dans notre repaire.

L'été n'en finissait plus et obligeait un automne hésitant à patienter encore. Quand le soleil s'installait durablement, l'air devenait irrespirable, étouffant. Pour garder un peu de fraîcheur, j'entrebâillais les volets de ma chambre et, allongée sur mon lit, je laissais mes pensées vagabonder.

Inlassablement, mes rêves me ramenaient vers le sourire de Julien. Je venais à peine de fermer les paupières lorsque deux visages flous m'apparurent. Tout d'abord, celui d'Henrietta. Elle m'observait, me scrutait et semblait déçue. Puis la frimousse d'Inés se dessina. Ses lèvres bougeaient, mais je ne parvenais pas à déchiffrer son message. Je cherchais à saisir la signification de ces mots étouffés, mais je ne les comprenais pas. Son visage paraissait flou, et dans son regard, je lisais son mécontentement. En sueur, j'ouvris les yeux. Je haletais. Je m'étais endormie.

J'avais rêvé, mais ce délire m'était-il apparu sans fondement ? Cette question me tarauda l'esprit durant tout le jour. Ma lucidité ne reprit le dessus qu'au crépuscule.

Depuis des semaines, je ne vivais qu'à travers la douleur due à l'éloignement de Julien. J'en voulais à la terre entière. Je survivais transformée, taciturne, inaccessible, affreusement ingrate…

Mon cauchemar, pourtant si proche, était-il oublié ? Avais-je perdu toute humilité, tout respect de mes convictions ? Est-ce que je négligeais à présent l'existence et la destinée de tous ceux qui souffraient encore dans les camps ? Sans ignorer mon attirance pour Julien, je me devais de réagir bien vite, d'autant que mon avenir d'étudiante paraissait de plus en plus compromis.

Je décidai donc de consacrer mon temps au service des plus misérables. Cela devenait pour moi une nécessité. Puis, les mots d'Henrietta ressurgirent dans mon esprit : « *Écris pour transmettre au monde la mémoire de nos jours, de nos existences et de nos douleurs* ».

Excepté mes cahiers, je n'écrivais plus rien depuis une éternité. Je négligeais cet exutoire. Aussi, dans la pénombre de ma chambre, je couchai sur le papier, tout mon ressentiment, tout mon chagrin et toute ma détermination.

Ce soir-là, je rédigeai ces quelques mots :

« *Tout ce qui formait notre vie, nos joies, nos peines et nos désirs, demeure en nous au fond de notre cœur si bien caché que nul ne parviendra à l'en faire sortir… Mais qui se préoccupe de cela ? Nous crions au monde notre détresse, mais au-*

tour de nous, se meut un univers fou, silencieux et indifférent... Nous voulons comprendre les raisons de ces murs si hauts, si fermés ! Pourquoi ces barrières sont-elles si bien gardées ? Quelle peut être la motivation de ces bâillons invisibles posés sur nos lèvres et qui nous empêchent de parler ? Heureux ou malheureux, tout se passe en nous, en profondeur. Personne ne peut deviner nos angoisses, nos joies bouillonnantes, nos brûlures, tout ce qui ronge les parois les plus sensibles de nos corps meurtris... Combien de terreurs, de révoltes hurlent encore en nous ? À quel point souhaitons-nous exister et vivre, écoutés par tous, mais avant tout, que se dissipent les brumes noires de notre réalité ? Se trouve-t-il dans ce monde quelqu'un pour dire : mais quelle est donc cette rumeur ? Cela vient-il de cette enfant ? Pourtant, elle semblait sommeiller.

Lorsque personne ne s'intéresse à autrui, celui-ci se recroqueville, se racornit, s'étiole et s'endort... Tout ce que le passé aura accumulé de bon, de beau, de grand, de laid, tout pèsera sur notre humanité... Dès lors, ceux qui n'auront rien vu, rien entendu, sortiront du brouillard, ils ouvriront leurs yeux et leurs oreilles puis, pris de remords, ils diront : ah ! Pourquoi n'avons-nous pas éveillé nos cœurs ? Mais après des siècles, rien ne bougera et nous continuerons à dormir longtemps derrière ces murs, au-delà de cette immense barrière »

Nous achevions notre repas du soir. Anna finissait d'engloutir sa part de tarte aux pommes. Antonia se leva pour débarrasser quand je déclarai :

— Je vous demande pardon ! Pardon à vous trois, que j'ai négligées durant ces dernières semaines ! Je me suis écartée de vous et je le regrette !

Ma mère interloquée, la bouche pleine, s'arrêta de mastiquer. Ses yeux grands ouverts m'interrogeaient. Claudi et Antonia souriaient.

Cet assentiment muet me procura la volonté de poursuivre.

— Je ne supporte plus mon inactivité, mon inutilité. Je ne peux plus rester les bras croisés à me lamenter sur mon sort alors que des milliers d'entre nous souffrent encore dans les camps ! Je veux me rendre utile et leur venir en aide dans la mesure de mes possibilités… Je souhaite redonner un sens à ma vie. Mais, pour ça, je ne sais vers qui ou vers quoi me tourner… Tout ce que je sais, c'est que je dois agir pour eux, pour moi !

Ma mère se montra très détendue. J'ai lu de l'approbation et de la fierté dans ses yeux embués. Elle se leva et m'entoura de ses bras.

— Tu es tout excusée, ma fille ! D'ailleurs, je suis sûre que Claudi et Antonia pensent comme moi !

Anna s'écria :

— Moi aussi, moi aussi, je pense comme toi maman !

Nous avons tous ri. En aparté, ma mère me confia :

— Je me demandais à quel moment tu prendrais conscience de tes erreurs. Je n'ai pas voulu intervenir dans ta vie ni te priver de la liaison que tu vivais avec Julien, mais aujourd'hui, par ta détermination, je te reconnais. Tu dois suivre ton chemin, celui qui te semble le meilleur pour toi. Ne t'en détourne pas, et surtout ne nous oublie pas !

Je détenais maintenant l'assentiment de tous les êtres chers qui m'entouraient, mais je me trouvais complètement démunie face à la difficulté de repérer la direction qui me permettrait de réaliser mes souhaits. Devant à ce dilemme, je n'entrevoyais pas d'issues. D'ailleurs, comment une jeune femme étrangère, inconnue et inexpérimentée, pouvait-elle prétendre occuper un poste qui exigeait, certainement, des capacités particulières ?

Mais c'était décidé : je ne pouvais rester là à attendre, sans rien tenter. L'idée que beaucoup de mes compatriotes puissent encore souffrir sur les plages m'écrasait et creusait un tel vide dans mon âme qu'il devenait impossible pour moi de garder ma bonne contenance.

Le lendemain matin, je grimpai sur mon vélo et me précipitai vers Prades. Je me rendis tout d'abord à la mairie où je sollicitai une entrevue avec l'édile ou un des conseillers municipaux. L'hôtesse qui m'accueillit m'écouta poliment.

– Vous savez, mademoiselle, avec la guerre qui s'installe dans notre pays, il sera de plus en plus difficile de trouver un emploi. Qui plus est, la priorité sera sans doute donnée aux ressortissants français… Je suis désolée, mais je ne pense pas que monsieur le maire ou un de ses adjoints puissent vous aider…

Déçue, je quittai l'hôtel de ville, mais je ne lâchai pas

prise. Je me dirigeai vers l'église.

J'abordai le curé qui finissait une confession et lui confiai mon désir d'aider « les autres ». Là encore, le prêtre prêta l'oreille, mais éluda rapidement et sans ambages toute réponse constructive.

Quelque peu dépitée, je retournai à Taurinya.

Une semaine plus tard, Claudi rentra de son travail et s'approcha de moi.

— J'ai une information qui peut t'intéresser.

Surprise par cette entrée en matière, j'ouvris grand les yeux.

— Un de mes collègues, qui habite le village de Mosset, de l'autre côté de la vallée, m'a indiqué qu'un couple d'Allemands a fondé là-bas, il y a quelques années, une auberge de jeunesse dans laquelle ils hébergent, à présent, beaucoup d'enfants. Je pense que tu pourrais leur proposer tes services. Tu seras certainement bien reçue.

Je n'en crus pas mes oreilles. Ce type d'engagement correspondait pleinement à toutes mes attentes. Mes yeux pétillèrent de bonheur.

Je lui demandai :

— Quand pourras-tu m'accompagner là-bas ?

— Heu... Il va falloir que je demande la voiture à mon chef. S'il peut me la prêter, nous pourrions y aller samedi matin. Je ne travaille pas ce jour-là !

Quelques kilomètres après le village de Mosset, nous avons emprunté une piste poussiéreuse bordée par de hauts châtaigniers.

En contrebas de la route, les eaux chantantes d'un ruisseau offraient une sensation de calme et de sérénité. Au bout du chemin, le mas de La Coûme nous apparut, niché au pied de la colline. La statue de la Vierge trônait majestueusement au faîte de son toit. Cette sculpture de pierre dominait la bâtisse de toute sa splendeur. Ces mains ouvertes et accueillantes me délivraient certainement un message. J'imaginai que ce signe ne se révélait qu'à ma curiosité et qu'il se voulait rassurant quant à mon avenir.

Un mur s'étirait en face des deux édifices qui composaient l'ensemble du mas. Il soutenait un remblai en terrasse où se trouvait un potager. Sur la gauche, des chênes verts frissonnaient dans les collines environnantes. La cour s'élargissait vers le ruisseau tout proche. Au pied de la façade principale, une treille s'accrochait aux piquets d'une véranda assez rudimentaire. Un escalier, d'une dizaine de marches, donnait accès à une porte étroite. Elle constituait, certainement, l'entrée principale de la demeure. Ce front haut de deux étages, percé par quatre ou cinq fenêtres aux dimensions réduites, présentait çà et là, des zones décrépies laissant apparaître la maçonnerie de pierre.

Lorsqu'ils nous virent arriver dans notre camionnette brinquebalante, les enfants, qui jouaient devant la bâtisse, cessèrent leurs divertissements et se tournèrent vers nous.

Claudi se gara de manière à ne pas entraver le passage. Une femme brune s'avança vers nous.

Elle nous dévisagea.

— Que puis-je pour vous ?

Son allure et son accent étranger très marqué imposaient le respect.

— Je m'appelle Paula Feixas. Je suis Espagnole. Ma mère, ma sœur et moi avons émigré ici en France, au moment de l'avancée des troupes franquistes. Nous vivons chez le cousin de mon père, à Taurinya.

Claudi, que je désignai, inclina la tête en signe de salut

— Grâce à lui, nous avons pu quitter le camp d'Argelès-sur-Mer où nous sommes restées toutes les trois durant plus de quatre mois.

La femme sembla se détendre un tant soit peu, ce qui me donna le courage de continuer.

— Alors, voilà ! Un ami de Claudi nous a appris l'existence de votre auberge de jeunesse et d'après ce que j'ai pu voir, il me semble que vous accomplissez un travail remarquable.

Fière, je relevai le front.

— Je pense être capable de vous aider mais aussi de venir en aide à tous ces enfants qui comme nous ont terriblement souffert, sur cette plage, dans ces camps. Je parle l'espagnol, le catalan et bien sûr le français. Je sais que je peux vous être utile, mais surtout qu'il est de mon devoir d'agir de la sorte.

Après avoir déversé ce flot de paroles, je me sentis essoufflée, les joues rouges d'émotion. Je me sentais surtout étonnée par l'assurance de mes propos.

Elle me dévisagea un moment puis elle sourit.

– Je ne peux pas décider seule. Je dois en discuter avec mon mari. Pour l'instant, il n'est pas là. Mais sachez que vos intentions et votre volonté me touchent profondément. Revenez lundi matin. Nous pourrons à ce moment-là vous donner une réponse.

Sur le chemin du retour, je restai muette tellement ma joie empêchait la moindre élocution. Et comme un bonheur pouvait en cacher un autre, à notre arrivée, Antonia se précipita vers moi une enveloppe à la main.

Ce courrier, bon sang, comme je l'attendais ! Je reconnus tout de suite l'écriture de Julien. Je m'attardai avec délectation sur les pleins et les déliés qui dessinaient les lettres de mon prénom. Je ne l'ouvris pas immédiatement ce pli. Je le gardai une bonne partie de la journée, précieusement plaqué entre ma poitrine et ma robe légère. Bien longtemps, après le coucher du soleil, alors qu'Anna dormait près de moi, je déchirai fébrilement le haut de l'enveloppe.

« *Ma bien-aimée,*

J'aurais tant eu de plaisir à t'écrire un peu plus tôt pour te raconter où je suis et ce que je fais. Mais cela m'était impossible jusqu'à aujourd'hui, car nous devons nous plier aux exigences de l'autorité militaire…

Comme tu le sais, j'ai été incorporé à la première Demi-bri-

gade de Pyrénéens à Perpignan. Puis j'ai effectué ma période d'instruction à Cabestany. Elle a duré trois semaines et depuis je suis affecté à la garde du camp de réfugiés de Saint-Cyprien.

J'ai pu voir ici toute la misère de ces gens. Celle que tu m'avais décrite. J'ai tellement pensé à toi, à tout ce que tu as pu subir, que plusieurs fois j'ai failli pleurer. Ma Paula. Toi que j'aime tant, j'espère que tu vas bien et que tu ne désespères pas trop. Je sais combien il doit être difficile pour toi de ne plus m'avoir à tes côtés, mais sache que je ressens aussi ce manque de toi, cette douleur. Un jour prochain, j'espère retrouver à nouveau ce bonheur.

Chère Paula, je suis en bonne santé et j'attends avec impatience le moment où je te retrouverai. Je pense que nous ne resterons pas longtemps ici et que notre bataillon bougera bientôt, car j'espère vivement pouvoir défendre sans tarder mon pays. Ici, le temps me semble bien long et bien inutile.

Je te laisse pour aujourd'hui et termine cette lettre en t'embrassant bien fort. Prends bien soin de toi, mon amour. Je t'écrirai à nouveau dès que je le pourrai.

Julien ».

Rassasiée de bonheur, je m'endormis bien vite.

Les heures qui me séparaient de mon rendez-vous au mas de La Coûme me parurent interminables tellement j'avais hâte de connaître la réponse promise.

Le lundi suivant, Claudi qui travaillait ne put m'accompagner. Aussi, j'enfourchai courageusement ma bicyclette et j'entrepris le parcours que j'avais utilement mémorisé. Pour rejoindre Prades, je me contentai de dévaler la départementale. J'avais manifestement sous-estimé la distance entre Prades et Mosset, mais autant, le dénivelé. Je dus m'arrêter plusieurs fois en cours de route afin de retrouver mon souffle. À Moligt-les-Bains, je ne sentais plus mes jambes. Heureusement, une fontaine providentielle me permit de me désaltérer, car bien sûr je n'avais pas pris soin d'emmener avec moi, la moindre goutte d'eau. Je poursuivis mon ascension.

Devant moi s'étirait la chaussée et ses lacets me paraissaient infranchissables. Pourtant, kilomètre après kilomètre, je réussis à atteindre Mosset où je marquai une nouvelle pause.

Je savais que je ne me trouvais plus très loin de mon but… Je terminai les dernières centaines de mètres en poussant mon vélo. J'arrivai enfin au mas de La Coûme, la respiration sifflante et en sueur.

Yvès Krüger m'accueillit. À nouveau, la présence de cette femme provoqua sur moi le même effet que lors de notre première entrevue.

De son visage clair, bordé par ses cheveux noirs coupés court, émanait une assurance réconfortante et communicative. Sa force et sa détermination pouvaient se lire dans ses yeux bleus.

Elle me sourit.

— Venez ! Entrez. Pitt nous attend dans « la classe ».

Yvès me conduisit à l'arrière du bâtiment. Cet édifice, plus long que le premier, s'étirait sur un seul niveau.

Les fenêtres étaient ouvertes. J'entendis des enfants chanter. En m'approchant, je distinguai une pièce qui ressemblait à une salle de classe.

Désireuses de ne pas interrompre la chorale, nous étions restées en retrait. Quelques instants plus tard, une quinzaine de gamins jaillirent par la grande porte en courant pour aller s'égayer dans ce qui me rappela la cour de mon école.

Pitt Krüger, le visage rieur, s'avança vers moi et me tendit une main franche et chaleureuse.

– Bonjour ! Vous devez être Paula ! Bienvenue au mas de La Coûme !

J'acquiesçai poliment, ravie de cette entrée en matière qui me parut de bon augure.

– Venez ! Allons nous rafraîchir à la cuisine. J'ai l'impression que vous en avez besoin !

Mes joues rouges et mes vêtements trempés devaient trahir mon état. Honteuse, je les suivis. Nous avons emprunté l'escalier remarqué lors de mon arrivée et nous avons débouché dans un local, uniquement éclairé par deux ouvertures.

Mon oppression se dissipa peu à peu dans cette pénombre agréable. Après m'être habituée à ce demi-jour, je repérai la grande table en bois foncé qui trônait au milieu de la pièce. Les chaises se répartissaient de chaque côté du plateau. Au fond, un âtre éteint occupait une bonne partie de la salle. À droite se dressait un bahut particulièrement imposant, certainement un vaisselier.

Derrière moi, j'aperçus un évier profond taillé dans la masse d'une lourde pierre ocre et plus loin encore, un fourneau au-dessus duquel pendaient quelques ustensiles de cuisine fixés sur des liteaux. Quelques tableaux accrochés aux murs dévoilaient des peintures rupestres et procuraient un peu de vie dans cet univers sombre. Pitt me désigna une chaise et s'assit en face de moi. Yvès se dirigea vers un meuble et en extirpa une cruche en terre.

Elle attrapa trois verres et s'installa à nos côtés. Pitt me scruta un moment. Son visage ne reflétait aucune expression.

– Yvès m'a parlé de vous. Elle paraît conquise par votre histoire et surtout par votre volonté.

Il me fixait attentif à mes réactions.

– Vous devez savoir que ma femme et moi sommes Allemands. Nous avons dû quitter notre pays en 1933. J'étais instituteur à Postdam. Nous appartenons à la société religieuse des Amis, mais nous sommes plus connus sous le nom de quakers[6]. Entre nous, nous nous appelons « Amis, amies ». Ses yeux s'illuminèrent à cette évocation. Il se lança alors dans des explications que j'écoutai en redoublant d'attention.

– La mission de notre communauté consiste à venir en aide à ceux qui se trouvent dans le besoin, partout dans le monde. Aujourd'hui, notre périmètre d'action se

[6] Quakers — Mouvement religieux fondé en Angleterre au XVIIe siècle par des dissidents de l'Église anglicane

trouve en France et plus particulièrement dans ce département qui doit faire face à l'exil des Espagnols. Pour cela, nous sommes soutenus par les comités suisses et danois qui, grâce à leurs dotations, permettent à nos sections locales de réaliser un travail réellement efficace. Celles-ci déploient leurs aides sous forme de dons en nature dans les camps et en particulier, dans celui d'Argelès-sur-Mer.

Mes yeux s'emplirent de larmes. Yvès pressa fermement ma main et me tendit un mouchoir blanc qui sentait bon la lavande.

— Je suis désolé… je ne voulais pas vous importuner ! hésita Pitt.

— Non ! Non, il n'est pas question de ça, mais mes souvenirs sont encore entachés de l'horreur que nous avons vécue et mes pensées se tournent vers tous ceux qui sont restés là-bas, ceux qui n'ont pas eu ma chance…

Pitt argumenta :

— Vos propos vous honorent et confortent notre décision de vous accepter avec joie parmi nous.

— Alors ça veut dire que vous voulez bien de moi ?

— Bien sûr, confirma-t-il. Nous avons créé cette auberge il y a plus de cinq ans. Sincèrement, nous ne pouvons pas nous passer d'une personne comme toi. Ici, au mas de La Coûme, nous avons recueilli une vingtaine d'enfants de réfugiés espagnols profondément traumatisés par la guerre. Ils ont besoin de temps et de tranquillité pour pouvoir retrouver une vie normale… nous devons les aider. Les soutenir…

Je trouvai le trajet du retour jusqu'à Taurinya beaucoup plus agréable que celui de l'aller.

Je laissais ma bicyclette dégringoler la pente. Je me sentais partagée entre l'euphorie de pouvoir « travailler », et la douceur de l'air qui me revigorait et me restituait des forces. Je traversai Prades et j'avalai, déterminée, les quatre kilomètres restants, sans le moindre souci.

Deux jours plus tard, Claudi, qui s'était à nouveau fait prêter la camionnette, me conduisit jusqu'au mas. Tandis que je préparais mes bagages, Anna était venue à plusieurs reprises s'asseoir près de moi. Elle m'avait regardée faire. Je me doutais bien que mon départ devait susciter beaucoup d'interrogations dans son esprit et la plongeait dans un grand désespoir. Nous avions partagé nos souffrances, nos joies, notre quotidien.

Nous nous étions tellement liées et unies dans la détresse, que me séparer d'elle devenait difficile. J'avais passé mon bras autour de son cou, pour la rassurer.

– Je ne t'abandonne pas ma petite Anna, crois-moi ! Je ne t'oublierai pas ! Aujourd'hui, tu as une famille ici avec Claudi et Antonia. Et puis, maman reste près de toi.

Des larmes avaient coulé. Avec mes pouces, j'en avais effacé la trace.

– Je ne serai pas très loin de toi ! Dès que je le pourrai, je reviendrai te voir. Il faut que tu comprennes que je ne peux pas rester ici sans rien faire. Il y a là-bas, dans le mas où je dois me rendre, des enfants qui ont besoin de moi. Eux, ils ne possèdent plus rien et surtout, ils vivent séparés de leurs parents. Tu comprends bien que je ne peux pas les ignorer et rester les bras croisés, alors qu'ils ont tant besoin de réconfort. Nous avons souffert toutes les trois. Claudi et Antonia sont venus à notre secours. Maintenant, je dois à mon tour aider ceux qui souffrent. Anna avait encore pleuré. Je l'avais embrassée puis elle s'était apaisée…

En m'accompagnant jusqu'à la camionnette, ma mère affichait un sourire sincère et encourageant. Elle m'avait fait part de ses sentiments la veille au soir, alors que nous discutions sous les feuillages de la véranda. Elle m'avait posé quelques questions sur la détermination de ce couple « d'Allemands », sur les conditions de logement et sur les tâches qui m'attendaient.

Rassurée par mes réponses, parfois élogieuses ou tronquées, elle s'était montrée fière et satisfaite de ma décision. Cet assentiment de sa part facilita nos « au revoir ». Antonia et Claudi avaient eux aussi approuvé ma démarche et avaient organisé, la veille de mon départ, un festin mémorable.

Je marchai, maintenant, la tête haute vers l'avenir que je m'étais choisi et je ne le regrettais absolument pas. À peine arrivée, Pitt m'expliqua que sa femme et lui s'étaient contentés, jusqu'à aujourd'hui, de ne délivrer aux enfants que quelques notions de français, de dessin ou de musique. Mais à présent, ils souhaitaient créer une véritable école, avec des professeurs qui donneraient un enseignement complet.

Quand il me présenta « aux autres éducateurs », je découvris que quatorze personnes s'affairaient au sein de l'établissement. Durant les premiers jours, mes « collègues » se montrèrent particulièrement patients à mon égard. Je ne connaissais rien du fonctionnement voulu par Pitt et Yvès et encore moins de la conduite à tenir par rapport aux petits.

En dehors de mes services quotidiens, Yvès me confia les cours d'espagnol. Au bout d'une semaine, j'excellais dans mes tâches. Du soir au matin, je courais de gauche à droite, attentive à l'habillement correct de celui-ci, à la bonne prise de nourriture de celle-là, au réconfort de ce gamin qui ne parlait plus depuis son arrivée.

Yvès paraissait très contente du tandem performant que nous formions, elle et moi. Compte tenu de mes origines et de celles de mes élèves, pratiquement tous espagnols, mes leçons se trouvèrent largement facilitées.

Petit à petit, grâce aux dons du comité suisse ou de particuliers de la vallée, notre classe reçut un maximum de livres, d'encyclopédies, de cahiers et de matériel scolaire. Tous ces dons nous permirent d'offrir aux enfants un enseignement de qualité. Pitt s'occupait de l'intendance et de la comptabilité tandis qu'Yvès, en dehors de ses cours de chant en français, gérait la cuisine et l'entretien des locaux.

Au fur et à mesure des événements, le nombre de petits pensionnaires augmenta fortement. Pitt, aidé de quelques bénévoles, entreprit de construire un nouveau bâtiment : un dortoir. Jusqu'à présent, les enfants couchaient dans un espace sommairement aménagé dans le grenier de la maison commune. Des paillasses, disposées à même le sol, leur servaient de matelas. Cette pièce, éclairée par une seule lucarne, sentait le moisi et ne procurait guère l'envie d'y demeurer longtemps. Ma chambre ne se trouvait séparée de celle-ci que par un rideau tendu en travers de l'allée centrale. Bien souvent, en pleine nuit, je retrouvais dans mon lit, un petit hôte imprévu que je devais reconduire et bercer de gestes ou de phrases réconfortantes avant qu'il ne se rendorme.

Ma mission m'occupait à temps complet, mais je ne m'en plaignais pas. Bien au contraire… Je me sentais utile, responsable et heureuse…

Au bout de quatre semaines de travail acharné, Pitt m'octroya un après-midi de repos afin que je puisse retourner dans ma famille.

Pour « descendre » à Prades, je profitai de la voiture d'un ami des Krüger. Le reste du trajet jusqu'à Taurinya, je le parcourus à pied, malgré la tramontane qui balayait les feuilles mortes et me glaçait les os.

Les retrouvailles me procurèrent une immense joie, mais les larmes que ma mère et Anna ne manquèrent pas de verser me bouleversèrent. Les questions fusèrent de toute part.

Je m'attachai à répondre à chacun, mais surtout à Anna qui ne cessait de m'interroger, avec beaucoup d'insistance, sur les enfants dont je m'occupais.

Antonia me remit une lettre de Julien et malgré mon envie de la lire, je préférai consacrer ces premiers instants à ma mère et à ma sœur.

Plus tard, allongée sur mon lit, je décachetai fébrilement le pli. Surprise, je ne découvris que quelques phrases rédigées à la hâte.

Julien m'annonçait que son bataillon devait se déplacer dans le Jura. Qu'il ne disposait que de très peu de temps pour rassembler ses affaires et qu'il m'écrirait dès qu'il le pourrait !

Les mots d'amour qui terminaient sa missive ne suffirent pas à calmer mon angoisse. Les nouvelles qui nous parvenaient du nord ne me réconfortaient guère. Je respirais difficilement. Je n'étais pas en mesure d'accepter ce départ précipité. Je pouvais tout assumer, tant que mon Julien se trouvait éloigné des combats, mais maintenant, voilà qu'il s'en allait au-devant de tous les dangers…

Mon inquiétude s'accentua et ma douleur enfla sur le chemin qui me conduisait vers le mas de La Coûme. Mais lorsque je retrouvai les enfants, qui m'accueillirent avec leurs sourires affectueux et leurs yeux remplis de tendresse, je parvins à me raisonner et à me consacrer à leur détresse, oubliant pour un temps la mienne.

Les jours et les semaines s'écoulèrent sans que ma détermination ne se tarisse. Bien au contraire, mes activités, maintenant parfaitement maîtrisées, me procuraient une satisfaction grisante. La gaieté qu'affichaient mes petits protégés me rendait au centuple toute la joie que je leur prodiguais.

Lorsque le temps le permettait, je les conduisais dans une clairière, près du ruisseau qui se trouvait en contrebas du mas. Un large tapis de mousse verte nous accueillait, nous offrant la possibilité de nous asseoir confortablement. Nous formions un cercle et la « classe » pouvait commencer.

Ces instants partagés avec mes élèves se révélèrent mes moments préférés. L'harmonie de la nature qui nous entourait et l'affection qui se dégageait de ses petits êtres m'entraînaient toujours bien au-delà de mes tourments.

Je retournais régulièrement à Taurinya. Lors d'une de mes visites, j'appris que pour remplacer les hommes mobilisés, les femmes du village devaient assurer divers travaux communaux et notamment l'entretien des rues et des bâtiments. Les exploitations agricoles, les usines ou les magasins des villes avaient aussi besoin de bras. Antonia et ma mère participèrent de la sorte à la cueillette des pommes, abondantes dans la vallée de la Lliterà.

Une nouvelle lettre de Julien m'attendait. Il m'indiquait, sans trop de détails, qu'il se trouvait dans un camp, dans le Doubs, qu'il se portait bien et que son bataillon menait, sans préciser lesquelles, différentes tâches d'aménagements militaires. Je compris aisément qu'il ne pouvait dévoiler plus d'informations sur sa position et ses activités, d'autant que je savais les courriers surveillés, voire censurés.

Ne pas pouvoir à mon tour lui écrire m'attristait énormément. J'avais pourtant tant de mots, tant de phrases, tant d'amour à lui donner que j'aurais pu sans peine noircir des dizaines de pages.

À La Coûme, le nombre d'enfants ne cessa de croître. Le potager ne suffisait plus à nourrir toutes ces petites bouches affamées. Pitt décida de l'agrandir en rognant sur la colline, derrière le mas. Il planta des légumes prolifiques tels des salades, des choux, des poireaux, des pommes de terre, des tomates et autres végétaux. Un poulailler, et un enclos pour deux chèvres vinrent par la suite compléter ces aménagements.

Quand le temps l'autorisait, nous profitions de nos sorties dans les bois tout proches pour glaner, suivant les saisons, des amandes, des figues ou des châtaignes. Sur une nouvelle parcelle, huit ruches, offertes par un apiculteur local, permirent la récolte d'un doux nectar qui ravissait non seulement les enfants, mais aussi nous tous qui en raffolions.

L'organisation voulue par les Krüger fonctionnait à merveille. Chacun d'entre nous donnait, bien souvent, au-delà de ses compétences ou de ses forces. La bonne entente entre les « éducateurs » allait de pair avec les rires ou les chants qui égayaient les activités ou les repas pris en commun.

Les nouvelles en provenance de l'Europe de l'Est ne se révélaient pas encourageantes. Les troupes allemandes occupaient la Pologne et lorgnaient avidement sur les territoires de l'Ouest, notamment la Norvège et la Suède. Des rumeurs circulaient en annonçant que quelques escarmouches avaient eu lieu à la frontière franco-allemande.

Je me sentais un peu réconfortée en sachant Julien suffisamment éloigné de cette « drôle de guerre », même si mon angoisse amplifiait de jour en jour. Avec la rudesse de l'hiver, les pénuries s'aggravèrent. Les principales denrées, café, huile, vin, pommes de terre, viande, mais aussi savon, vêtements, charbon, vinrent rapidement à manquer et les dons de la société des quakers diminuèrent, pour devenir de plus en plus rares. Face à ces restrictions, Pitt et Yvès instaurèrent un système de rationnement.

Personnellement, cette période de privations ne m'apparut pas si difficile à vivre. J'avais connu bien pire sur la plage d'Argelès-sur-Mer, où l'insuffisance de nourriture, mélangée à la peur permanente, nous martyrisait le corps et l'âme. Les petits réfugiés espagnols qui avaient survécu comme moi à ces souffrances s'accommodèrent facilement à cette disette.

Au mas, on célébra quand même Noël. Chaque enfant reçut, ce jour-là, une tablette de chocolat Cantaloup-Catala, mais aussi, quelques merveilleux croquants de Saint-Paul-de-Fenouillet.

Les sourires qu'ils affichèrent comblèrent largement tous nos efforts. Puis l'année 1940 déboula, entraînant avec elle tout son contingent de doutes, de désillusions et d'humiliations…

À Taurinya, deux lettres de Julien m'attendaient. Au travers de ses lignes, je perçus un pessimisme qui me transperça le cœur. Il expliquait « qu'il se sentait inutile dans sa garnison basée dans le Jura. Que les boches avançaient en Europe du Nord et qu'il voulait se rendre là-bas, pour enfin combattre et barrer la route de la France à ces hordes d'envahisseurs ! »

Je n'acceptai pas cet aveuglement. Pourquoi éprouvait-il ce désir de risquer sa vie et de mourir si loin de moi alors que tous les jours, fébrilement, j'espérai son retour ? Je le savais à l'abri des bombes et de la mitraille et cela suffisait à mon équilibre.

Malgré les mots d'amour qui parachevaient ces deux messages et qui devaient me réconforter, cette correspondance me précipita dans une angoisse abyssale. Cette inquiétude s'aggrava quand, au cours d'une de mes visites à Taurinya, ma mère et Antonia me révélèrent que beaucoup de villageois ou de Pradéens exposaient leur xénophobie envers les immigrants espagnols ou les étrangers « venus du nord coloniser leurs territoires. » Elles m'assurèrent que cet exode semblait perçu par ces gens-là comme une véritable menace.

Depuis que les routes françaises débordaient de hordes de réfugiés qui fuyaient l'avancée des troupes allemandes, nous « recevions » au mas de nombreuses familles de toutes nations. Mon anxiété grandissait immanquablement lorsque ces groupes arrivaient…

Cette migration, que je vivais pourtant « de l'extérieur », ravivait les douleurs de mes plaies béantes. Je m'employais, de toutes mes forces, à alléger leur peine, car comme eux, je ressentais encore dans ma chair toutes leurs souffrances. Avec vigueur, je tentais d'apporter à chacun une lueur de réconfort, un moment d'attention, d'écoute et de soutien.

Combien de fois avais-je espéré, de la part de ceux qui nous avaient accueillis sur la plage d'Argelès-sur-Mer, un peu de cette considération que je distribuai si généreusement ? Généralement, ces personnes ne demeuraient que quelques jours parmi nous, le temps de reprendre des forces et de découvrir, pour beaucoup d'entre eux, le moyen de passer en Espagne. Ils étaient nombreux à vouloir résider au mas plus longuement, mais Pitt trouvait toujours les bons mots pour leur faire comprendre que ce n'était pas envisageable, que beaucoup trop de bouches restaient à nourrir.

Quand ces gens partaient, je me cachais dans la cuisine pour ne pas affronter leurs regards, surtout celui des gamins… Je m'éclipsais pour chasser de ma mémoire les images d'horreur qui inlassablement revenaient.

Combien d'enfants avions-nous recueillis durant les mois qui suivirent ? Je ne saurais le dire, car, au bout de quelque temps, nous ne les comptions plus.

Je me souvins de cette fin de soirée où nous avions vu arriver en trombe la grosse voiture noire de Mary Elmes[7], responsable irlandaise des quakers. Dans un nuage de poussière, elle s'était garée dans la cour, devant les yeux ébahis des gamins qui jouaient. Elle avait émergé du véhicule et s'était précipitée pour ouvrir le coffre.

Aussitôt, nous avions découvert les visages abattus de deux jeunes filles. Étant donné que je me tenais à proximité, je m'étais avancée. J'avais agrippé la première qui s'était présentée à moi. Yvès avait aidé la seconde à descendre.

Au cours de la soirée, Mary Elmes avait décrit avec enthousiasme les stratagèmes qu'elle avait dû employer pour se faufiler, depuis Montpellier, entre les mailles des filets mis en place par la police qui surveillait maintenant les principaux axes. Afin de se soustraire aux vérifications, elle avait emprunté des routes secondaires, souvent défoncées, changé plusieurs fois de direction, roulé à grande vitesse au mépris du danger. Elle avait attesté que lors d'un contrôle, un des gendarmes, qui s'était approché de sa voiture, avait sans doute aperçu les enfants.

---

[7] Marie Elisabeth Jean Elmes était une employée humanitaire irlandaise qui a sauvé la vie d'au moins 200 enfants juifs à différents moments de l'holocauste, en les cachant dans le coffre de sa voiture.

Mais il n'avait pas bronché et l'avait laissée repartir. Elle avait également retracé le déchirant parcours d'une des deux fillettes.

La plus âgée s'appelait Irène. Michal, son père, était un Polonais émigré qui s'était engagé dans l'armée afin de combattre l'avancée allemande en Europe. Quand le grondement du canon s'était fait entendre, sa mère, Josiane, avait décidé de quitter la capitale belge pour la France et de se rendre du côté de Clermont-Ferrand où résidait une de ses tantes. Elle avait voyagé en train avec ses deux filles, Irène et Marie, vers Paris. Mais plus loin sur la ligne, de fortes pluies avaient provoqué des mouvements de terrain, interrompant ainsi le trafic. La seule solution consistait à continuer le périple en autocar jusqu'à Orléans. Mais là aussi, elles avaient manqué de chance. La route s'était trouvée bloquée, submergée par un flot de réfugiés.

Perdues en pleine campagne, au milieu de nulle part, elles s'étaient retrouvées dans l'obligation de poursuivre leur chemin à pied. Elles s'étaient mêlées à cette multitude affligée. Soudain, un ronflement venu du ciel s'était fait entendre, déclenchant aussitôt une panique indescriptible. Sur le moment, Josiane et ses filles n'avaient pas compris pourquoi tous ces gens couraient dans tous les sens, tombaient, rampaient, hurlaient, tentaient de se dissimuler dans le moindre trou, le plus petit espace.

Elles n'avaient pas deviné pourquoi plusieurs personnes leur avaient adressé de grands signes. Alors, elles étaient restées immobiles sur la route, debout… Un avion noir avait survolé la colonne, lâchant ses bombes et ses rafales. Dans le vacarme, Irène n'avait pas entendu les cris de sa mère ni ceux de sa sœur. Quand le silence était revenu, elle avait ouvert les yeux et s'était aperçue que plus personne ne tenait ses mains…

Une famille de réfugiés s'était occupée d'Irène et l'avait conduite jusqu'à un dispensaire de la Croix-Rouge, à Orléans. Deux jours plus tard, elle avait rejoint celui de Montpellier dans lequel affluaient de nombreux enfants perdus. Mary Elmes n'avait pu se résoudre à la laisser dans ce foyer tant sa compassion pour elle la tenaillait. Depuis ce terrible choc, Irène ne s'exprimait plus, ne souriait plus, et gardait, en permanence, ses yeux grands ouverts.

Ce récit me traumatisa à tel point que durant les semaines qui suivirent, je m'attachais à porter une attention toute particulière à cette jeune fille.

À La Coûme, le dynamisme que nous affichions habituellement céda la place à une atmosphère singulièrement tendue. Nous avions appris que les langues de plusieurs villageois allaient bon train et que certains parlaient même de dénonciation. Cette mauvaise nouvelle nous bouleversa tous, mais nous restions, malgré tout, soudés dans une énergie inchangée. Quelques jours plus tard, Pitt fut arrêté et mis en résidence surveillée dans le centre thermal de Thuès-les-Bains. Sa femme ne montra aucune anxiété, mais le sourire, qu'elle affichait habituellement, se volatilisa.

Depuis quelques semaines, je ne recevais plus de lettres de Julien et les informations qui nous parvenaient paraissaient toutes plus alarmantes les unes que les autres. La bataille de France avait à peine commencé que certains, dans le village, parlaient d'une déroute de l'armée française. D'autres affirmaient avoir vu sur les routes du département, quelques soldats isolés. Des déserteurs, assuraient-ils…

Trois jours plus tard, nous apprenions que le gouvernement avait signé l'armistice. Je comprenais le désarroi du peuple français, mais égoïstement, cette annonce m'emplit de joie, car je songeai que si la guerre était finie, Julien allait bientôt me revenir…

En ce jour d'octobre, alors que j'aidais les enfants à s'habiller, j'aperçus par la fenêtre la camionnette conduite par Claudi. Ma mère sortit du véhicule et courut vers la maison pour se mettre à l'abri du déluge d'eau qui s'abattait sur la région[8].

Mon estomac se noua… Depuis que je travaillais ici, aucune personne de ma famille n'était venue me rendre visite.

---

[8] L'aiguat de 1940 est un épisode méditerranéen qui a eu lieu en octobre 1940 sur les reliefs de l'est des Pyrénées et qui a entraîné des inondations dévastatrices dans les départements français des Pyrénées-Orientales, de l'Aude et en Catalogne Sud.

Fébrilement, je descendis vers la cuisine, redoutant le pire. Si ma mère se déplaçait jusqu'ici après avoir bravé les éléments déchaînés, la probabilité d'une mauvaise nouvelle m'apparaissait évidente.

Elle arborait un large sourire.

— Julien ! Il est rentré !

À cet instant, je ne savais plus si je pleurais de joie ou si j'étais encore sous le coup de la frayeur ressentie quelques minutes plus tôt.

Compatissante, Yvès m'accorda deux jours de détente.

— Tu le mérites bien…

LE RETOUR

Claudi me conduisit directement chez Julien, à Fillols. Haletante, je toquai à la porte de sa maison. Quand sa mère m'accueillit, je remarquai un certain accablement dans son regard. Elle ne me laissa pas entrer. Aussitôt, un sentiment désagréable s'installa en moi. Je n'eus pas le temps de prononcer un seul mot qu'elle asséna :

– Tu ne pourras pas le voir aujourd'hui ! Il ne souhaite recevoir personne pour l'instant. Je suis désolée !

Décontenancée, je la dévisageai, cherchant à deviner quelles pouvaient être les raisons de ce revirement.

Elle ajouta :

– Laisse-lui un peu de temps ! D'ici quelques jours, il ira mieux !

Je lui tournai le dos et je m'enfuis à grandes enjambées, abandonnant derrière moi ma joie, mes espoirs, cette maison et mon Julien…

J'aurais voulu disparaître sous terre, m'enfoncer dans les ténèbres et ne jamais en ressortir.

Je courus sur cette route, à en perdre haleine. Autour de moi, tout me paraissait flou, déformé.

Des idées noires traversèrent mon esprit. J'exécrais mon existence, la lumière du jour, la tristesse de la nuit, la guerre, le monde...

Exténuée, j'arrivai enfin à Taurinya.

Ma mère comprit tout de suite l'anormalité de ma présence. Elle ne me posa pas de questions.

Quand elle m'apporta un verre d'eau et appuya sur mon front un linge frais, je fondis en larmes.

Dans de gros sanglots étouffés, je lui racontai ma déconvenue. Avec toute la bonté qui la caractérisait, elle m'écouta sans m'interrompre. Elle trouva les mots justes pour me réconforter, mais ils ne me laissaient pas croire aux bienfaits de mon existence. Jusqu'à présent, mes espérances en une vie sans désagrément s'étaient révélées vaines.

En fin de journée, j'annonçai à ma mère que je voulais retourner à La Coûme. Là-bas, mon travail auprès des enfants m'obligerait à surmonter ma douleur. Je n'avais pas vu qu'Anna se tenait derrière moi et me regardait, les larmes aux yeux. Alors, je suis restée quelques jours de plus ; pour elle, pour ma mère, pour Antonia et Claudi, ma vraie famille. Eux ne devaient jamais me décevoir...

À la Coûme, je vécu les jours qui suivirent dans une torpeur infernale. Le matin, je ne voulais plus me lever, redoutant toutes les pensées qui allaient assaillir mon esprit. Le soir, je ne souhaitais pas me coucher, craignant les cauchemars qui ne manquaient pas de gâcher mes nuits. Seule la présence des enfants me permettait, pour quelques heures, de contenir ma tristesse. Eux n'avaient aucune envie de me voir accablée. Ils réclamaient des éclats de rire, de la joie et de la tendresse. Je leur donnais tout l'amour qui bouillonnait au fond de mon cœur.

Deux semaines plus tard, alors que nous finissions notre repas de midi, Yvès s'approcha de moi.

— Paula, il y a quelqu'un qui te demande !

Elle perçut mon étonnement.

— Va ! Je m'occupe des enfants ! Prends ton temps !

Troublée, je me tournai vers la porte. Je n'entrevis personne. Je me dirigeai vers la sortie.

Les questions se bousculaient dans ma tête. Qui pouvait bien me solliciter, ici, à cette heure ? Au bas de l'escalier, je découvris Julien. Il souriait. Médusée, j'opérai un mouvement de recul qu'il remarqua.

— Paula, attends ! Je te demande pardon !

Je pus lire son repentir dans ses yeux. Sans que je sache vraiment pourquoi, mes pas me portèrent à sa rencontre.

Arrivée près de lui, je lui imposai froidement :

— Viens ! Suis-moi !

Je le conduisis vers mon havre de paix, vers ma clairière, tout près du ruisseau, dans ce lieu où bien souvent, seule, j'étais venue crier ma souffrance.

Nous nous sommes assis sur un rocher.

Je ne me tournai pas vers lui… Le regard perdu, j'observai l'eau transparente qui roulait de petits galets gris. Puis imperceptiblement et malgré ma détermination, je sentis dans mon corps, le désir fou de le renverser sur l'herbe, de me plaquer contre lui, de l'embrasser et de m'abandonner dans ses bras.

Julien se trouvait près de moi. Rien au monde ne pouvait plus me réjouir. Je l'avais tant souhaité, tant espéré…

Mon cœur battait la chamade. Je retrouvai ses cheveux blonds, coupés courts, la peau fine de son cou. Mais ma colère et mon ressentiment prirent le dessus. Ils m'incitèrent à ne pas m'enthousiasmer, à rester sur mes gardes. Je ne laissai rien paraître. Du coin de l'œil, je vis qu'il avait courbé la tête. Il hésita un instant…

– Regarde-moi, Paula ! Je ne suis plus l'homme que tu as connu…

Je changeai de position et le fixai. Aussitôt, je pris conscience que la lumière qui, d'habitude, éclairait ses yeux avait disparu. Je découvris son visage émacié, ses joues creuses, ses mâchoires saillantes piquées d'une barbe de trois jours. Il paraissait avoir vieilli de vingt ans.

Il se tassa sur lui-même, accomplissant visiblement de gros efforts pour ne pas s'effondrer.

– J'ai tout perdu ! Je ne suis plus rien !

Ces mots lacérèrent mon cœur. Je n'en saisissais pas le sens, mais je le devinai tellement affligé que je l'agrippai par le cou et le serrai contre moi. Il demeura un moment appuyé sur ma poitrine.

Puis il me fit face et d'une voix étranglée, il supplia :

– Je te demande pardon, ma Paula ! Je me suis conduit avec toi comme le dernier des imbéciles ! Je n'aurai jamais dû ! Tu ne le mérites pas !

J'en profitai pour exprimer toute ma rancœur :

– Pourquoi t'es-tu comporté de la sorte ? Pourquoi ce silence ? Nos étreintes, nos mots d'amour, nos sentiments, as-tu tout oublié ?

– Non ! Non ! Mais là-bas, j'ai tout perdu, mon horizon, ma foi, ma dignité... Je vais t'expliquer !

Encore sous le coup de l'émotion, je ne répondis pas.

– Comme je te l'ai écrit, après avoir assuré la garde du camp de Saint-Cyprien, nous avons été envoyés dans le Jura. Pour sécuriser nos positions, nous avons réalisé d'importants travaux. Au début, tout allait bien, mais on ressentait tous le besoin d'en découdre. Puis l'hiver s'est installé. Un froid terrible, tu ne peux pas t'imaginer. Beaucoup sont tombés malades. Petit à petit, on perdait le moral et les premiers signes de révolte sont apparus. On se demandait vraiment ce qu'on foutait là ! On avait l'impression de ne servir à rien !

Je constatai un éclair de colère dans son regard.

– Notre bataillon a enfin rejoint les Vosges et là, ça a été un véritable sauve-qui-peut. Les Allemands nous ont attaqués. Beaucoup d'entre nous ont été tués... Nous n'avons pas pu tenir. Ils étaient bien plus nombreux que nous. Nous nous sommes rendus. Tu t'imagines ! Nous avions croupi dans notre camp en attendant de combattre, et là… en quelques jours à peine, nous avons dû déposer les armes.

Il porta ses mains à son visage et il pleura. Je passai mon bras autour de son cou.

– Les frisés nous ont tout d'abord parqués derrière des barbelés. Certains d'entre nous disaient qu'ils voulaient s'évader pour reprendre le combat.

Il émit un petit rire, mais celui-ci se perdit dans une plainte étouffée.

– S'évader ! Reprendre le combat ! Quelle connerie ! Comment ? À quoi bon ? Les Allemands nous ont conduits sur les routes. Nous avons traversé bon nombre de villages fantômes. Il y avait dans l'air une odeur de pourriture. Au passage d'une ville, Vesoul, je crois, les quelques personnes qui se trouvaient dans les rues s'arrêtaient à notre passage et nous dévisageaient. Ils nous regardaient sans un mot. Ils avaient l'air de nous mépriser. Sais-tu ce qui m'a le plus choqué à ce moment-là ? Le regard des enfants ! C'était terrible ! Nous avons marché comme ça, jusqu'à Besançon, vers un nouveau camp dans lequel je tournais en rond, complètement désemparé.

Il se leva et avança devant lui. Puis il revint s'asseoir près de moi.

– Quelque temps plus tard, j'ai été convoqué devant une commission qui triait les prisonniers. La plupart des membres de cette délégation étaient des officiers français. Ils sélectionnaient ceux qui pouvaient être renvoyés chez eux, et ceux qui devaient partir en Allemagne, pour y travailler. J'ai su, peu après, que j'allais être libéré. En tant que pupille de la nation, je pouvais retourner chez moi.

Sans réfléchir, je m'exclamai :

– C'est formidable ! Tu es de retour sain et sauf ! C'est ce qui compte, non ?

Je lus de la déception dans son regard. Il s'emporta.

– Mais enfin Paula, tu ne comprends pas ! Oui, je suis là, je vis, je respire ! Par contre, qu'est-ce que j'ai accompli pour ma patrie ? Est-ce que tu imagines que je pourrai encore marcher la tête haute et ne pas me souvenir de ceux qui sont tombés là-bas, de ceux qui sont prisonniers en Allemagne ? Je ne peux pas, Paula, je ne peux pas... Et puis... que vont dire les gens quand ils me verront dans la rue ? Ne penses-tu pas qu'ils vont bien rire et me ridiculiser ? Mon père a eu l'honneur de tomber au combat ! J'en étais fier ! Et à présent, j'ai honte, Paula ! J'ai honte de moi...

Comment ne pas comprendre son accablement ? Quelques mois plus tôt, j'avais moi-même connu de telles angoisses, les mêmes questions, de pareilles douleurs et c'était lui qui m'avait délivrée d'une bonne partie de mes souffrances.

Il repartit sur son vélo. J'espérais avoir trouvé les paroles pour le réconforter, pour le convaincre que je possédais suffisamment de volonté pour écarter de mon chemin tous ceux qui voudraient m'en chasser, que mes sentiments pour lui ne se limitaient pas à des mots et que je l'attendais.

J'avais puisé la force de le rassurer.

– Prends ton temps, mon Julien. Réapprends à vivre, à accepter, à pardonner… Nous sommes vivants, c'est ce qui compte. Je t'ai attendu durant tous ces mois, alors, quand tu iras mieux, quand tu auras surmonté tes tourments, reviens-moi, mon Julien. Reviens-moi, je serai là…

Mary Elmes revenait souvent à la Coûme. La plupart du temps pour y laisser des enfants que nous prenions en charge. De temps en temps, elle repartait en embarquant avec elle certains de nos petits pensionnaires. Elle les conduisait dans des familles d'accueil. Parfois, elle en menait d'autres vers des établissements comparables au nôtre, précisant que c'était « pour défavoriser des rapprochements ». Un soir, elle parla du camp d'Argelès-sur-Mer et indiqua que pour remédier à l'afflux massif de nouveaux internés, deux autres cantonnements se trouvaient en cours de travaux. Le premier devait recevoir une partie des détenus de Saint-Cyprien, car leurs baraquements, complètement ravagés lors des dernières crues, ne pouvaient plus servir. Il devait recueillir des nomades, des Gitans espagnols et français.

Le second devait héberger les Juifs étrangers originaires essentiellement d'Allemagne et d'Autriche. Là-bas, les conditions de vie ne s'amélioraient guère et les maladies constituaient la première cause de mortalité, surtout chez les enfants.

Ces nouvelles ravivèrent bien des douleurs dans mon cœur. Je n'avais jamais oublié la triste période que nous avions passée sur cette plage. De même, je gardais encore le souvenir clair de deux visages : celui d'Henrietta et celui d'Inés.

Combien de fois, m'étais-je demandé quels avaient été leurs destins ? J'espérais qu'elles avaient pu recouvrer le chemin de la liberté. D'ailleurs, je m'étais promis que, dès que possible, je me ferai conduire par Claudi dans le village d'Escaro et que je tenterai de rencontrer Inés.

Je rejoignis ce jour-là Julien à Fillols, car il ne travaillait pas. Il avait obtenu un emploi à la Société minière de Taurinya. Depuis la crise économique de 1936, elle ne fonctionnait qu'au ralenti, demeurant, malgré tout, l'une des plus productives du département. Le matin même, Julien était passé à Taurinya et m'avait demandé si je voulais le retrouver chez lui, dans l'après-midi, précisant que sa mère resterait absente. Je ne l'avais pas revu depuis notre dernière entrevue à La Coûme et cette invitation m'enchanta. J'imaginai une intention amoureuse.

Quand j'arrivai, il déposa sur mes lèvres un baiser léger et m'entraîna vers le salon. Il s'assit en face de moi.

Il ne souriait pas. Je ne le reconnaissais pas. Cet homme n'était pas mon Julien, celui qui m'avait montré tant de fougue lors de notre première rencontre. Je contrôlai ma déception et ne laissai rien paraître. Il me parla de son travail, qu'il qualifia de pénible et de dangereux.

Sa besogne consistait à réaliser le boisage des galeries afin de les stabiliser et d'éviter les éboulements. Il m'expliqua que tout s'effectuait à la force des bras et que la Société le rémunérait à la tâche : au mètre linéaire pour l'étaiement et au mètre cube pour l'extraction. Il m'avoua qu'il cherchait au fond de son trou, de quoi chasser ses démons, loin de ceux qui ne pouvaient comprendre…

Je l'avais imaginé guéri de ses angoisses, mais visiblement ce n'était pas le cas. Il m'offrit quelques biscuits secs ainsi qu'un verre d'eau. Il paraissait embarrassé, dans ses gestes, dans ses expressions.

Je puisai alors dans ma vitalité et je l'invitai à se rapprocher de moi. Il se déplaça. Je pris ses mains dans les miennes et les portai à mes lèvres pour les embrasser. Il les retira vivement en me faisant face.

– Je ne peux pas, Paula ! Je ne peux pas… J'ai essayé. Je te jure que j'ai essayé ! Mais c'est plus fort que moi ! Je ne trouve pas de repos dans ma tête. Il m'arrive même de penser à me foutre en l'air ! Vraiment !

Il baissa les yeux

– Nous deux, ce n'est plus possible. Tu dois m'oublier…

Décidée à ne pas entrer dans son jeu, je me levai et me dirigeai vers la sortie.

– Je ne retire rien à ma promesse ! Quand tu voudras revenir, je serai là ! Je t'attendrai…

Sur le chemin, je ne ressentis pas les mêmes angoisses que lors de ma dernière visite. Si ses paroles résonnaient encore dans ma tête, elles me meurtrissaient beaucoup moins. Je ne pouvais rien de plus pour lui, sinon, lui réaffirmer mes sentiments.

Encore une fois, et malgré l'ambiance angoissante qui régnait à La Coûme, je retrouvai une certaine quiétude avec « mes petits ». De son côté, Pitt venait d'être libéré, mais il demeurait sous la surveillance des autorités locales. Au cours de sa détention, un de ses gardiens lui avait révélé que quelques villageois de Mosset n'acceptaient pas le fait qu'il soit allemand. Des rumeurs couraient également concernant l'éducation donnée aux enfants. Pour ma part, j'étais convaincue que ces filles et garçons, durement traumatisés, se trouvaient maintenant bien éloignés de tous ces problèmes. D'ailleurs, les dessins que certains produisaient trahissaient leur bien-être. Bien souvent, à leur arrivée, leurs peintures montraient des scènes de guerre. Quelques semaines plus tard, ils s'appliquaient à afficher sur leurs tableaux, des paysages verdoyants, des soleils radieux, des maisons en place avec des cheminées fumantes, des arbres qui croulaient sous des fruits rouges, des animaux sereins dans leurs prés. Et puis, que dire de leurs rires, de leurs chants, de leurs attitudes désinvoltes qui remettaient de la vie et de la joie entre ces vieux murs ?

QUATRIÈME CAHIER

D'octobre 1940 à octobre 1941

Je pensais souvent à toi papa, mais sans imaginer qu'un jour je te reverrais. Nous nous sommes quittés à un arrêt d'autobus et voilà que tu reparais comme si de rien n'était, surgissant de je ne sais où, pour te diriger vers je ne sais quoi.

PAPA, MON HÉROS

Je revenais de temps en temps à Taurinya, pour me reposer et pour revoir ma famille. Claudi me donna des nouvelles de Julien. Il connaissait sa mère et la rencontrait parfois au marché de Prades. Lors de leur dernier entretien, elle lui avait clairement avoué son désarroi face au comportement de son fils. Julien était devenu imprévisible, quasi muet. Il ne sortait plus que pour aller travailler. Bien souvent la nuit, elle l'entendait tourner en rond dans sa chambre et de temps à autre, elle percevait ses pleurs. Il ne souhaitait voir personne, pas même ses amis, qui pourtant s'inquiétaient pour lui. Elle ne savait plus comment s'y prendre avec lui. Il avait tant maigri qu'elle se demandait comment il pouvait encore abattre sa besogne dans la mine. Il mangeait très peu et buvait à présent un mauvais vin qui le rendait fou.

Je reçus ces informations comme autant de coups de poignard dans ma poitrine. Mais je ne voulais pas baisser les bras. Le soir même, je décidai d'écrire à Julien.

« Mon Julien,

Je connais et comprends les terribles tourments que tu traverses en ce moment, mais sache que je reste près de toi même si ta souffrance t'emporte pour l'instant vers le néant. Cet accablement, je l'ai également ressenti dans mon corps et dans mon âme. Comme toi, je n'ai plus accepté la nécessité de mon existence, cette logique de demeurer vivante. Mille fois, j'ai espéré le repos de la nuit éternelle, mais à mille occasions j'ai regardé le visage de ma mère, celui de ma sœur Anna. Alors, dans mon brouillard, j'ai lutté de toutes mes forces contre cet immobilisme, contre la volonté de quelques hommes désireux de me priver de ma famille, de ma vie, de ma nature tout entière… Je te sais fort, mon Julien. Un jour toi aussi tu devineras ton chemin, celui qui te conduira vers moi, vers nous, vers notre amour. Paula. »

Je confiai cette lettre à Claudi afin qu'il la remette dès que possible à la mère de Julien.

Deux mois plus tard, alors que l'hiver cédait sa place au printemps et que je m'approchais de la demeure de Claudi et Antonia, j'entendis un chien aboyer. Je restai stupéfaite. Je tentai de me raisonner. Dès que j'abordai l'allée qui menait à la maison, je reconnus les glapissements effrénés de mon Pigo. Mon cœur déborda de joie.

Je ne comprenais pas, je n'y croyais pas…

Pigo posa ses deux pattes avant sur mes épaules et me

débarbouilla gaiement le visage.

Pendant que je le caressais, j'entendis s'ouvrir la porte derrière moi. Je me retournai… Mes jambes vacillèrent. Mon émotion me submergea.

En face de moi, dans l'encadrement, se tenait mon père. Il souriait… Je courus dans les bras de cet homme que je retrouvai, plus beau, plus grand et plus fort que dans mes souvenirs. Mon cerveau se vida de toutes ses pensées. Je souhaitai profiter pleinement et simplement de ce moment en me laissant envahir par cet immense bonheur…

Ma mère et Anna nous rejoignirent. Nous nous enlaçâmes. Nos mots, nos phrases, nos pleurs, nos joies se mélangèrent dans une merveilleuse communion. Nous étions enfin tous réunis, comme autrefois. Je ne demandais rien de plus à la vie.

Pour que la fête dure, Antonia et ma mère proposèrent de préparer le repas du soir, « un menu d'exception », avaient-elles précisé… Insouciants, nous avons mangé, bu, ri. Claudi et Antonia partagèrent sans retenue notre joie. Mille questions brûlaient mes lèvres, mais j'attendis patiemment la fin du festin pour m'adresser à mon père…

– Papa, je pense ne pas être la seule ici à ressentir le bonheur de ta présence. Hier encore, ça me paraissait tellement improbable qu'aujourd'hui j'ai du mal à y croire. Mais je voudrais que tu nous expliques, que tu nous dises pourquoi il t'a fallu tant de temps pour nous rejoindre, pour nous retrouver… Pourquoi n'as-tu pas donné de tes nouvelles, ne serait-ce qu'une lettre, un petit message ?...

Tout le monde m'observa, car, sans le vouloir, j'avais haussé le ton et dévoilé mon mécontentement. Durant ces derniers mois, j'avais tant espéré qu'il se manifeste, d'une manière ou d'une autre, qu'il donne signe de vie. Aujourd'hui, il réapparaissait, rayonnant, comme si rien ne s'était passé depuis notre départ de Banyoles. Le visage empourpré, je le fixai. Il dut deviner tout mon ressentiment, car il s'avança vers moi, me prit dans ses bras et m'enlaça.

— Je suis désolé, ma Paula ! Je ne vous ai pas oubliées ! À aucun moment, sois-en sûre, je n'ai songé à vous abandonner.

Il se tourna vers ma mère et vers Anna.

— Je vais tout vous expliquer !

Il retourna s'asseoir. Ma mère me souriait en me regardant. Elle avait certainement dû se poser toutes ces questions sans les formuler, pour ne pas gâcher l'ambiance.

Il prit une grande inspiration :

— Après votre départ, j'étais bien décidé à rester caché dans notre maison, le temps de trouver une solution, mais aussi pour éviter les pillages. Nos voisins venaient juste de partir que déjà, des voyous écumaient la région et la ravageaient. J'avais fermé les volets et barricadé les issues. Afin de ne pas attirer l'attention, je ne sortais pas, ou alors uniquement la nuit. Je n'éclairais aucune pièce. Je ne faisais pas de feu. Je me suis nourri en mangeant nos conserves d'olives, de tomates ou de confitures que nous gardions dans la cave. J'aurais pu continuer comme ça encore longtemps. Nos provisions me le permettaient.

Il me fit face…

– Mais Pigo ne l'entendait pas de cette oreille… Au moindre bruit, il aboyait, grattait à la porte. Je ne pouvais prendre le moindre risque et d'un autre côté, je ne pouvais pas le laisser tout le temps enfermé. Je lui ai ouvert la porte. Une nuit, alors que je dormais à poings fermés, j'ai été réveillé par ses aboiements. Je me suis levé en vitesse et là, j'ai entendu des coups sourds portés contre une des fenêtres de la salle à manger. Je n'ai pas bougé, j'ai attendu, bien caché. Les volets, puis la fenêtre ont cédé. J'ai aperçu une ombre qui pénétrait chez nous. Dans mes mains, je tenais un manche de pioche. Sans réfléchir, j'ai frappé de toutes mes forces, au niveau de la tête…

Quand mon père constata notre attitude embarrassée, il marqua un temps d'arrêt, puis il s'emporta :

– Qu'est-ce que j'aurais pu faire d'autre ? Je ne savais pas qui pénétrait chez nous !

Il chercha et il trouva, dans les yeux de ma mère, de la compréhension.

– J'ai allumé une bougie et je me suis aperçu que l'homme qui gisait au sol n'était autre que le fils aîné de nos voisins, Marti Jordà… Je me suis penché sur lui et tout de suite, j'ai vu qu'il saignait de l'oreille. Il était mort…

Un silence pesant s'installa dans la pièce. Marti Jordà était un garçon rieur et à l'allure débonnaire qui devait avoir mon âge. Nous avions passé une bonne partie de notre enfance à partager nos jeux, à fréquenter la même école, à emprunter un chemin identique pour nous y rendre. Après son départ pour l'université, je ne le revoyais qu'à l'occasion des grandes vacances. Cette nouvelle m'affligea, mais je parvins à trouver des circonstances atténuantes à mon père.

Il se tassa dans son fauteuil.

– Je ne savais plus quoi faire. Je me suis rendu chez les Jordà. J'ai appelé, tapé à la porte. Personne ne m'a répondu. Alors, j'ai transporté le corps jusque dans leur jardin où je l'ai enterré.

Au fur et à mesure de son récit, l'émotion de mon père devenait palpable.

– Ce petit, je l'aimais bien ! Je l'ai vu grandir… Mais qu'est-ce qu'il venait foutre chez nous ?

Claudi fut le premier à rompre le silence.

– Je pense que j'aurais fait pareil. C'est malheureux, mais il n'avait rien à faire là…

Mon père se calma un peu en avalant d'un trait le verre d'eau que ma mère venait de lui servir.

Blottie contre elle, Anna le fixait, interloquée.

– Je ne pouvais plus rester dans la maison. Ça devenait trop dangereux. Alors, j'ai bourré mon sac à dos de provisions, de vêtements chauds, et je suis parti avec l'intention de vous rejoindre. Pigo m'a suivi… Je devais redoubler de prudence, car les troupes franquistes occupaient déjà toute la région. Je ne me déplaçais que la nuit et le jour, je me cachais dans des bois, au creux de fossés ou dans des casots[9] délabrés. Plusieurs fois, j'ai failli me faire repérer, mais je crois que la chance était avec moi. J'ai contourné les villes et les villages. Dans des fermes abandonnées, j'ai pu trouver de quoi me nourrir. J'ai pris la direction du nord, celle de la France. Je marchais cinq ou six heures d'affilée, franchissant des rivières et gravissant des collines de plus en plus hautes. Quand je me reposais, je ne quittais pas des yeux les sommets enneigés des Pyrénées. Un matin, alors que le jour pointait à peine et que je finissais d'escalader un pic rocheux, je suis arrivé sur un chemin qui m'a conduit vers une chapelle. Quand le soleil s'est montré et que sa lumière a inondé le ciel, je suis resté émerveillé par tant de beautés.

À cet instant, je pus distinguer une étincelle dans ses yeux.

— De cet emplacement, je pouvais voir la mer, les vallées environnantes, et même Banyoles loin. Très loin… Au pied de la chapelle, il y avait un mur en pierre surmonté de trois arches. En contrebas s'étendait une terrasse abritée du vent. J'ai trouvé là de quoi me cacher enfin… Je le pensais. J'ai posé mes affaires contre ce contre-

[9] Un casot est un cabanon en Catalogne, généralement construit en pierres maçonnées.

fort et je me suis endormi. Les aboiements de Pigo m'ont réveillé. Lorsque j'ai ouvert les yeux, j'ai constaté que j'étais encerclé par cinq ou six hommes menaçants qui pointaient vers moi leurs fusils. Sur le moment, j'ai eu très peur, mais je me suis vite aperçu qu'il ne s'agissait pas de soldats franquistes, mais de guérilleros. J'avais entendu dire qu'ils se planquaient dans les montagnes. Un des individus, un grand costaud qui arborait une énorme moustache, m'a ordonné de lever les bras et s'est approché de moi. Il m'a demandé qui j'étais et ce que je faisais là… Je n'ai pas finassé, je lui ai répondu. Pendant ce temps, un autre a fouillé mon sac. Ils se méfiaient. Mais moi, je voulais juste les convaincre que j'étais de leur côté. Je me suis redressé. J'ai baissé les bras. J'ai toisé le gars qui se tenait devant moi et j'ai expliqué que j'avais tué un homme et que la police devait me rechercher. Ils ont rangé leurs carabines. « Moustache », apparemment leur chef, m'a demandé de les suivre. Nous avons emprunté des sentiers raides qui s'enfonçaient dans des forêts de chênes verts. Deux heures plus tard, nous sommes arrivés dans une clairière. Quelques toits de fortune se dressaient devant nous. Recouvertes de branchages, ces cabanes se fondaient parfaitement dans l'environnement ambiant. Quatre ou cinq gaillards sont alors venus à notre rencontre. Ils me dévisageaient, l'air soupçonneux. Puis l'un d'eux s'est approché de moi et m'a reconnu… On avait travaillé ensemble sur des chantiers. « Moustache » s'est assis à même le sol. Nous l'avons tous imité. Après un long silence, il m'a demandé pourquoi j'étais venu me cacher dans les montagnes. Ses yeux me scrutaient. Je sentais bien qu'il se méfiait. Alors je lui ai raconté mon histoire, depuis votre départ jusqu'au moment... enfin... jusqu'à ce malheureux accident... Ensuite, j'ai relaté les circonstances de ma fuite.

Clairement ému, mon père se leva, effectua quelques pas, se resservit à boire et se rassit. Anna s'était endormie dans les bras de ma mère.

– « Moustache » m'a annoncé qu'il vérifierait mes dires. Qu'il disposait pour ça d'un réseau bien structuré, et, si je le lui avais menti, qu'il me tirerait lui-même une balle dans la tête. Je suis resté avec eux pendant deux ou trois semaines, je ne sais plus. De temps en temps, « Moustache », accompagné de trois ou quatre de ses compagnons, partait vers les collines. Bien souvent, lorsqu'ils revenaient, deux ou trois jours plus tard, leurs visages paraissaient défaits, fatigués, usés. Pendant plusieurs heures, ils ne parlaient plus, ils mangeaient et s'endormaient instantanément. Lorsqu'ils s'en allaient, je restais au bivouac sous la surveillance de deux autres guérilleros. Je pouvais communiquer avec eux, notamment avec Arnau. Un petit gars avec qui je m'entendais bien. Ce jeune barcelonais, qui ne devait pas avoir vingt ans, et qui souriait tout le temps, venait de rejoindre cette brigade. Un soir, trois hommes ont surgi de la forêt. L'un d'eux était blessé à la jambe. Je les ai entendus parler d'une embuscade au cours de laquelle

« Moustache » et deux autres guérilleros avaient trouvé la mort.

Claudi proféra :

– Saloperie de guerre ! Qu'est-ce qu'ils veulent de plus ?

La nuit était déjà bien avancée, mais personne dans la pièce ne semblait vouloir manquer la suite.

Ma mère encouragea mon père à continuer.

– L'homme blessé est mort dans la nuit. Nous l'avons enterré, et par-dessus sa sépulture, nous avons entassé des pierres. Il ne m'a pas fallu longtemps pour constater que ceux qui restaient se trouvaient complètement déboussolés face à la situation. J'ai alors pris les choses en main. Je leur ai demandé s'ils avaient une idée de ce qu'ils allaient faire. L'un d'entre eux a répondu qu'il fallait continuer à se battre. Un autre a fait remarquer qu'ils n'étaient plus que quatre. Alors, je me suis lancé. Je leur ai dit qu'avec moi, ils étaient cinq… Ébahis, ils m'ont dévisagé. Je leur ai répété que j'étais des leurs… Je ne pouvais pas rester les bras croisés pendant que mon pays s'écroulait. Non, je ne pouvais pas… Nous avons quitté le camp et nous nous sommes dirigés vers la frontière. Arnau savait que son oncle combattait dans cette zone, avec un autre groupe. Sur des kilomètres, nous avons longé une rivière, La Muga. Au bout de deux jours d'effort, nous sommes parvenus aux abords de la chapelle Sant Bartomeu de Pincaró, une petite église complètement perdue dans la montagne.

Il arbora un air amusé.

– Sur le moment, je me suis demandé si tous les républicains espagnols qui combattaient encore ne s'étaient pas tous donné rendez-vous dans tous les édifices religieux de la région. Nous avons bivouaqué là. Au matin, deux hommes armés nous ont tirés de notre sommeil. Arnau a expliqué à l'un des deux pourquoi nous avions dû quitter notre camp, précisant qu'il voulait rejoindre son oncle pour continuer à combattre. Son interlocuteur, qui a paru convaincu de notre bonne foi, nous a demandé de rassembler nos affaires et de le suivre. Une nouvelle fois, nous avons emprunté des sentiers périlleux pour nous enfoncer plus profondément dans les forêts…

– Mais alors, tu veux dire que tu es devenu un guérillero ?

Mon père regarda ma mère, le visage détendu et conquérant :

– Oui Isabel ! Et aujourd'hui, je suis même devenu un de leurs chefs !

Je n'en crus pas mes oreilles.

Comment avait-il pu endosser ce rôle, alors que je le connaissais si calme, si respectueux envers les autres, si affectueux, si protecteur avec sa famille, tellement attaché à son travail, à sa maison, à sa région ? Je n'en revenais pas. À cet instant, je l'admirai un peu plus…

– Mais papa, tu veux dire que tu as mis ta vie en danger… Nous avions besoin de toi ici !

Il me sourit en signe d'approbation.

— Oui, ma petite Paula ! Je comprends tes craintes et je sais que ta mère les partage aussi. Mais je veux être utile à mon pays et tenter de le débarrasser de toute cette gangrène qui le mine. Je souhaiterais effacer toutes les douleurs que vous avez vécues et pour cela j'ai pensé au jour où nous pourrons tous retourner chez nous, la tête haute.

Ces paroles m'atteignirent de plein fouet. Je ne pouvais que les comprendre puisque j'avais récemment tenu un discours identique. Je m'étais engagée, à ma façon, dans le même combat.

— Papa, j'espère quand même que tu vas rester quelques jours avec nous ?

Il se contorsionna sur sa chaise.

— C'est impossible ! Je dois repartir cette nuit…

— Reste un peu ! insista ma mère.

— Je ne peux pas, Isabel ! Cela pourrait être dangereux pour moi, mais aussi pour vous…

— Mais tu ne crains rien ici ! me fit remarquer Claudi. On est en France ! Ils ne peuvent rien contre toi !

Mon père se tourna vers lui…

— Ne crois pas ça, mon cousin. Les autorités françaises ont passé des accords avec l'Espagne. Maintenant, nous sommes recherchés des deux côtés de la frontière.

Ma mère s'étonna…

— Recherchés ? Pourquoi ?

— Oui Isabel, je suis devenu en quelques mois, un résistant et le chef d'une petite brigade de guérilleros espagnols. Nous allons continuer la lutte contre la politique de Franco. Nous allons créer avec les Français des groupes armés capables de combattre en Espagne et en France. C'est pour ça que nous devons unir nos efforts. Si je suis passé de ce côté de la frontière, c'est pour rencontrer certains des commandants des maquis français. Ma visite doit rester secrète. Personne ne doit savoir. Je tenais à vous retrouver pour vous serrer à nouveau dans mes bras, mais d'ici deux heures, je devrais repartir.

Ma mère alla coucher Anna pendant que je restai avec mon père.

– Ta mère m'a dit que tu avais un amoureux ! me lança-t-il sans ménagement.

Je restai confuse. Je lui parlai de Julien, de notre rencontre, des bons moments passés ensemble, de mes désillusions. Mais je ne désirais pas m'éterniser sur le sujet. Ma mère revint. Je les embrassai tous les deux et je laissai leurs deux cœurs, depuis si longtemps séparés, se rapprocher.

Quelques jours plus tard, j'appris que durant le mois de septembre, les autorités françaises avaient définitivement fermé le camp d'Argelès-sur-Mer. Dans un premier temps, cette annonce m'inonda de joie puis, lentement, un autre sentiment se greffa dans mon esprit : une sensation mélangée de honte, d'amertume, de douleur, mais aussi de colère…

CINQUIÈME CAHIER

D'octobre 1941 à janvier 1943

Au moment où j'entreprends l'écriture de ce cinquième cahier, je ne comprends toujours pas comment mon père a pu m'entraîner dans une telle aventure…

MES PREMIERS PAS DANS L'OMBRE

Des familles entières de réfugiés de tous pays et de toutes obédiences ne cessèrent d'affluer à La Coûme. Elles y séjournaient un temps puis repartaient comme elles étaient venues, sans laisser de traces. Nos journées, pourtant harassantes, nous offraient de quoi oublier la plupart de nos soucis personnels.

Ce matin-là, alors que je donnais mon cours de français, mon esprit vagabondait au-delà des fenêtres de notre « classe ».

La veille, j'avais reçu une lettre de Julien. Il m'annonçait qu'il souhaitait s'enrôler dans le Service d'Ordre Légionnaire[10]. Il m'expliquait qu'il avait trouvé sa voie dans cette organisation et qu'il adhérait complètement à toutes ses idées : *SERVIR, OBÉIR, LUTTER*. Il voulait combattre les communistes, tous les ennemis de l'intérieur, ainsi que tous ceux qui avaient conduit la France dans le chaos, en 1940.

---

[10] Le Service d'Ordre Légionnaire (SOL) est une organisation politique et paramilitaire de choc du régime de Vichy, pendant la Seconde Guerre mondiale. Créé à l'été 1941, il est l'ancêtre de la milice française, fondée en janvier 1943.

Il terminait sa missive par ces quelques mots : « Prends bien soin de toi, ma Paula ! »

Sur le moment, je ne sus comment interpréter cette attention inattendue. Puis, en réfléchissant, je me sentais réconfortée en pensant que Julien paraissait enfin sorti de sa torpeur.

Depuis son départ, nous ne percevions plus aucun signe de vie de mon père. Nous ne l'évoquions jamais, mais le silence pesant qu'il avait laissé nous entourait et nous tourmentait tous. Et l'histoire que nous avait racontée Claudi au sujet d'une connaissance ne nous avait pas rassurées…

Cet éleveur de chèvres habitait seul dans son mas, perdu dans les Garrotxes, sur le versant espagnol. Il consacrait toutes ses heures à ses bêtes. Il les chérissait comme les enfants qu'il aurait tant aimé voir s'épanouir et courir dans les prairies vertes de sa propriété. Mais sa femme, qui n'avait pas supporté l'exil, l'avait quitté quelques mois plus tard. Le canon s'était tu depuis longtemps, de ce côté de la frontière, mais cet homme demeurait bien conscient que des guérilleros luttaient encore et se cachaient dans les montagnes environnantes. Il ne les avait jamais aperçus et, en aucun cas, il n'aurait pensé que sa vie puisse se trouver bouleversée par cette guerre qui ne le concernait pas. Un soir d'orage, cinq combattants avaient surgi dans sa maison.

Il n'avait pas eu peur, car il en connaissait deux qui habitaient Beget, le hameau où il se rendait souvent pour vendre ses fromages. Ces gaillards avaient faim. Il leur avait donné à manger. Ils tremblaient de froid. Il avait allumé du feu. Il n'avait posé aucune question. Il éprouvait l'engagement qui animait ces hommes, mais, sans hésiter, il leur avait accordé asile. Le lendemain matin, les guérilleros étaient repartis. Ils étaient revenus au cours des jours suivants pour se ravitailler, pour se détendre ou pour soigner un des leurs, blessé. Dès lors, il avait volontairement renoncé à leur fermer sa porte, sans penser qu'il était devenu un « lien »... Après des heures de tortures, un de ces guérilleros avait parlé et craché son nom, dans un flot de sang. Il n'avait pas eu le temps de réaliser ce qui lui arrivait lorsque des soldats s'étaient jetés sur lui alors qu'il dormait à poings fermés et l'avaient traîné dehors à moitié nu. Ils avaient mis le feu à sa bergerie tandis que les chèvres y demeuraient encore. Ils l'avaient forcé à regarder l'incendie avant de lui tirer une balle dans la nuque.

Ce récit nous laissa sans voix. Ma mère pleurait.

— Est-ce que tout cela va finir un jour ?

La guerre ne cessa pas et le monde s'embrasa de plus belle...

Le 11 novembre 1942, les Allemands franchirent la ligne de démarcation et envahirent la zone libre. Le 12 novembre, ils entrèrent dans Perpignan. Pour beaucoup d'habitants de la région, cela signifiait la fin d'une apparente insouciance et le début d'une période d'incertitude et d'inquiétude. Bientôt, les carrefours se couvrirent de poteaux indicateurs aux lettres gothiques. Sur certains édifices publics de Prades flottèrent des drapeaux à croix gammée et dans les rues de la ville déambulèrent des hommes qui portaient des uniformes verts.

Pitt redoubla de vigilance, car, à plusieurs reprises, les gendarmes étaient venus à la Coûme.

L'un des deux, visiblement attendri par les petits qui jouaient dehors, lui souffla que de nombreuses dénonciations leur étaient parvenues et qu'il devait se méfier.

Échaudé par son arrestation, quelques mois plus tôt, il construisit dans la montagne, une cabane qui devait lui servir de cache, en cas de besoin… À contrecœur, il nous expliqua que nous ne pouvions recevoir d'autres d'enfants en plus de ceux déjà présents. Que cela devenait bien trop dangereux pour eux comme pour nous. Il termina son propos en nous signalant que d'une manière ou d'une autre, nous allions bientôt être dans l'obligation de refuser l'hospitalité aux familles de réfugiés.

Lors d'une nouvelle visite de Mary Elmes à la Coûme, Pitt ne rencontra aucune difficulté pour la convaincre qu'il n'était pas en mesure d'agir autrement.

La fin de l'année 1942 approchait à grands pas. Il paraissait important pour nous, malgré un contexte compliqué, que la fête de Noël reste dans les mémoires de nos petits pensionnaires. Aussi, nous leur avions proposé de participer à ses préparatifs. Le réfectoire s'était couvert, en quelques heures, de décorations, de guirlandes qui traversaient la pièce dans ses diagonales, de papiers multicolores découpés adroitement par nos modestes artistes. Aux murs, des dessins affichaient des paysages de neige, des rennes qui tiraient des traîneaux, des hottes remplies de cadeaux. Dans un angle de la salle, nous avions disposé le sapin que Pitt avait rapporté de la montagne. À l'extrémité de ses ramures, nous avions accroché des pignes de pin.

Chaque pensionnaire reçut sa part de chocolat et de croquants que Mary Elmes avait réussi à collecter auprès de commerçants bienveillants. Cette journée se termina en apothéose quand les enfants interprétèrent plusieurs saynètes de leur composition. Ces représentations connurent un franc succès et les rires fusèrent de toute part. L'émerveillement dans leurs yeux porta mon émotion à son paroxysme.

Le lendemain, Yvès m'accorda un peu de repos. En fin d'après-midi, je parvins à me faire conduire jusqu'à Prades et de là, je me précipitai vers Taurinya…

Je marchai d'un bon pas sur cette route baignée par la lumière vive de ce clair de lune et, malgré la tramontane qui me malmenait, je ne ressentais pas le froid.

Mon corps, empli de joie à l'idée de retrouver ma famille, m'assurait un entrain qui m'étonna. Je ne pus m'empêcher d'éprouver un petit pincement au cœur quand je dépassai l'abbaye de Saint-Michel de Cuxa. J'avais laissé ici tant d'émotions… Tant de souvenirs…

Les lumières du village m'apparurent, au-delà des frondaisons. Je me hâtai, lorsque sur ma gauche, j'entendis un bruit suivi d'un appel étouffé. Quelqu'un, tapi dans le noir, me hélait. Tout en restant sur mes gardes, le souffle coupé, je scrutai dans l'obscurité les ombres qui dansaient autour de moi. Je cherchai à découvrir à qui je devais ce signal. De derrière un arbre, la silhouette d'un homme émergea. Prête à m'enfuir, je reculai de deux pas, quand je l'entendis chuchoter :

— Ne partez pas ! C'est votre père qui m'envoie !

À son accent prononcé, je pressentis immédiatement un compatriote.

Il me demanda de ne pas rester dans la clarté et de le rejoindre dans la pénombre. Seule l'évocation de mon père me poussa à obéir.

Je demeurai, tout de même, hésitante. Je remarquai, dès que j'approchai de lui, qu'il souriait et cela me contraria. Sur l'instant, je crus à une plaisanterie. Ses cheveux noirs, en partie recouverts par un béret, pendaient raides sur les côtés de son crâne. Au milieu de son visage étroit et émacié pointait un appendice nasal fin et long qui lui conférait l'aspect d'un aigle. Il devina mes craintes.

– N'ayez pas peur ! C'est bien votre père qui m'a ordonné de vous joindre. Je m'appelle Arnau. Je suis un de ses compagnons…

– Pourquoi n'est-il pas venu lui-même ?

– C'est impossible !

Je me souvins des mots que mon père avait prononcés lors de sa visite : « Personne ne doit savoir ». La voix d'Arnau me tira de mes réflexions.

– J'ai un message pour toi ! Heu… Pour vous…

Je tendis la main, car je pensai qu'il allait me remettre un document, une lettre qu'il aurait sorti de la poche de sa veste. Mais au lieu de cela, il éclata de rire.

– Vous vous imaginez que nous sommes en vacances, mademoiselle ? Nous faisons la guerre ! lança-t-il fièrement. Personne ne peut se permettre de transporter sur lui des informations ! Ce serait bien trop stupide !

Il ricana de plus belle. Vexée par ses moqueries, je braillai :

– Vous me le donnez ce message oui ou non ?

– Chut, chut, murmura-t-il, en posant sa main sur ma bouche.

Interdite, je ne bougeai plus. Arnau retrouva son sérieux.

– Samedi prochain, à 19 heures, un homme vous attendra à l'entrée du village, sous le pont qui franchit la Lliterà. En signe de ralliement, il prononcera une phrase et rien d'autre : « C'est Lorenzo qui m'envoie ». Vous devrez le cacher jusqu'au mercredi suivant, dans un endroit discret, sûr et éloigné de tout. Vous le ramènerez ici même jeudi matin. Quelqu'un vous attendra et le prendra en charge.

— C'est tout ?

— Oui, c'est tout, répondit-il. Mais attention, vous ne devez parler de cela à qui que ce soit ! Pas même à votre mère ! Votre père dit qu'il peut compter sur vous…

Je demeurai bouche bée. Mes jambes flageolaient. Mille questions m'assaillirent, mais je n'eus pas le temps de les poser. Arnau disparaissait déjà dans le sous-bois.

J'entrai dans la maison, arborant une allure dégagée. Antonia préparait une soupe.

Ma mère, qui dressait la table, s'inquiéta :

— Tout va bien, Paula ?

— Oui, maman… J'ai froid, voilà tout !

Elle ne se livra à aucun autre commentaire, mais à voir sa moue, je compris qu'elle doutait de mon explication. Fort heureusement, Claudi et Anna, qui revenaient du poulailler, entrèrent à ce moment-là. Leur arrivée inespérée brisa le silence pesant qui s'était installé. Anna se jeta dans mes jambes. Je la pris dans mes bras et m'intéressai à elle, ce qui coupa court à toutes nouvelles questions. Durant le repas, ma mère me rappela, à maintes reprises, de participer à la discussion.

Assurément, mon esprit tourmenté m'éloignait des bonnes convenances.

Plus tard, au creux de mon lit, je ne parvins pas à trouver le sommeil.

Les images de mon entretien avec ce jeune homme tournaient en boucle dans ma tête et mes interrogations restaient sans réponses. Je cherchai à comprendre pourquoi mon père n'était pas venu lui-même à ma rencontre. J'aurais tant aimé le revoir. Pourquoi m'imposait-il cette mission qui paraissait périlleuse ? Pourquoi tenait-il à ce que je ne divulgue rien de tout cela ? « Et surtout pas à votre mère », avait bien précisé Arnau...

Après avoir ressassé pendant des heures toutes ces interrogations, un sentiment étrange s'insinua dans mon esprit. Petit à petit, je prenais conscience que mon père me gratifiait d'une extrême confiance.

Cette attention me bouleversa et laissa poindre en moi une détermination inattendue jusque-là... Alors, fière de moi, je m'engageai à me conformer à sa demande, à trouver où et comment héberger cet « hôte » et à me soumettre à ses volontés.

Au lever du jour, ma ténacité demeurait intacte.

Je sautai du lit et m'habillai en hâte. J'attrapai un sac à dos dans lequel j'enfournai un morceau de pain, du fromage et une bouteille d'eau.

Intriguée, Antonia me regardait faire. Je lui souris.

— Je vais marcher dans la montagne ! Ne m'attendez pas ! Je ne reviendrai qu'en fin d'après-midi.

Avant de quitter la maison, je lançai :

— Embrasse maman et Anna pour moi !

D'un pas décidé, je dépassai les dernières demeures du village et me dirigeai vers une piste qui coupait à travers bois. Ce chemin, qui menait au col de Clara, je l'avais déjà emprunté quand, avec Julien, nous cherchions nos nids d'amour.

La fraîcheur du matin ne freina pas mon entrain, bien au contraire… L'air vif me donnait des ailes. J'avalais les kilomètres, sans sourciller, mais aussi le dénivelé. Les rayons du soleil perçaient maintenant à travers les châtaigniers. Tout en marchant, je profitais de cette nature que j'avais, malgré moi, délaissée. Heureuse, je retrouvais ces sentiers couverts de mousse qui me manquaient tant. Je pouvais à nouveau voir couler les ruisseaux, laisser ma main caresser les fougères, m'emplir les poumons de cette douce odeur d'humus. J'éprouvais un tel sentiment de liberté que j'en frissonnais.

J'accédai au col et je suivis une piste qui s'enfonçait dans les fourrés. À plusieurs reprises, je dus contourner des buissons d'épineux qui barraient mon chemin.

Une heure plus tard, je débouchai sur une clairière baignée de lumière. Sur la droite, adossé à de hauts sapins, je reconnus le casot en pierre qui nous avait déjà abrités, Julien et moi. Je m'approchai, guettant le moindre bruit. La porte était entrebâillée. J'entrai prudemment en supposant que quelqu'un puisse occuper les lieux, mais apparemment, personne n'était venu. Par contre, le désordre, qui régnait à l'intérieur, me désola. Lorsque, quelques mois plus tôt, nous avions investi la place, nous avions découvert un endroit propre et accueillant.

Nous avions passé là plusieurs heures à nous aimer sur un tapis de feuilles sèches. À présent, le plancher disparaissait sous une couche de poussière à laquelle se mélangeaient des débris de végétaux et des gravois. Arrachés de leurs gonds, les ventaux de l'unique fenêtre s'étalaient lamentablement sur le sol. Le poêle, seul mobilier de la bâtisse, gisait, renversé sur le côté. Je regardai avec tristesse ce spectacle désolant.

J'étais sur le point de rebrousser chemin, mais je n'avais pas d'autre opportunité que cette cabane pour héberger quelqu'un. Je me résignai donc à rendre l'endroit le plus hospitalier possible. De toute façon vu les circonstances, mon « locataire » devait bien s'attendre à ne pas être logé dans la suite d'un grand hôtel...

Je m'assis sur un rocher et mangeai d'un bon appétit mon pain et mon fromage. J'avalai quelques gorgées d'eau, puis j'entrepris mon labeur. Je commençai tout d'abord par redresser le poêle à bois et raccordai le tuyau, miraculeusement épargné. Je débarrassai la pièce de tous les objets inutiles ou détritus et les jetai dans un trou à l'arrière du casot.

Je découpai, à l'aide de mon couteau, plusieurs ramures de genêts avec lesquelles j'improvisai un « balai », me permettant de délivrer le sol de toute sa crasse.

Je liai les autres avec quelques morceaux de ficelle dégotés çà et là, je les disposai contre la fenêtre, en guise de paravent et je me dirigeai vers la forêt, chercher du bois mort. Ce travail fatigant me prit beaucoup de temps.

Je devais me déplacer de plus en plus loin pour en récupérer suffisamment pour tenir quelques jours. Par chance, ces allées et venues me permirent de découvrir une source, dissimulée au pied d'un énorme rocher. Le flot continu qui sourdait me rassura sur sa capacité à nous procurer, durablement, de l'eau potable. Le soleil déclinait quand j'eus terminé. Je devais me presser et rentrer avant la nuit.

Je jetai un dernier coup d'œil à l'intérieur. Satisfaite, je calai la porte avec une grosse pierre. Sur le chemin du retour, j'éprouvai une certaine euphorie. Je venais d'accomplir une partie de ma mission et je me sentais maintenant impatiente de la mener à bien.

Ma mère ne me posa aucune question. Dubitative, elle me dévisagea, mais comme j'arborai une allure détendue, elle n'insista pas.

Dès que je repris mon activité à La Coûme, je demandai à Yvès la permission d'accompagner ma mère à l'hôpital de Perpignan la semaine suivante.

— Elle doit subir une petite intervention, avais-je menti…

Du côté de ma famille, ma stratégie s'avérait beaucoup plus hasardeuse. Je devais me procurer suffisamment de nourriture pour tenir pendant plusieurs jours dans la montagne.

Penaude, je me lançai dans des explications grotesques. Je tentai de convaincre ma mère, Claudi et Antonia, que les vivres manquaient à La Coûme, et que Pitt et

Yvès sollicitaient des dons auprès de tous ceux qui pouvaient ou voulaient bien leur en accorder.

Le résultat dépassa toutes mes espérances. Le lendemain, Claudi et Antonia écumèrent leur garde-manger, descendirent à Prades pour effectuer quelques achats, mendièrent chez quelques voisins et amis et bientôt, la cuisine déborda de victuailles. Des montagnes de fruits, de légumes, frais ou secs, des pots de confitures, de la charcuterie, des fromages, du lait, quelques miches de pain, envahirent les lieux. Je remarquai même, au milieu de tout cet amoncellement, une bouteille de vin, ce qui m'amusa beaucoup.

Mon enthousiasme retomba. Je ne pouvais décemment pas tromper cet élan de générosité, d'autant que Claudi m'annonça triomphalement :

– J'ai réussi à me faire prêter la fourgonnette. Demain, nous monterons tout ça là-haut !

À notre arrivée à La Coûme, Pitt et Yvès manifestèrent leur joie devant tant de largesses, mais je restai sans voix quand ils se tournèrent vers moi, le regard interrogateur. Je pris mon courage à deux mains et je coupai court.

– Je vous expliquerai ! Mais pas maintenant. Aidez-moi plutôt à porter tout ça à la cuisine !

Une fois les provisions en place, je saluai Pitt et Yvès et, honteuse, je grimpai prestement dans la fourgonnette.

Claudi ne me posa pas de questions, ce qui me permit de me détendre un peu.

Mais je n'étais pas plus avancée dans ma quête de nourriture et il ne me restait que deux jours avant la date fatidique qui approchait à grands pas.

Le lendemain matin, Antonia prétexta avoir besoin d'aide pour m'attirer vers l'appentis.

— Claudi m'a dit comment s'était passée votre visite à La Coûme. Quand il a remarqué la surprise de tes patrons et ta gêne, il a bien compris que tu nous cachais quelque chose !

Je ne pouvais plus mentir… Pas à Antonia… Alors, j'ai dévoilé toute mon histoire.

Elle ne s'est pas fâchée, au contraire, elle m'a encouragée :

— Bon alors ! Maintenant, il faut trouver de quoi vous nourrir ! Vous allez devoir tenir le coup là-haut !

Soulagée, je me jetai dans ses bras et l'embrassai.

— Merci, merci Antonia ! Jamais je n'oublierai ce que tu fais pour nous ! Non, jamais !

La journée de ce samedi me parut interminable. À plusieurs reprises, ma mère qui avait certainement deviné mon trouble s'inquiéta pour moi. Heureusement, Antonia vint à ma rescousse :

— Mais enfin, Isabel ! Laisse-la donc tranquille ! Ta fille, elle est belle ! Il doit bien y avoir de nombreux prétendants à qui elle songe !

Ma mère se contenta de cette explication, mais je n'en fus pas convaincue, d'autant qu'il me restait à justifier mon départ. Je prétextai un retour impératif à La Coûme :

— Un petit problème à régler avec Pitt et Yvès !

— Mais comment vas-tu t'y rendre ?

— Heu... Ben... à vélo !

Là encore, Antonia me sauva la mise.

— Non ! Claudi va t'accompagner. Il a gardé la fourgonnette pour cette fin de semaine.

— Merci, merci ! m'écriai-je.

La nuit était tombée. Maintenant, je devais partir. Je m'assis dans la camionnette.

Ma mère, Antonia et Anna se tenaient sur le pas de la porte. Fébrile, je me retournai et leur adressai un signe de la main. Claudi démarra.

Au bout du chemin, je les perdis de vue...

— Bon ! Voilà comment je vois la suite, s'exclama Claudi. Je te dépose près du pont. Moi je descends jusqu'à Prades et j'y reste un bon moment. Si je reviens trop tôt à la maison, ta mère va soupçonner quelque chose.

— Ça me va !

Afin de ne pas attirer l'attention, Claudi arrêta le véhicule suffisamment loin du village. Il se dirigea vers le plateau arrière du fourgon et débâcha deux gros sacs à dos.

— Voilà, me confia-t-il, il y a là-dedans de quoi vous alimenter tous les deux pendant huit jours au moins. Ça devrait aller. Prends bien soin de toi, ma petite Paula.

Il m'embrassa et disparut dans le noir.

Je restai un moment désemparée. Puis, je me ressaisis. J'attrapai un des ballots pour le charger sur mon dos. Sous le poids, mes genoux ployèrent. Je connus toutes les peines du monde pour transporter tout ce barda jusque sous l'ouvrage d'art. Je reprenais à peine mon souffle quand j'entendis qu'un véhicule s'arrêtait non loin de là. Je me tapis derrière des buissons et scrutai la pénombre. Je distinguai quelques instants plus tard une ombre qui dégringolait le talus. Je perçus un cri de douleur et dans une langue indéfinissable un homme lâcha un juron. Je me levai et m'approchai de lui.

Il recula en grimaçant. Il baragouina avec un drôle d'accent :

— C'est Lorenzo qui m'envoie !

Il devait avoir entre soixante-cinq et soixante-dix ans. Son visage coiffé d'un chapeau paraissait pâle et émacié. Une jeune barbe, poivre et sel, tapissait ses joues.

Il était vêtu d'un manteau fermé jusqu'au cou et de la même couleur que son couvre-chef. Il portait des souliers en cuir noir, complètement inadaptés pour gravir les sentiers abrupts qui nous attendaient.

— Bon ! Nous allons partir maintenant, annonçai-je.

Il ne broncha pas…

Je chargeai un des deux sacs sur mon dos et, par gestes, je lui fis comprendre qu'il devait s'équiper de l'autre. Il me regarda l'air étonné et s'exécuta. Il fléchit sous le poids, mais il se redressa, les lèvres serrées. Nous avons entrepris notre ascension qui s'avéra bien plus difficile que je ne l'avais imaginée. Grimper dans la montagne en plein jour, sans fardeau, reste possible pour le commun des mortels, mais accomplir le même périple dans la nuit noire, relève de l'exploit.

Dès les premières montées, mon hôte renâcla. Je l'entendais souffler comme une forge. Il ronchonnait dans sa barbe, mais il s'accrochait. Je continuai comme si de rien n'était, tout en guettant le moindre de ses signes de fatigue. Nous avons marqué des pauses de plus en plus rapprochées. À l'occasion d'une d'elles, je tirais de mon sac une bouteille d'eau et lui donnait à boire. Pour la première fois, je le vis esquisser un sourire. Brusquement, des bourrasques firent craquer autour de nous les branches des arbres. Un grondement transperça le silence et la pluie troua les ténèbres. Un véritable déluge s'abattit sur nous. Je me levai…

– Nous devons continuer ! Allez, allez, en route !

L'averse ne dura pas, mais nous étions trempés de la tête aux pieds. Nos chaussures glissaient sur les pierres.

La piste s'était transformée en un ruisseau qui ravinait tout sur son passage.

À plusieurs reprises, mon hôte perdit l'équilibre et se retrouva vautré dans la boue. Pour ma part, je ne me trouvais pas dans un meilleur état que lui. Mes épaules me faisaient souffrir, lacérées par les brides de mon baluchon. Mes cheveux dégoulinaient et collaient à mes joues. Mes vêtements trempés et alourdis par le poids de l'eau semblaient peser trois tonnes.

Mon compagnon grimaçait. Nous endurions les mêmes difficultés et pourtant je constatai qu'il ne baissait pas les bras.

Mètre après mètre, il tirait son sac et s'appliquait à mettre un pied devant l'autre.

Le vent redoubla et nous fouetta de plus belle. Nous avions beau rentrer notre tête dans notre cou, l'humidité nous pénétrait quand même. Mon compère, complètement gelé, claquait des dents. Je mimais les gestes qu'il devait exécuter pour se réchauffer. Pendant quelques minutes, il battit des bras, sautilla sur place. Puis je lui fis comprendre que nous devions continuer. De temps en temps, je l'aidais à franchir une ornière creuse, une rigole un peu plus large, un tronc d'arbre couché en travers du chemin.

Lorsque nous rencontrions ces obstacles, je le soulageai sur quelques mètres de son chargement. Je pouvais lire la reconnaissance dans ses yeux.

Nous dûmes marcher plus de cinq heures pour atteindre le col de Clara. Nous transpirions sous nos habits humides malgré la tramontane qui avait redoublé d'intensité. Le ciel, maintenant dégagé, m'offrit suffisamment de clarté pour retrouver le chemin qui devait nous mener vers notre cache. J'avais estimé possible, lors de mon premier repérage, d'y accéder en moins d'une heure. Mais je m'étais trompée. Je constatais, en dépit de mes connaissances, que nous tournions en rond.

Mes yeux fouillaient la nuit.

J'espérais identifier un détail qui me permettrait de revenir sur la bonne piste. Sans conviction, j'obliquai vers la gauche et dévalai un talus. Par miracle, en dessous de moi, le toit en tôle du casot m'apparut… Nous étions montés trop haut et nous l'avions dépassé sans l'apercevoir.

Je fis comprendre à mon compagnon qu'il devait m'attendre sans s'éloigner. Je m'avançai prudemment vers la bâtisse, sondant le moindre bruit. Je ne perçus rien d'alarmant. Je remarquai que la pierre, avec laquelle j'avais bloqué la porte, n'avait pas bougé. Les ramures de genêts bouchaient encore la fenêtre. Rassurée, j'entrai. Je craquai une allumette. Dans la pièce, tout paraissait intact.

Il me rejoignit.

Harassés, nous nous sommes débarrassés de nos sacs, nous avons déployé nos couvertures au sol. Nous nous sommes allongés et tout de suite endormis.

Des frissons me parcouraient. En me réveillant, je m'aperçus que le soleil se trouvait déjà bien haut. Je me tournai vers mon invité. Il sommeillait posément. J'ouvris la porte et je constatai qu'il avait neigé durant la nuit. Une fine couche blanche et immaculée tapissait la clairière. J'entendis bouger derrière moi. L'homme se secouait. J'entrepris de réchauffer les lieux. Je bourrai l'âtre de bois et allumai le feu. Assis par terre et adossé contre la paroi, il me regardait. À nouveau, il sourit puis d'une voix gutturale, il lâcha :

— Merrrci.

Prise au dépourvu, je ne répondis pas. Je tirai des sacs toutes les provisions et je commençai à les disposer sur des étagères.

Joignant le geste à la parole, je lui fis comprendre que nous allions manger. Je lui tendis deux boîtes de sardines à l'huile et une miche, espérant qu'il ouvre les conserves et découpe quelques tranches. Pendant ce temps, je courus jusqu'à la source afin de nous ravitailler en eau. Le petit flot respirait sous une fine couche de glace. J'aperçus, à mon retour, la fumée qui s'échappait de la cheminée et cela me rassura. En entrant dans le logis, je ressentis la douce chaleur qui l'avait envahie. Nous avons mangé les poissons et nous avons complété cette mise en bouche par un morceau de fromage de chèvre et quelques fruits secs. Rassasié, il se leva et sortit afin de profiter des rares rayons du soleil.

Je l'imitai et m'assis sur un rocher non loin de lui. Consciente que nous allions devoir vivre ensemble pendant cinq jours, je tentais de l'approcher, de lui parler, mais il ne répondait pas à mes appels. Je sentais pourtant son regard posé sur moi. Je remarquai ses yeux bleus dans lesquels je pouvais lire une infinie tristesse. Cet abattement, je le connaissais pour l'avoir ressenti, pour l'avoir observé, tant de fois, sur les visages désespérés de ceux qui comme moi avaient enduré l'ignominie des camps. Je n'insistai pas et sans le lui dire, je décidai de lui attribuer un prénom.

Je le baptisai : Rafael. Je ne savais pas pourquoi, mais ce prénom me plaisait…

À part les repas, nous ne partagions rien de plus. Il restait des heures, prostré, assis dans le casot ou sur le perron. Il scrutait alors l'horizon ou les arbres qui pliaient sous le vent. J'eus, bien souvent, l'impression qu'il priait. Mais quel dieu ? Je n'aurais pu le dire.

Cette ambiance se chargea rapidement d'une morosité qui m'affligea, d'autant que ce désœuvrement me ramenait vers un passé bien sombre que je voulais à tout prix refouler. Heureusement, j'avais pris soin d'emporter avec moi un de mes cahiers. La nature m'offrait tant que je noircissais des pages entières de poésies que j'agrémentais de dessins.

Je m'attachai à esquisser les contours d'une pomme de pin. J'eus la surprise de voir mon « Rafael » s'asseoir à côté de moi. Sur l'instant, je me sentis gênée, surtout quand je découvris qu'il détaillait mon exercice. Fébrile, je continuai en m'appliquant du mieux que je le pouvais.

Il me fit comprendre qu'il voulait intervenir. Je lui cédai mon cahier et mon crayon.

En quelques secondes, d'une main habile, il corrigea mon ébauche. Des traits et des hachures donnèrent vie à cette nature morte. Ses doigts caressaient le papier et virevoltaient à une allure impressionnante, créant sur mon croquis des ombres et des lumières. Quand il eut fini, je restai fascinée par tant de dextérité. Cette pigne paraissait maintenant plus vraie qu'au naturel.

Il me sourit, se leva et partit marcher dans la clairière…

Les jours s'écoulèrent ainsi, interminables, seulement perturbés à deux reprises par le déplacement d'une horde de sangliers. Mercredi arriva me délivrant enfin de cette période d'inactivité où je m'étais tant sentie oppressée. En milieu d'après-midi, j'entrepris d'effacer toutes traces de notre passage dans le casot et de le restituer dans le même état que lorsque je l'avais trouvé. « Rafaël » me prêta main-forte.

Pendant qu'il évacuait le bois non utilisé, et vidait la cendre de l'âtre, je balayai les lieux.

Je souhaitais que rien ne subsiste dans la pièce, aucune marque de vie, pas la moindre miette de pain, pas la plus petite croûte de fromage.

Je retirai de la fenêtre les genêts et poussai le détail jusqu'à renverser le poêle, à jeter sur le parquet de la terre, des feuilles mortes et des aiguilles de pin.

Nous avons attendu que la nuit tombe pour partir.

Le vent ne soufflait plus, mais il faisait toujours froid. La forêt semblait figée dans un silence de cathédrale. Autour de nous, rien ne bougeait. Nos pieds s'enfonçaient dans le sol mouillé. Mon compagnon marcha un moment à mes côtés puis, quand le chemin se rétrécit, il suivit mes pas.

Au bout d'une heure, nous avons débouché sur le col de Clara que la lune éclairait de sa blancheur. Au moment où nous allions obliquer sur la droite, pour emprunter le sentier caillouteux qui devait nous conduire vers la vallée, je discernai sur la crête, le halo lumineux d'un véhicule qui avançait vers nous. Immédiatement, je me jetai à terre. Rafaël m'imita. Une fourgonnette s'arrêta à quelques pas de nous et deux hommes en sortirent. De notre emplacement, nous pouvions les observer sans être vus. Ils se dirigèrent vers le plateau arrière. Une lueur éclaira leurs visages lorsqu'ils allumèrent leurs cigarettes. J'entendis un des deux s'émerveiller.

– L'est pas beau ce cochon-là ? Et bien en chair en plus… Il nous a donné du fil à retordre, mais on l'a eu.

– Ouais, on va pouvoir tenir pendant quelques jours avec une bête de cette taille, répliqua l'autre. Je vais chercher la bouteille ! Faut fêter ça !

Après avoir bu quelques gorgées, les braconniers remontèrent dans leur camionnette et redémarrèrent en nous laissant le champ libre. Nous avons marché encore plus de trois heures pour atteindre Serdinya que nous avons contourné par un sentier qui suivait la rivière.

Le pont m'apparut sur la gauche. Nous descendîmes nous réfugier sous son arche.

La cloche de l'église sonna par trois fois.

Je ne savais pas à quelle heure le départ de Rafaël était programmé. En attendant, nous nous étions assis. Le froid nous agressait. Nous nous étions enveloppés dans nos couvertures. Fatiguée, je ne tardai pas à m'endormir.

Le ronflement d'un moteur me réveilla alors que le jour pointait derrière les collines.

Rafael se tenait debout à mes côtés. Il paraissait hésitant. Je lui fis signe de ne pas bouger et j'escaladai prudemment le talus. Dans la pénombre, je discernai une personne près du véhicule. Je me montrai. Dès qu'il m'aperçut, un homme s'approcha de moi.

— Paula ?

— Oui !

— Où est-il ?

« Rafael » surgit du fossé. Il s'avança vers moi, serra mes mains dans les siennes, et me sourit.

— Merrci, Paula.

Il tourna les talons et s'engouffra dans la voiture qui démarra immédiatement.

Je restai plantée au milieu de cette route, regardant, avec un pincement au cœur, ce petit point rouge qui disparaissait lentement au bout du chemin.

À cet instant, je ne m'imaginais pas que j'étais entrée en clandestinité. Que je n'appartenais plus au monde du commun des mortels ! Que mes jours et mes nuits n'allaient plus jamais ressembler aux autres !

SIXIÈME CAHIER

De janvier 1943 à mai 1943

Mais qui es-tu Julien ? Cette question tourne dans ma tête comme un manège fou…

Afin d'affronter mes doutes et mes erreurs, je dois regagner l'ombre, cette obscurité salvatrice…

Pourquoi m'imposer ce crève-cœur, moi qui voulais combattre autrement ?

MAIS QUI ES-TU JULIEN ?

Malgré la gelée blanche qui recouvrait le sol ce matin-là, je ne rechignai pas à ce labeur éprouvant. Armés de bêches, Claudi et moi labourions la terre afin de la préparer pour les prochaines cultures. Ces travaux me permettaient de laisser vagabonder mes pensées. Elles virevoltaient dans mon esprit comme des papillons ivres de soleil et des parfums de l'été. Je songeai à Julien. Depuis quelque temps, je n'avais aucune nouvelle de lui. Il me manquait et je me sentais en carence de ses yeux, de ses baisers, de son corps, de ses gestes tendres. Où es-tu, mon Julien ? As-tu réussi à surmonter tes peines et à concrétiser tes ambitions ?

La voix de Claudi mit un terme à ma méditation.

— Hé Paula ! Doucement, tu vas te crever !

Je pris conscience qu'au lieu d'ameublir délicatement le sol de cette partie du jardin, je le labourais avec une hargne incontrôlée. En dépit du vent glacé, je transpirais sous mes vêtements.

Claudi me proposa de me reposer un peu. Je renonçais fermement et continuai ma besogne. Bien vite, d'autres contrariétés ressurgirent dans mon esprit. Je ruminais ma colère vis-à-vis de mon père, car je ne bénéficiais d'aucun témoignage de sa part qui me permettait de le savoir en vie. Et puis, je revendiquais aussi un peu de reconnaissance, celle qu'il aurait dû me manifester après ma mission réussie. J'attendais un message, un signe, une quelconque attention. Mais rien de tout cela ne s'était produit.

Je continuai à râler quand ma mère arriva vers nous en courant.

— Paula ! Paula ! Viens vite ! Julien est là !

Je crus avoir mal entendu tant cette annonce me parut absurde. Julien ne pouvait pas se trouver là. Cela me semblait impossible. Pantelante, je contournai la maison et, discrètement, je longeai le mur jusqu'à parvenir à l'un de ses angles. Sans me montrer, je jetai un œil et je l'aperçus…

Il se tenait debout près de la véranda. L'uniforme noir qu'il portait paraissait trop étriqué pour lui. Les jambes de son pantalon s'arrêtaient à cinq centimètres de ses galoches, laissant apparaître ses chaussettes blanches. Le béret démesuré, qui couvrait généreusement sa tête, ne l'avantageait pas plus que le nœud de sa cravate qui dérapait sur le côté.

Amusée, je jugeai que ces attributs lui donnaient l'allure d'un adolescent qui aurait grandi trop vite.

Mais mon sourire s'effaça quand j'entrevis l'étui du revolver suspendu à sa large ceinture de cuir. Je me montrai. Il s'avança vers moi. Il m'enlaça et m'embrassa. Je lui rendis son baiser. Pour autant, les mille questions qui encombraient mon esprit m'interdisaient de profiter de l'instant. Je ne laissai rien paraître et l'invitai à s'asseoir.

Il affichait beaucoup plus d'assurance que lors de notre dernière entrevue. Je retrouvai ce visage rieur, ses yeux bleus pétillants qui me contemplaient avec insistance, comme autrefois.

Il attrapa mes mains et les couvrit de tendresse.

– Je suis très heureux de te revoir, ma Paula ! Vraiment très heureux…

Gênée, je me tortillai sur ma chaise.

Il dut percevoir mon trouble.

– Je sais que je me suis mal conduit avec toi et je le regrette. J'imagine ce que tu as enduré à me voir si déprimé. Ta dernière lettre m'a convaincu de ton amour. Je veux te dire merci pour ton aide, pour avoir accepté les raisons qui m'ont éloigné de toi. Maintenant, je souhaite que tout cela ne soit qu'un mauvais souvenir pour nous deux ! Crois-moi…

Je ne pus plus longtemps conserver mon attitude distante face à ce repentir émouvant. Avant qu'il ne continue, je déposai sur sa bouche un baiser. Il semblait maintenant plus détendu.

Tout comme moi…

À brûle-pourpoint, je lui demandai :

— Cet uniforme, quelle arme symbolise-t-il ?

Il resta un instant étonné, puis il répondit fièrement :

— Cet uniforme, c'est celui de la milice française ! Je viens d'être muté à Prades.

— La milice ! Je croyais que tu appartenais à la légion.

Il éclata de rire.

— Mais non, Paula ! Comme je te l'ai écrit, j'ai pas pu m'engager dans le Service d'Ordre Légionnaire. Mais depuis la fin du mois de janvier, ce service s'est transformé. Il est devenu une police d'État qui se bat pour garder notre démocratie intacte, qui lutte contre le communisme, le fascisme, le bolchevisme, la lèpre juive et la dissidence gaulliste ! Cette police rétablira l'ordre, pour l'unité de la France, pour sa grandeur et sa pureté !

Ces mots, qu'il avait déclamés avec force, vinrent me percuter de plein fouet et me laissèrent sans voix. Je restai ébahie par la détermination qui l'animait et par l'expression de ses yeux qui avait changé. Il avait relevé la tête. Il se dégageait de sa personne une agressivité qui me glaça les os.

Je ne pus me retenir.

— Mais pourquoi t'es-tu embarqué là-dedans ? C'est quoi ces idées de grandeur et de pureté ? Tu ne vois pas que tout ça ne peut conduire le monde qu'au désastre ?

Je me levai dans un mouvement de nervosité tant je ressentais au fond de moi une immense déception.

Je l'aimais, mon Julien. Oui, je le chérissais… Mais pas comme ça… pas avec ces idées-là.

Il me rejoignit et me prit par les épaules. Je détournai mes yeux des siens.

– Regarde-moi Paula ! Je t'aime ! J'ai besoin de toi ! Je veux construire ma vie avec toi ! Je...

Des larmes roulaient sur mes joues. Je l'interrompis :

– Je ne peux pas Julien. Je ne veux pas soutenir de tels choix... Nous avons connu la désolation, ma mère, ma sœur et moi, lorsque nous avons dû quitter notre pays, et quand nous nous sommes retrouvées enfermées dans ce camp. Depuis, cette souffrance m'accompagne chaque jour. Je la côtoie, je la croise dans les yeux des enfants dont je m'occupe et qui ne comprennent pas.

Furieuse, j'effectuai quelques pas. Julien me rejoignit. Il me toisa et s'abandonna alors dans une colère qui me figea sur place.

– J'ai tout perdu, Paula ! La défaite de 1940 m'a enlevé toutes mes valeurs, toutes mes croyances ! Aujourd'hui, la milice me donne les moyens de les retrouver. Mon père est mort pour la France, ne l'oublie pas. Il est de mon devoir, à mon tour, de me montrer à la hauteur de son honneur. Je dois combattre tous ceux qui s'opposent à la réorganisation de la France. Je dois m'opposer à ceux qui veulent la défigurer au profit du communisme et lutter contre ceux qui célèbrent la fin de ma religion chrétienne. Est-ce que je devrais assister à toute cette décadence sans réagir et accepter de voir mon pays sombrer aux mains de ceux qui le haïssent ? Non, Paula ! C'est impossible ! Et, crois-moi, je mènerai ce combat jusqu'au bout, sans faillir !

Je ne pus en entendre plus. Je lui tournai le dos et partis me réfugier dans ma chambre.

Cette visite, je l'avais pourtant espérée, attendue… Et d'un seul coup, toutes mes certitudes s'écroulaient. Je me jetai sur mon lit et commençai à pleurer. Étonnamment, ma douleur s'estompa et mes larmes se tarirent rapidement. Je m'approchai de la fenêtre.

« Qui es-tu, Julien, qui es-tu vraiment ? »

RETOUR DANS L'OMBRE

Julien ne me donna aucun signe de vie durant les semaines qui suivirent. En revanche à La Coûme, il ne se passait pas un jour sans que nous ne soyons informés des exactions commises dans le département par les miliciens.

Un premier visiteur nous apprit que leurs activités principales consistaient à surveiller la population. Bien souvent en civil, ils sillonnaient les lieux publics les plus fréquentés, les marchés, les foires, les cafés, les restaurants. Ils inspectaient les commerces, de manière à lutter contre les transactions illicites. Les hôteliers se retrouvaient aussi fréquemment suspectés, puisqu'ils se trouvaient susceptibles d'accueillir des voyageurs douteux. Les médecins, les pharmaciens, les fonctionnaires, les négociants, demeuraient également très surveillés, car ils bénéficiaient de véhicules capables de transporter des terroristes. Les agriculteurs n'échappaient pas aux contrôles répétés et violents.

Un second retraça l'horreur récente des rafles des Juifs organisées à Perpignan, puis leur transfert vers le camp de Rivesaltes. Un troisième évoqua les arrestations de passeurs et de ceux qu'ils convoyaient. Il rappela, aussi, les dénonciations qui allaient bon train parmi la population.

Pour un oui ou pour un non, un regard mal interprété, une altercation, votre voisin vous livrait en pâture à ces gens.

Je ressentais de la colère, de la souffrance provoquée par la brutalité des paroles de Julien. Ces mots avaient marqué ma chair d'une empreinte indélébile.

Fourbue après une rude journée de labeur, je quittai La Coûme. Je rejoignis la grande route et je continuai mon chemin à pied en direction de Mosset, où je devais prendre le bus jusqu'à Prades.

J'appréciais ces moments où, à la tombée de la nuit, je pouvais marcher solitaire. J'avançais dans la pénombre à peine troublée par le bruit des bourrasques de la tramontane qui s'engouffrait dans les branches des arbres. Cet air vif me réconfortait. Le ciel dégagé promettait, pour le lendemain, une belle journée ensoleillée.

Au détour d'un virage, j'aperçus le scintillement des phares d'un véhicule qui grimpait la côte. Afin de ne prendre aucun risque, je pris soin de me déporter le plus que possible vers le talus. Un fourgon arriva et stoppa à ma hauteur. Un homme descendit et s'approcha de moi. Je m'inquiétai. Je ne savais pas qui m'abordait.

À mon grand étonnement, et malgré l'obscurité, je reconnus le visage émacié d'Arnau. Ma peur retomba.

– Monte, m'ordonna-t-il !

Méfiante, je reculai d'un pas.

– Pourquoi je monterais ? Je n'ai rien à faire avec vous !

Visiblement agacé, Arnau me scruta.

– Oh, ça suffit ! Tu m'as fait le même coup l'autre fois ! Toujours à discuter…

Il se radoucit un peu et afficha un demi-sourire.

– C'est ton père qui m'envoie ! Voilà, t'es contente ?

Je sentis mes jambes vaciller, ma respiration s'emballer.

– Ne t'inquiète pas, tout ira bien !

Comme dans un rêve, et malgré mes craintes, je suis montée dans la fourgonnette, je me suis assise sur la banquette, j'ai lancé un regard vers le chauffeur, j'ai entendu la portière se fermer et je n'ai plus quitté le halo des lanternes du véhicule qui transperçaient la nuit. Sans manifester la moindre appréhension, je me suis totalement abandonnée à mon destin.

Le trajet n'a duré que quelques minutes. La camionnette s'est arrêtée au bord de la route.

Nous sommes descendus, Arnau et moi. J'ai tenté de reconnaître les lieux, en vain. Nous nous trouvions à un col que la lune éclairait généreusement.

Arnau m'a lancé une grosse veste de laine.

– Couvre-toi ! Il fait très froid ici ! Nous sommes au

col de Jau, à plus de 1500 mètres d'altitude !

Sans discuter, j'ai revêtu cet habit bien trop ample pour moi.

Il a ricané...

— Pour sûr, tu ressembles à un épouvantail !

Vexée, je lui ai répondu du tac au tac.

— Bon ! On ne va pas rester là toute la nuit ?

Sans un mot, il a tourné les talons et s'est dirigé vers une piste qui se perdait dans la forêt. Je l'ai suivi. Il devait bien connaître les lieux, car, sûr de lui, il marchait d'un bon pas. Nous avons emprunté des sentiers de plus en plus étroits. Seuls les bruissements des frondaisons me parvenaient. Je me trouvais bien. Dans mon élément. Je ne ressentais aucune peur, pas la moindre anxiété...

Nous avons progressé durant plus de deux heures dans un silence à couper au couteau, gravissant des pentes raides, déboulant des talwegs tortueux. Puis, nous avons débouché sur une clairière blanche.

À un moment, Arnau s'est accroupi et m'a invitée à faire de même. Il a sifflé trois fois, imitant habilement le hululement d'une chouette. Dans le noir, à quelques mètres de là, quelqu'un a répondu de la même façon.

Arnau s'est redressé.

— Allez, viens, on peut passer !

Nous avons avancé et nous avons croisé deux hommes en armes assis sur un tronc d'arbre couché au sol.

— Alors, Arnau, tu nous ramènes ton amoureuse ?

— Bande de cons ! a vociféré Arnau sans se retourner.

Nous avons continué sur une nouvelle piste qui s'enfonçait dans les bois.

— Ces mecs des avant-postes, tous des cons, a ronchonné mon guide.

Un peu plus loin, j'ai aperçu les façades d'un long et haut bâtiment en pierre que nous avons contourné. Quelques lueurs éparses filtraient des fenêtres, pourtant barrées par des volets. De ce côté, l'édifice semblait bordé par une terrasse qui surplombait un versant abrupt. Non loin de là, j'ai entendu des voix. Des ombres se mouvaient dans la pénombre. Arnau a ouvert une porte et il est entré. Quand, à mon tour, j'ai pénétré dans la pièce, une odeur âcre qui empoisonnait l'air m'a prise à la gorge. Ces effluves, je les connaissais bien. Dans un angle de la salle, j'ai découvert, dans sa soue, le museau rose d'un porc. Ses petits yeux me fixaient. En passant, je remarquai qu'il paraissait beaucoup moins gras que mon « grognon ».

Arnau m'attendait au pied d'un escalier. Sans ménagement, il m'indiqua :

— En haut, à droite !

Je lui souris et je gravis les marches. Tout au bout du couloir, dans une autre pièce, stupéfaite, je découvris mon père, tranquillement assis derrière un bureau de bois.

Dès qu'il m'aperçut, il se redressa et me prit dans ses bras.

— Ma petite Paula ! Comme je suis heureux de te revoir ! J'espère que tu n'es pas trop fatiguée ?

Il affichait la même décontraction que lorsqu'il était venu, quelques semaines plus tôt, chez Claudi et Antonia. J'allais lui exprimer mon ressentiment, mais il me devança.

— Assieds-toi, Paula ! Nous avons à parler tous les deux !

Ma colère se trouvait à son paroxysme. Il me devait une mise au point, des éclaircissements, des excuses… Il ne pouvait plus se défiler…

Il paraissait détendu, comme si de rien n'était. Il me sourit, puis, sans autre égard envers moi, il se lança dans ses justifications :

— Tu ne l'ignores pas. Nous menons, de ce côté de la frontière, mais aussi en Espagne, un combat difficile. Ma mission m'oblige bien souvent à tout organiser dans l'urgence, avec les moyens dont je dispose. Et, crois-moi, ils sont bien dérisoires face aux armadas dont nos ennemis peuvent disposer. Alors, il nous faut agir en finesse, par ruse, par surprise. Pour cela, nous avons besoin de combattants sûrs et déterminés, prêts à tout. À perdre leur vie si besoin. La plupart de mes hommes ont combattu en Espagne. Ici, ils forment ma brigade. Je les ai tous choisis. Ils se comportent tous en valeureux soldats, fiers, combatifs. Je sais pouvoir compter sur eux, dans toutes les situations. Résister à un occupant déterminé impose de la discrétion. Il nous faut accepter la clandestinité et la vie hors des grandes villes. Constituer un maquis n'est pas facile. En plus du courage nécessaire pour combattre dans l'ombre, il est important de savoir administrer, en interne, de créer des ponts solidaires et fraternels avec d'autres guerriers.

Je l'observai pendant qu'il parlait.

En dépit de mon mécontentement, je le trouvai beau dans son treillis délavé, calme, appliqué. Ses cheveux noirs s'accordaient bien avec sa fine moustache qui lui donnait un faux air à la « Clark Gable ». Lorsqu'il souriait, il découvrait ses dents blanches, immaculées.

Ses mains paraissaient soignées, ses gestes précis. C'était mon père, voilà tout…

Tout à coup, il se leva, passa la tête dans l'embrasure de la porte et lança en catalan :

– Miquel ! Ja pots pujar ! (Miquel ! Tu peux monter !)

Souriant, il se retourna vers moi. Il se rassit et resta muet.

J'entendis des pas lourds dans l'escalier. Je tentai de comprendre. Mon cerveau fonctionnait à toute allure, mais une seule question s'imposait : quelle surprise me réservait encore mon père ?

Je n'en crus pas mes yeux. Devant moi se tenait mon « Raphael », celui que j'avais caché dans la montagne, celui qui avait résisté durant plusieurs jours près de moi sans prononcer le moindre mot, celui que j'avais pris en pitié, l'imaginant complètement désorienté, fuyant son pays, sa famille.

Miquel me regarda et me sourit.

— Désolé, Paula, vraiment désolé !

Il repartit vers le rez-de-chaussée. Je me sentais trahie.

Les yeux révulsés, j'explosai :

— Mais enfin papa ! Pourquoi toute cette mascarade, cette hypocrisie ? Tu t'es bien moqué de moi ! Tu…

Il m'interrompit :

— Non, non, ma Paula ! Ne crois pas ça !

Il hésita.

— Je voulais te tester et savoir si j'étais en mesure de compter sur toi !

— Comment as-tu pu faire une chose pareille ? Je suis ta fille ! Comment pouvais-tu douter de moi ?

La rage que j'éprouvais m'occasionna des difficultés à respirer. Je tentai de me calmer.

— Il fallait que je sois sûr et certain de ta détermination, car ce que je vais te demander d'accomplir ne sera pas facile. Avec Miquel, tu m'as prouvé que tu étais à la hauteur de la mission que je veux te confier.

— Qu'attends-tu de moi, papa ?

— Viens, allons marcher un peu. Il ne fait pas si froid que ça !

LE CRÈVE-CŒUR

Nous sommes sortis dans la nuit froide. Nous avons erré un moment sans but, puis mon père m'a révélé :

– Je t'en ai parlé, notre guerre nous la menons avec nos moyens, dans l'ombre, dans la clandestinité. Pour posséder une longueur d'avance sur nos ennemis, nous avons besoin d'informations fiables. Nous ne pouvons les trouver qu'auprès de ceux qui les détiennent.

Je redoutai ses propos.

– Lors de ma dernière visite à Taurinya, tu m'as parlé de ce garçon, Julien. Il s'appelle bien Julien n'est-ce pas ?

– Oui ! bredouillai-je.

– Je sais qu'il s'est enrôlé dans la milice, à Prades. J'ai besoin de toi, que tu lui soutires un maximum de renseignements.

Je frissonnai, non pas que j'eus froid, mais parce que ce que je venais d'entendre me glaçait.

– Mais enfin, papa ! Comment ?

À nouveau, il m'interrompit.

— Ma Paula ! Je comprends ton émotion et je suis bien conscient que cela peut aller à l'encontre de tes convictions, de tes pratiques, mais j'ai besoin de ces indications.

Il enfonça un peu plus le clou.

— Peut-être nous permettront-elles de sauver la vie de plusieurs personnes, d'enfants, d'innocents !

Anéantie, je m'entendis répondre :

— Je le ferai, papa ! Je le ferai…

Dans un silence pesant, nous sommes revenus vers la bâtisse.

— Tu dois avoir faim, non ?

Je ne ressentais aucun appétit. Ce que je venais d'accorder à mon père me martyrisait, altérait déjà mes sens, torturait ma façon d'être, de penser et d'agir.

Nous nous sommes dirigés vers la pièce qui devait servir de cantine. En son centre trônait une grande table. Quelques hommes mangeaient assis sur des bancs de bois. J'aperçus Arnau qui me souriait et plus loin Miquel, qui bavardait avec un autre groupe.

La douce chaleur, provenant de la cheminée adossée à l'un des murs gris, me réconforta. Au-dessus de l'âtre, un trépied soutenait une grosse marmite noire en fonte. Le fumet qui se dégageait du récipient accrocha mes narines. Je m'attablai…

Mon père se saisit de deux assiettes creuses qu'il alla remplir à l'aide d'une louche. Il posa la soucoupe devant moi et me tendit une cuillère.

— Mange, ça va te réchauffer !

Je restai un moment immobile, à regarder ces légumes, cette viande qui, quoi qu'il en soit, aiguisaient mes papilles et en quelques secondes, j'avalai cette soupe sublime. Sans que je le lui demande, mon père me servit une deuxième portion. De l'autre côté de la table, je constatai qu'Arnau, moqueur, m'observait. Il se leva et vint s'asseoir près de moi.

– T'as vu, on n'est pas si mal au Callau !

– Au quoi, demandai-je ?

Comme à son habitude, l'air narquois, il me toisa :

– Ici, nous sommes au Callau... C'est un de nos refuges. Nous y venons quand nous combattons dans cette zone. Avant, il y avait une voie ferrée qui passait là, devant ce baraquement. Elle était utilisée pour transporter le talc depuis une carrière située plus haut dans la montagne. Ce bâtiment servait de lieu de repos pour les ouvriers.

Je restai un moment amusée par l'engouement qu'Arnau déployait pour étaler son savoir. Par taquinerie, je simulai l'incompréhension.

– Je ne comprends pas de quoi tu me parles ! Et puis d'ailleurs, je m'en fiche !

Mon père interrompit ce petit jeu avant qu'il ne réplique :

– Bon, ça suffit tous les deux ! Maintenant, il faut que tu te reposes, Paula ! Demain, Arnau te reconduira dans la vallée.

Des éclats de voix, provenant d'une pièce voisine, me tirèrent de mon sommeil. J'avais mal dormi et je ne me sentais pas très gaillarde en me réveillant ce matin-là. Ma nuit, entrecoupée de rêves cauchemardesques, s'achevait enfin. Je me levai affamée, mais surtout pressée de trouver le lieu où je pourrais me soulager. Je demandai au premier homme que je rencontrai de m'indiquer « l'endroit ». Étonné, il me regarda et s'esclaffa.

— Tu te crois où, ici ? Tu disposes de toute la forêt pour ça…

Confuse, je sortis du refuge. L'air vif me fouetta violemment le visage. Une fine couche de neige tapissait le sol. Le ciel gris bouchait l'horizon, ce qui me déprima. Derrière le bâtiment, quatre « soldats » piétinaient dans la poudreuse et fumaient tout en discutant entre eux. Ils se turent à mon passage. Du coin de l'œil, je compris qu'ils m'observaient.

Je m'écartai le plus possible de la construction et repérai un buisson suffisamment épais pour me cacher. À mon retour, j'entrevis, sous un appentis, quatre hommes, torses nus qui se lavaient malgré le froid. Je reconnus Arnau. Je détournai mon regard et me précipitai vers la salle commune.

À l'intérieur, je dénichai sur la grande table, un morceau de pain et du fromage. Je commençai à manger quand Arnau entra.

— Ah, je te cherchais…

Il s'assit en face de moi :

— Où est mon père ?

— Il est parti cette nuit ! Tu ne le reverras pas d'un moment.

— Parti ! Mais où ça ?

— Même si je le savais, je ne pourrais pas te le dire ! Il m'a seulement commandé de te raccompagner à La Coûme, dans la journée. Bon, quand t'auras fini de te goinfrer nous irons chercher de l'eau. Je suis de corvée aujourd'hui.

Nous nous sommes dirigés vers une autre pièce. Dans un coin, posés sur le sol, nous attendaient deux énormes bidons de bois. Chacun de ces réservoirs était équipé de bretelles de cordes tressées qui permettaient de les porter à dos. Il m'aida à les passer. Les sangles me scièrent les épaules. Il se chargea de son fardeau.

— Bon ! Allez, on y va !

— C'est loin ! demandai-je.

— Tu verras bien !

Nous avons suivi une piste qui s'élevait dans les bois.

Au bout de cinq minutes, je ne sentais plus mes jambes. Respirer me devenait difficile. Arnau, qui galopait devant moi, me distança. Je m'accrochai. Je ne voulais laisser paraître aucune faiblesse à ses yeux. Plus loin, la pente s'adoucit. Nous marchions maintenant à plat, à flanc de montagne. Petit à petit, je retrouvai mon souffle et j'en profitai pour engager la conversation.

— Combien êtes-vous au Callau ?

Il ne se retourna pas.

— Dix-sept ! Pourquoi ?

— Et c'est mon père qui vous commande ?

— Oui ! Nous appartenons tous à sa brigade. La brigade Pigo. C'est lui qui l'a baptisée comme ça. Je ne sais vraiment pas où il est allé chercher un nom pareil !

Je souris en mon for intérieur, car moi, je n'ignorais pas d'où venait ce nom… Aussitôt, je repensai à mon chien qui m'attendait tous les jours, couché au bout du chemin qui menait à la maison de Claudi et d'Antonia.

— Quand vous ne combattez pas, que faites-vous toute la journée ?

Il pivota sur lui-même. Ses yeux lançaient des éclairs.

— Qu'est-ce que tu crois, qu'on glandouille ? Nous faisons la guerre ! Je te l'ai déjà dit… Lorsque nous ne sommes pas en action, on s'entraîne. Un jour, nous procédons au maniement et à l'entretien de nos armes. Le lendemain, nous apprenons à nous dissimuler le mieux possible en utilisant les ressources de la nature environnante, les branchages, les feuillages, les trous, les grottes. Les anciens nous enseignent aussi comment utiliser des explosifs, comment et où disposer les charges pour qu'elles soient plus efficaces.

Il marqua une pause.

— Ce n'est pas tout… En dehors de tout ça, nous devons tous effectuer les corvées. Je peux te dire que personne ne rechigne. Surtout pas. Ton père ne l'accepterait pas…

— Il est si dur que ça ?

– C'est un combattant droit, fiable, courageux et intelligent. Nous le respectons tous. Nous l'écoutons, nous le suivons, car chacun sait qu'il peut avoir confiance en lui

Ces mots me bouleversèrent. Je me sentais fière, mais surprise en me remémorant les comportements de cet homme dans notre maison à Banyoles. Il se montrait très attentif dans son rôle de mari ou de père, dans ses activités de travailleur insatiable, dans sa disponibilité en tant que voisin, dans son dévouement à l'échelon local. Bref, beaucoup l'imaginaient comme un citoyen au-dessus de tout soupçon… Comment aurais-je pu l'imaginer en chef de guerre rusé, si peu soucieux de son existence, et si déterminé ?

La veille, lors de notre conversation, j'avais difficilement accepté ses explications. Mais maintenant, je comprenais tout l'espoir qu'il plaçait en moi. Mon amour-propre s'en trouva renforcé. Je ne pouvais pas le décevoir même si cette mission devait devenir un crève-cœur.

Nous avons atteint un coteau bordé de falaises abruptes. Arnau s'est faufilé au travers de bosquets et nous sommes arrivés au pied d'une paroi vertigineuse. D'une anfractuosité sourdait une eau claire et vive.

En regardant mon seau se remplir et en le sentant peser de plus en plus, je pensai que le chemin du retour ne serait pas une partie de plaisir.

Je proposai :

— Reposons-nous un instant ! Tu veux bien ?

Il ne se moqua pas de moi, ce qui m'étonna de sa part.

— Cinq minutes, alors ! Les autres attendent…

Je m'assis. Après avoir hésité, il m'imita et se plaça non loin de moi. Le ciel dégagé nous donnait à contempler la vallée qui s'étalait devant nous. Les rayons du soleil qui nous réchauffaient un peu me revigorèrent.

— Que faisais-tu à Barcelone avant la guerre ?

Il parut surpris.

— Comment sais-tu que j'étais à Barcelone ?

— Mon père m'a parlé de toi.

Il tourna son regard vers l'horizon.

— Je vivais seul avec ma mère, du côté du Barrio Chino. Mon père nous a quittés lorsque j'étais enfant. Je ne me souviens pas de lui. Ma mère faisait des ménages. Moi, je « rendais » quelques services à des types du quartier. Des mecs pas très recommandables. L'argent qu'ils me versaient me permettait d'arrondir les fins de mois. Mais ma mère s'inquiétait pour moi. Elle n'avait pas tort, car je pense que si cette guerre n'avait pas eu lieu je serais à l'heure actuelle soit en prison soit mort. Et toi ?...

Pendant que j'évoquais mes études, mes activités à Banyoles, Arnau s'était rapproché de moi et sa jambe gauche frôlait maintenant ma cuisse. Ce contact me troubla, mais je ne laissai rien paraître. Quand j'eus terminé, je me tournai vers lui. Sa bouche ne se trouvait qu'à quelques centimètres de la mienne. Il déposa un baiser furtif sur mes lèvres. Je restai stupéfaite.

Je le regardais, et je lui souris. Il se leva d'un bond.

— Bon ! Faut y aller maintenant…

Il m'aida à charger mon seau. Je pliai sous le poids, mais je serrai les dents en imaginant que nous allions dévaler la pente et que ce serait plus facile dans ce sens. Nous avons rejoint le refuge en début d'après-midi. J'étais épuisée et affamée. Quelques guérilleros, assis à l'extérieur, mangeaient tout en discutant. Nous nous sommes attablés près d'eux. Ils ont interrompu leurs palabres. Leurs yeux se sont posés sur moi. Je me sentis gênée. Heureusement, Arnau brisa la glace.

— Au menu, la même soupe qu'hier soir, fromage et noix.

En quelques gorgées, j'avalai le potage et je me jetai sur la tomme et les fruits secs. Mon comportement devait bien amuser nos compagnons, car ils éclatèrent de rire. Puis, sans plus se soucier de moi, ils finirent leur repas.

— Nous devons partir maintenant, lança Arnau. Nous avons rendez-vous à 17 heures, au col de Jau.

— Mon père n'est pas revenu ?

— Non, répondit-il sèchement ! Allez, il faut y aller maintenant !

Au détour de la piste, le cœur serré, je regardai une dernière fois le refuge. Nous sommes arrivés au col un peu avant l'heure. Arnau paraissait embarrassé. Il attrapa mes mains et les enlaça dans les siennes.

— Je vais garder un bon souvenir de ta visite. Malgré

tes grands airs, tu es courageuse et forte. Je t'aime bien ! Sache que si je peux t'aider, je le ferai sans rechigner. Tu peux compter sur moi.

Ces mots me laissèrent sans voix.

— La fourgonnette ne va pas tarder. Quelqu'un te conduira jusqu'à La Coûme. Prends soin de toi…

Il tourna les talons et repartit vers la forêt.

Le véhicule arriva comme prévu. Une femme conduisait. Quand je montai, elle ne broncha pas et sans un regard pour moi, elle démarra.

Mes pensées se brouillèrent, mes démons ressurgirent…

J'étais tellement désemparée, seule face à la promesse faite à mon père. Espionner Julien… ce cas de conscience me tourmentait. Où puiserai-je la force d'accomplir cette activité ? Cette question tournait en boucle dans ma tête sans que je puisse y apporter une réponse.

SEPTIÈME CAHIER

De mai 1943 à novembre 1943

Existe-t-il une sensation plus détestable que celle que l'on peut ressentir lorsqu'on s'est livré sciemment à un simulacre d'affection ?

Pourtant, sans faiblir et malgré tout, je devais continuer, pour moi certes, mais pas seulement…

INFILTRÉE

Les rayons de soleil, qui traversaient les persiennes, me tirèrent de mon sommeil. Le dos tourné, Julien dormait près de moi. Je ne bougeai pas. Je le regardai. Des frissons parcouraient mon corps, mais je n'avais pas froid. Une sensation oppressante s'était faufilée dans mon esprit. Depuis mon plus jeune âge, mes convictions s'étaient vigoureusement opposées aux mensonges, aux faux-semblants, aux tromperies en tout genre. Mon éducation avait contribué à ce comportement naturel et j'avais vécu, jusqu'à aujourd'hui, en parfaite harmonie avec moi-même.

Je m'interrogeai maintenant.

Quelles forces devrais-je déployer pour continuer à jouer le rôle d'intrigante et d'aventurière que je devais incarner ? Est-ce que ma détermination s'avérerait suffisante pour respecter la promesse donnée à mon père ? Je restai immobile dans le lit. Mes pensées me ramenèrent quelques jours plus tôt.

Après ma séparation avec le groupe de guérilleros du Callau, j'avais réintégré notre communauté à La Coûme. Pitt et Yvès ne m'avaient posé aucune question. Consciente que je leur devais malgré tout quelques explications, je leur avais révélé, sans entrer dans les détails, l'objet de ma mission.

La mort dans l'âme, j'avais rajouté :

— C'est pour la bonne cause !

Puis, plus tard, j'avais rejoint ma famille à Taurinya. Là encore, personne n'avait émis le moindre commentaire.

Juchée sur mon vélo, je m'étais rendue, les jours suivants, à Prades pour me rapprocher de la maison Pradoux, le siège de la milice. Depuis la grand-rue s'étirait une allée qui contournait un magnifique jardin arboré qui aboutissait au pied d'un escalier majestueux. Le perron, bordé de balustres en pierre, occupait toute l'étendue de la bâtisse qui s'élevait sur deux niveaux. Au centre de la façade de briques rouges se trouvait une imposante porte en bois noir. De part et d'autre de cette entrée, de grandes fenêtres à croisées donnaient sur le parc. À l'étage, des ouvertures, identiques à celles du bas, conféraient à l'ensemble un aspect architectural qui me rappela celui d'un manoir du XVIIe siècle. Je m'étais approchée de ce bâtiment et j'avais ressenti un étrange malaise.

J'avais, durant de longues heures, guetté le passage de Julien. En vain. J'étais revenue régulièrement.

Je l'avais entrevu à plusieurs reprises, mais je ne m'étais pas avancée, car, généralement, il ne se trouvait pas seul. Je n'avais pas insisté…

Un après-midi, alors que j'aidais Claudi dans le potager, il m'avoua, entre deux ou trois coups de râteau, avoir aperçu, le matin même, Julien qui se dirigeait vers Fillols.

– Ça m'a fait tout drôle de le voir dans son habit tout noir…

Je l'avais planté au milieu des salades, des petits pois et autres légumes, pour courir prendre ma bicyclette et me précipiter à grands coups de pédale, vers le village voisin. Tremblante, j'avais toqué à la porte de la maison de Julien qui, en personne, m'avait ouvert. Surpris de ma visite, il était resté sans voix.

– Paula ? Mais, je pensais que…

Avant qu'il n'achève sa phrase, j'avais plaqué mes lèvres contre les siennes…

Ce jour-là commençait mon effroyable mission…

Julien, qui s'éveillait, m'arracha à mes pensées. Il se tourna vers moi et me prit dans ses bras. Je me pelotonnai contre lui laissant ses mains aller sur ma peau. Après nos étreintes, rassasiés, nous sommes restés lovés l'un contre l'autre.

– Comme c'est bon de se réveiller près de toi ! me glissa-t-il au creux de l'oreille.

Ces paroles me troublèrent. Je devais reconnaître qu'en dépit de nos profondes divergences, j'éprouvais un bien être à me retrouver près de lui.

Julien ne se déplaçait que très rarement jusqu'à Fillols, ou uniquement à l'occasion de visites rapides auprès de sa mère. Le reste du temps, il logeait avec quelques-uns de ses comparses, dans un meublé, non loin de la villa Pradoux.

Nous nous rencontrions, dès que possible, dans une chambre qu'un de ses amis nous prêtait. Lorsqu'il ne se trouvait pas de service, nous y passions quelques heures. Cette minuscule pièce se situait au troisième étage d'une maison du centre-ville. On y accédait par un étroit escalier aux marches en bois, bordées par une rambarde en fer forgé. La tapisserie à fleurs mauves qui recouvrait les cloisons de notre alcôve ne gratifiait en rien les lieux.

L'unique fenêtre permettait, tant bien que mal, de chasser la pénombre provoquée par l'ombre portée des façades avoisinantes. Le lit à deux places occupait presque tout l'espace. Accolée à un mur, une commode constituait le seul autre ameublement de la pièce.

Mais nous n'en avions cure, car ce petit nid nous offrait le moyen de nous retrouver et de nous aimer…

Ma tête appuyée sur sa poitrine, je l'entendis soupirer.

Je lui demandai :

– Qu'y a-t-il ?

Il ne répondit pas tout de suite. Inquiète, je me redressai.

— Nous n'allons pas pouvoir nous voir durant quelques jours ! m'annonça-t-il.

— Ah bon ! Pourquoi ?

— Avec mon groupe, nous devons prêter main-forte à nos collègues de Perpignan. Une rafle se prépare, là-bas.

— Une rafle, m'insurgeai-je ? Mais qui allez-vous arrêter ?

Il me dévisagea.

— Je ne peux pas t'en dire plus…

Je n'essayai pas d'en savoir davantage. Je ne voulais pas éveiller chez lui le moindre soupçon. Après l'avoir quitté, je contournai l'église Saint-Pierre et me dirigeai à grands pas vers l'allée Arago. Lors de mon bref séjour au Callau, au cours de notre « escapade » dans les montagnes, j'avais interrogé Arnau :

— Mon père me demande de collecter des renseignements. Mais à qui et comment dois-je les transmettre ?

Il m'avait indiqué :

— À Prades, non loin de l'église, dans l'allée Arago tu trouveras la boutique d'un cordonnier. Tu entres. Tu t'avises bien d'être seule dans l'atelier et tu lui dis : « Mes chaussures me blessent », et rien d'autre.

— Et ensuite… Que se passe-t-il ensuite ?

— Dès que le message nous parviendra, c'est moi qui te contacterai !

Je n'eus aucun mal à dénicher le magasin. À l'intérieur, une femme s'entretenait avec l'artisan, debout derrière son comptoir.

Je continuai mon chemin et m'arrêtai quelques mètres plus loin. Je patientai en attendant que la cliente sorte. Je franchis le seuil…

L'homme leva la tête et délaissa son travail.

— Bonjour ! Que puis-je pour vous ?

Je tentai vainement de paraître la plus détendue possible.

— Bonjour, monsieur ! Je… heu... Voilà, mes chaussures me blessent !

Dans ses yeux, je pus lire de la peur. Il se déplaça et regarda vers l'extérieur. Il me détailla. Rassuré, il marmonna :

— Voyons cela !

Je retirai une de mes chaussures et la lui tendit. Il l'examina sous toutes ses coutures.

— En effet ! Les talons doivent être repris. Je m'en occupe ! Dès que possible, je m'en occupe !

Nous nous étions compris. Je sortis et je regagnai Taurinya.

Le lendemain soir, alors que je lisais, allongée sur mon lit, j'entendis de légers crépitements sur les vitres de ma fenêtre. Je me levai en hâte, j'écartai le rideau et scrutai la pénombre. J'entrevis une silhouette. J'ouvris. Arnau se montra. Anna dormait profondément.

Je descendis au rez-de-chaussée. Je me couvris et sortis.

Il m'accueillit.

— Alors, la belle… Comme ça, tu as un message pour

nous ? J'espère que ça vaut le coup !

Sa raillerie ne me perturba pas.

– Les miliciens préparent une rafle dans la communauté juive de Perpignan. Est-ce suffisant pour toi comme information ?

– Fotut ! (merde) grogna-t-il. T'as bien fait ! C'est tout ?

– Oui, c'est tout. Pour le moment !

– Bon ! J'y vais ! Merci.

Il me regarda puis, avec assurance, il déposa un baiser sur mes lèvres avant de disparaître dans la nuit.

La semaine suivante, près de quatre cents Juifs furent arrêtés à Perpignan et ses alentours.

J'étais bouleversée. Je m'interrogeai sur l'utilité de mon information, sur le bien-fondé de ma mission et sur la capacité de réagir des guérilleros. Mais ce qui me troubla le plus fut l'attitude de Julien quand nous nous retrouvâmes quelques jours plus tard. Il ne montra aucune émotion.

Pire, il plaisanta en me disant que ses collègues et lui avaient accompli du bon travail. Mais je ne me trouvais pas encore au sommet de ma stupéfaction. Je retins difficilement ma colère lorsqu'il accrocha un tableau au-dessus de la commode de notre chambre.

Il se retourna et fièrement il lança :

– C'est un Derain… Il a peint cette toile en 1905 et l'a baptisé : « Bateaux à Collioure... »

La suite de son monologue m'étonna, car je ne lui

connaissais pas ce savoir en la matière.

— Ce peintre expressionniste est l'un des chefs de file du mouvement fauviste. Comme Henri Matisse. À eux deux, ils totalisent un nombre impressionnant de peintures réalisées à Collioure.

Pendant qu'il parlait, je détaillai le tableau. Une multitude de touches bleues, symbolisant la mer, occupait les trois quarts de la toile. Plus bas, la grève, des bateaux et des personnages se révélaient. Le style me paraissait relever d'un ouvrage réalisé par un enfant.

Je rongeai mon frein, car j'imaginai bien de quelle façon il s'était procuré cette toile. Ma colère grandissait et, sur le moment, j'aurais bien jeté cette toile par la fenêtre comme une vulgaire croûte.

Je ne laissai rien paraître de la tristesse qui m'envahissait. Mais le constat qui s'imposait à moi m'accabla : je n'éprouvais plus aucun sentiment pour Julien.

Qu'il était loin le beau jeune garçon blond qui me souriait au pied de la cascade, celui qui m'avait donné à rêver avec ses envolées lyriques sur les merveilleuses constructions édifiées par les hommes ! Où se trouvait celui que j'avais tant attendu et qui m'avait rendu la force d'espérer en la vie ? J'étais malgré tout dans l'obligation de rester près de lui et d'agir comme si de rien n'était.

Ce soir-là, mon corps refusa tout contact avec lui…

CONTINUER

Afin d'honorer la promesse faite à mon père, et pour trouver le courage de continuer, je me forgeais jour après jour une carapace. Je pouvais ainsi simuler le rôle d'amoureuse attentive que je devais incarner. Et ce rôle je le jouais si bien que Julien me dévoila certains de ses agissements. Un soir, il m'expliqua avec dédain comment ils mangeaient gratuitement aux meilleures tables du pays.

– Nous arrivons dans le restaurant à l'heure du déjeuner. Nous crions « Milice ! Contrôle des papiers. » Pendant que deux ou trois d'entre nous s'occupent de la clientèle et vérifient les identités, d'autres filent dans les cuisines pour ouvrir les armoires et les glacières. Si elles renferment beaucoup de victuailles, ils demandent alors les factures concernant les achats. Généralement, le propriétaire ou le chef interviennent rapidement et, sans qu'on ait à le leur demander, ils nous proposent gentiment de passer à table.

Il sourit de toutes ses dents.

— Alors en cuisine, toute la brigade se met en quatre pour nous servir au mieux et au plus vite. Les tables sont recouvertes des plus belles nappes. Les couverts en argent apparaissent comme par enchantement. Les mets et les vins les plus délicieux nous sont proposés. Il est même arrivé que des personnes, déjà attablées, soient priées, sans ménagement, de nous céder la place.

Sa jubilation me faisait souffrir…

Quelques jours plus tard, il retraça l'arrestation d'un viticulteur des environs de Tarerach.

— Nous avions des renseignements sur ce gars. Nous savions qu'il faisait passer des clandestins vers l'Espagne et qu'il assurait des liaisons avec les maquisards. Quand nous sommes arrivés dans son mas, nous n'avons trouvé que sa femme et ses deux enfants. Elle a vite parlé, surtout quand elle a compris que pour ses deux fils ça risquait de mal tourner si elle ne crachait pas le morceau. Son mari s'est pointé une heure plus tard. Nous avions déjà fouillé toute la maison. Mais, comme nous n'avions rien trouvé, on l'a tout de même un peu « secoué ». Il nous disait qu'il ne savait rien, qu'il ne comprenait pas de quoi on l'accusait, qu'il ne s'était jamais occupé de faire passer la frontière à qui que ce soit. On l'a embarqué, mais avant de partir, nous avons complètement vidé ses cuves. T'aurais vu ça ! Le vin coulait à flots et ruisselait par les portes.

Il avait ri.

J'étais restée sans voix face à cette jubilation morbide.

Pour la première fois, j'avais décelé dans ses yeux de la peur. Je n'en retirai aucune satisfaction particulière. Mais une évidence s'imposait à moi : je ne pouvais plus continuer. Depuis plusieurs semaines, je feignais, je trichais, mais pour quel résultat ?

J'avais souri et minaudé lorsqu'il m'avait entraînée à deux reprises dans des soirées organisées par la milice. Je m'étais mélangée, sans envie, à ses femmes qui paraissaient à leur aise, qui riaient pour un oui ou pour un non. J'avais écouté ses individus enivrés se vanter de leurs exactions, de leurs excès. Non, vraiment… tout ce chaos devait cesser.

D'ailleurs, Julien ne dévoilait jamais devant moi une information importante. Il ne me disait que le strict nécessaire.

Et puis… les renseignements concernant la rafle à Perpignan n'avaient servi à rien…

Le lendemain, je me dirigeai d'un pas décidé vers la boutique du cordonnier. Deux jours plus tard, alors que je flânai devant la vitrine d'un des magasins de la ville, je sentis quelqu'un me bousculer.

– Pardon madame…

C'était Arnau qui se moquait…

– Suis-moi !

Après plusieurs détours dans les ruelles, il entra dans la cour sombre d'un vieil immeuble du centre. Il n'affichait pas son allure débonnaire habituelle.

— Alors, t'as des infos ?

— Non ! répondis-je.

Il me dévisagea. Je discernai sa colère.

— Tu m'as pas fait venir pour rien au moins ?

— Je n'en peux plus. Je dois voir mon père.

Il ricana…

— Ton père ! Personne ne sait où il se trouve !

Déconcertée, je me demandai si j'avais bien entendu.

Il rajouta :

— Lui et cinq autres sont partis. Ils devaient participer à une attaque planifiée par le maquis de la Crouzette, dans l'Ariège. Depuis une semaine, nous n'avons plus aucune nouvelle d'eux…

Mon abattement ne sembla pas l'émouvoir.

— Bon, alors ! Qu'est-ce que tu veux ?

— Êtes-vous toujours en poste au Callau ?

— Oui ! Pourquoi ?

— Emmène-moi avec toi ! Je n'ai plus rien à faire ici ! Je serai certainement plus utile là-haut. Et puis… je souhaite être là quand mon père reviendra.

Il réfléchit un moment avant de répondre…

— Débrouille-toi pour monter jusqu'à La Coûme. Je viendrai te chercher là-bas dès que je le pourrai. Demain ou après-demain. Je ne sais pas…

Avant de partir, il me sourit. Mais, comme je songeais déjà à mon père, je n'accordai aucune attention à cet élan d'affection.

D'un pas décidé, je regagnai Taurinya.

Ma mère s'étonna de mon retour, mais une fois de plus, elle ne me posa pas de questions. Plus tard, quand nous nous retrouvâmes seules, elle me conseilla :

— Tu dois rester prudente, ma Paula ! Tu dois te méfier de tout le monde. Les gens parlent, bien souvent sans fondement, mais quoi que tu fasses, n'accorde ta confiance à personne !

Je savais ces paroles pleines de bon sens. Aussi, je profitai de ce tête-à-tête pour me confier. Je lui dévoilai les raisons qui me poussaient à mettre un terme à ma relation avec Julien. Elle les comprit sans hésiter. Je lui révélai également mon intention de rejoindre les guérilleros dans la montagne. Elle ne broncha pas, mais la lumière qui brillait dans ses yeux s'effaça. Je me gardai d'évoquer mon père. Je ne voulais pas rajouter de la souffrance à sa peine…

Je restai quarante-huit heures de plus chez Claudi et Antonia puis je grimpai sur mon vélo et je pris la direction de La Coûme. Ravis de me revoir, Pitt et Yvès m'accueillirent à bras ouverts. Ils m'accompagnèrent dans l'établissement, à la rencontre des enfants que je connaissais. De la joie et des larmes marquèrent nos retrouvailles. Puis ils m'escortèrent dans le dortoir fraîchement rénové et vers le réfectoire agrandi. Ils avaient accompli là un travail incroyable qui me subjugua.

Cette journée se déroula trop rapidement à mon goût. Pourtant elle me restitua l'énergie dont j'avais tant besoin pour effacer de ma mémoire le souvenir des dernières semaines. Je comptais sur cette nouvelle force pour affronter les difficultés à venir que je pressentais déjà.

Assis près de la cheminée, nous avons discuté fort tard. Pitt m'informa que les dénonciations allaient bon train et qu'ils devaient régulièrement endurer les visites des gendarmes. Il ne cacha rien de ses craintes.

— J'ai peur. Je me doute que tôt ou tard, je serai arrêté. Je n'ai aucune crainte pour moi, mais pour Yvès, pour les enfants… Que deviendront-ils si je ne suis plus là ?

J'avais confiance en eux, mais les conseils de ma mère m'empêchèrent de leur dévoiler mes intentions. Je me montrai évasive quant à mon avenir immédiat.

Le lendemain matin, alors que je me levais, je ressentis une grande fatigue. De violentes nausées me terrassèrent. Je me précipitai avec difficulté vers les toilettes où je vomis. Alertée par cette agitation, Yvès vint m'aider à regagner mon lit.

Elle me dévisagea.

— As-tu été réglée ce mois-ci ?

Cette question explosa dans mon cerveau. Pourquoi une telle demande ? De quoi parlait-elle ? Bien sûr que deux ou trois semaines auparavant j'avais saigné !

Mon cœur s'emballa. Je réfléchis à toute allure. En fait, quand était-ce ? Je ne me souvenais plus. Fébrile, je ne réagis pas.

Elle poursuivit :

— Est-ce la première fois que tu ressens ce genre de

malaises ?

— Heu ! Oui ! Non ! Je… je ne sais pas !

— Tes seins, sont-ils douloureux ?

— Je tâtai ma poitrine et j'éprouvai immédiatement une douleur.

Implorante et dans un déni total, je regardai Yvès.

— Yvès, qu'est-ce que j'ai, je suis malade ?

Elle ne répondit pas de suite. Elle afficha, sur son visage, une expression que je ne lui connaissais pas.

— Je pense que tu es enceinte, Paula !

L'univers tout entier s'abattit sur moi. Abasourdie, ridiculement avachie au fond de mon lit, je ne réfléchissais plus. Je restai ainsi un bon moment avant que mon cerveau ne consente enfin à se ragaillardir. Moi ? Enceinte ? Non ! Cette fatalité me paraissait si improbable que, dans un premier temps, je la refusai et la rejetai obstinément.

Puis, la question idiote perça la nébuleuse qui remplissait mon crâne : qui est le père ? Comme une évidence, la réponse me cingla. Seul Julien pouvait être le père ! Qui d'autre ?

J'ai détesté cette réalité. J'ai haï le mien qui m'avait inconsciemment flanquée dans cet enfer. Je me suis maudite de n'avoir pas su trouver les mots pour lui dire non. Je n'ai pas compris comment j'avais pu négliger les précautions les plus élémentaires que ma mère m'avait inculquées et que j'avais cru, résolument, pouvoir maîtriser.

J'ai traversé les jours suivants dans un état second.

Lorsque quelqu'un m'adressait la parole, je ne percevais que des sons inaudibles, distendus auxquels je ne répondais pas. Je feignais d'écouter mon interlocuteur, qui, certainement averti par Yvès, n'insistait pas. Cette petite chose, ce bout de vie qui poussait en moi, bousculant mon ventre, bouleversa toute mon existence.

Je ne m'appartenais plus. Mes pensées ne se focalisaient plus que sur cet événement inattendu. Je trouvais maintenant la faculté de rester des heures entières à paresser, à imaginer et à espérer je ne sais quoi.

Un soir, Arnau débarqua… Il ne comprit pas que je ne veuille pas le recevoir. Mais il n'insista pas. Impossible de savoir s'il était simplement venu pour me voir ou bien pour me conduire comme prévu au Callau, mais je ne m'attardai pas sur cette interrogation.

Je ne sortis de ma léthargie que quelques jours plus tard, quand Yvès me demanda abruptement :

— Comptes-tu le garder ?

Je ne répondis pas tout de suite. Je ne m'étais pas encore posé la question. Je me redressai et la défiai du regard.

— Bien sûr, Yvès, je serai mère ! Tu connais mes convictions sur tout ce qui touche à la vie et au respect que je lui accorde ! J'ai bien trop souffert pour ignorer ces bases. Je mettrai au monde l'enfant que je porte, je l'élèverai et je l'aimerai, sans compter !

Elle me sourit.

— Tant mieux ! D'ailleurs, je n'en attendais pas moins

de ta part !

Un éclat de rire nous unit.

— Allez, viens ! Allons annoncer la bonne nouvelle à tous ceux qui t'aiment…

Dès que je rejoignis Taurinya, je dus apprendre cette nouvelle à ma mère. Elle me regarda, silencieuse… Son allure ne reflétait aucune expression. Je tremblai de tout mon corps.

Ces quelques secondes me parurent durer des heures. Je luttai pour ne pas m'effondrer en pleurs.

À son tour, elle me posa la question fatidique :

— Comptes-tu garder cet enfant ?

Je relevai mon visage.

— Oui maman, je souhaite le garder !

Elle s'approcha de moi et me prit dans ses bras.

— As-tu pensé à Arnau ? Tu pourrais le perdre.

— Je sais. J'espère qu'il comprendra…

Arnau, je le retrouvai deux jours plus tard.

Évoquer avec lui la situation s'avérait un exercice difficile. Je devais trouver les bons mots, ceux qu'on exprime avec le cœur. Il ne s'emporta pas. Il ne s'enfuit pas à toutes jambes. Les yeux brillants, il me dévisagea. Il me sourit et prit mes mains dans les siennes.

— Je ne te juge pas Paula ! J'ai des sentiments pour toi, tu dois t'en être aperçue. Je veux rester près de toi. Le reste m'importe peu. Mais nous reparlerons de tout ça quand la guerre sera finie !

Je demeurai surprise par sa répartie, par ses mots qui me soulagèrent.

Après l'avoir embrassé, je lançai :

— À une condition…

Étonné, il recula.

— Une condition ? Quelle condition ?

— Tant que cet enfant n'est pas né, tant que mes forces me le permettent, je souhaite combattre à vos côtés.

Son visage s'empourpra. Ces yeux m'interrogèrent, mais face à mon allure résolue, il renonça à me dissuader.

— Je dois en parler avec Miquel, et avec les autres. Je ne peux pas décider seul…

— D'accord. Mais surtout, Arnau, ne leur dis pas que je suis enceinte…

HUITIÈME CAHIER

De novembre 1943 à décembre 1943

Je souhaitais combattre, prendre les armes, expurger de ma mémoire toutes ces douleurs si longtemps retenues. Je prétendais batailler avec plus de détermination qu'un homme, mais le maquis ne voulut pas de moi. Il n'exista que sous le voile d'une chimère. Mon destin en avait décidé autrement…

LE MAQUIS

Malgré notre arrivée tardive au Callau, je retrouvai dans la pièce commune la plupart des guérilleros qui occupaient les lieux lors de ma première visite. Nous avions rencontré les autres aux avant-postes. Je reconnus immédiatement Miquel, cet homme que j'avais conduit et hébergé dans la montagne, celui qui m'avait bernée. Il se leva et s'approcha de moi. Le silence s'établit.

– Bienvenue, Paula. Nous sommes très heureux de te revoir. En l'absence de ton père, c'est à moi que revient le commandement de cette brigade. Je t'avoue que nous n'avons aucune nouvelle de lui et des autres. Mais je pense qu'Arnau a déjà dû te parler de tout ça. Il m'a dit que tu voulais te battre à nos côtés !

Il parut réfléchir un instant puis il continua :

– Ton père m'avait parlé de toi comme d'une personne en qui je pouvais avoir confiance. J'ai pu te juger, lorsque tu m'as entraîné dans la montagne. Il ne se trompait pas. Là-haut, tu t'es montrée courageuse, déterminée, intelligente. Nous avons besoin de gens comme toi, bien sûr ! Mais la bataille que nous menons est dangereuse, très dangereuse… Notre combat, c'est dans l'ombre que nous le menons, sans gloire et sans éclat. Nous ne disposons pas, comme nos ennemis, de milliers d'hommes endurcis, d'un armement moderne, de moyens illimités. Nos brigades n'existent que par le dévouement de quelques poignées de guerriers. Nous manquons de tout : de quoi manger à notre faim, parfois de quoi nous désaltérer aussi. La promiscuité et l'inconfort nous pèsent tous les jours : pas de douches, pas de toilettes. Nous dormons peu, bien souvent sur des matelas de paille remplis de vermine. Nous sentons tous mauvais. L'hiver, nous subissons le froid. L'été, c'est la chaleur qui nous accable. Nous laissons pousser nos barbes et nos cheveux puis, quand ils sont trop longs, nous les coupons, avec nos couteaux. Nos hardes, nous les rapiéçons nous-mêmes. Nos godillots partent en lambeaux sur les pentes rocailleuses des sentiers. Nous ne disposons que de très peu de médicaments pour soigner les blessés. Bien souvent, nous devons pratiquer sur place des amputations et hélas, bien peu s'en remettent.

Dans l'assemblée, des raclements de gorges retentirent. Miquel lança vers ses hommes un regard furieux.

— Bon, voilà, Paula ! Je tenais à te prévenir… Combattre à nos côtés ne sera pas une partie de plaisir. Tu devras te plier à la discipline, à notre environnement. Il te faudra faire preuve d'énergie quand nous gravirons les montagnes, d'audace face à nos adversaires, de force devant le cadavre d'un d'entre nous. Mais surtout, tu devras couper toute relation avec ta famille.

– Deixa'l en pau (fiche-lui la paix), lança une voix parmi l'assistance.

Vexé, Miquel se renfrogna.

– Heu… voilà, je voulais simplement m'assurer que tu étais prête…

Je sentis le regard de tous les hommes peser sur moi. Arnau, adossé à un des murs, me fixait intensément.

Je m'exclamai :

– Je suis prête ! Ce que je vivrai avec vous ne sera pas pire que ce que j'ai déjà enduré. Je me battrai parce que je considère que je détiens, comme vous, ce droit. À vos côtés, je saurai me montrer à la hauteur. C'est mon devoir.

– Si on buvait un coup pour fêter ça ? proposa un grand gaillard.

Je me réveillai en sursaut. J'avais froid. Je tirai la toile de jute qui, en guise de rideau, me séparait de ceux qui dormaient encore. Par-delà les carreaux, je distinguai la lumière blafarde d'un nouveau jour.

Des ronflements soutenus me parvenaient du fond de la pièce. J'ignorais l'heure, mais comme je ne souhaitais déranger personne, je restai allongée.

Des images floues surgirent sur le mur décrépi qui se trouvait en face de moi. Ces manifestations s'entremêlèrent, révélant à l'envi, le visage de mon père, celui de

Julien ou encore celui d'Arnau.

Des frissons me parcoururent malgré mon front moite. Je pensai pouvoir me lever, mais des vertiges m'obligèrent à m'étendre à nouveau. Je m'en voulais, car je me retrouvais affalée dans ce lit alors que je devais partager ce premier jour avec les combattants. Qu'allaient-ils imaginer de mon comportement ? Certainement que je ne possédais pas les qualités requises afin de me montrer digne, fiable et à la hauteur. Peut-être aussi que les paroles que j'avais prononcées la veille ne représentaient pour eux que des mots sans fondement.

J'étais accablée, honteuse à l'idée de les décevoir. Je fermai les yeux et me coulai dans un profond désespoir. Je restais alitée durant trois longues journées. Arnau me rendait visite dès qu'il le pouvait.

– T'as pris froid. Ne t'inquiète pas. Je vais prendre soin de toi…

En effet, il s'occupa de moi avec une telle dévotion que cela raviva en moi le souvenir des soins que ma mère me prodiguait lorsqu'enfant, je souffrais.

Il m'apportait régulièrement mes repas, il m'aidait à me lever tandis que je devais soulager ma vessie ou mes intestins. Dès qu'il en avait la possibilité, il se faufilait dans mon espace et nous passions de longs moments à bavarder. Il me raconta comment il s'était retrouvé à se battre pour une cause qui, au départ, se trouvait bien loin de ses préoccupations.

– Comme je te l'ai déjà expliqué, avant la guerre je

traînais avec des types aussi fainéants que moi. Avec cette bande, je me sentais en sécurité. Quand j'étais jeune, je n'aimais pas l'école et bien souvent je n'y allais pas. Plus tard, lorsque j'ai été en âge de travailler, ma mère m'a dégoté quelques petits boulots. Un jour, je livrais. Le lendemain, j'aidais à déménager ou à repeindre un appartement. Mais tout ça ne nous permettait pas de vivre convenablement, ma mère et moi. Alors, avec ma clique, nous avons commencé à nous attaquer aux plus faibles, aux femmes, aux plus vieux, aux plus pauvres que nous. C'était facile. Nous volions. Mais ces combines ne me plaisaient pas. Je me sentais sale, méprisable et honteux. Alors, petit à petit, je me suis écarté de cette bande.

– T'as bien fait !

Il parut étonné de ma remarque, mais il continua :

– Au pied de la Rambla, carrer de Montserrat, il y avait une bodéga. Je connaissais le patron. Il habitait non loin de chez nous. Comme il souffrait du dos, je l'aidais parfois à porter ses casiers de bouteilles jusque dans sa cave. Pour ma peine, il me laissait une pièce ou deux que je donnais à ma mère. De son côté, elle se crevait le corps et l'esprit à récurer les parterres ou les chiottes des gens plus aisés. Ça me rendait fou de colère de la savoir à genoux pendant des heures et des heures, soumise à ces corvées mal payées. Il avala une grande bouffée d'air.

D'un sourire, je le rassurai.

– Elle n'avait pas quarante ans quand elle est morte.

Un problème cardiaque, d'après le médecin… Durant des années, elle s'est usée à trimer sans compter, sans penser à elle, sans s'accorder le moindre repos ou le plus petit des plaisirs.

Là encore, il marqua une pause. Je coinçai une de ses mains dans les miennes. Il sembla retrouver un peu d'allant.

– J'ai dû quitter notre logement. Je n'avais pas les moyens d'y rester. Le patron de la bodéga m'aimait bien. Alors, il m'a embauché comme serveur. Je logeais dans une petite chambre, au-dessus du restaurant. Je prenais mes repas à la cuisine. Ces frais étaient retenus sur mon salaire. À la fin du mois, quand j'avais payé mon loyer, il ne me restait pas grand-chose, crois-moi. Pourtant, ce travail me plaisait. J'appréciais le contact avec les clients. Je passais des heures à les écouter raconter leurs histoires. Tout y passait, les femmes, les enfants, les chiens, les maris, les belles-mères… Leurs vies n'avaient plus de secrets pour moi. Tous les jours, ils venaient et ils rabâchaient les mêmes salades. Mais bon… ça faisait partie du travail. Je pense qu'ils m'appréciaient. D'ailleurs de temps en temps ils m'allongeaient un petit pourboire.

– Ah ! Je comprends maintenant d'où te vient ta richesse ! le taquinai-je.

– C'est malin ! Bon, je peux continuer maintenant ? T'as fini ?

– Mais oui ! Je t'écoute.

– J'ai pu travailler pendant plusieurs mois. Mais ça

n'a pas duré…

– Qu'est-ce qu'il t'est arrivé ?

Il me fixa en cherchant à déceler dans mes paroles quelques ironies.

Il reprit :

– Depuis quelques jours, en fin d'après-midi, trois types se retrouvaient dans le bar, autour d'une « cerve-sa ». Je les observais ces gars-là ! Je ne sais pas pourquoi, mais ils m'impressionnaient avec leurs vêtements tirés à quatre épingles. La plupart des gens qui fréquentaient les lieux ne s'habillaient pas comme eux, c'est sûr… Eux, ils paraissaient bien dans leur peau, sans gêne. Bien souvent, de jolies filles les accompagnaient. Ils leur offraient à boire, à manger. Ils me fascinaient… Un soir, ils sont arrivés avec une jeune femme que je ne connaissais pas, une nouvelle. Au moment de les servir, je la dévorais des yeux. Tu ne peux pas t'imaginer. Elle avait un sourire à couper le souffle. Elle était tellement belle. Je ne pouvais plus bouger. Du coup, j'ai pas remarqué que le type qui était assis à côté d'elle bouillait. Alors, sans broncher, il a planté ses yeux dans les miens et il m'a bien fait comprendre que je devais déguerpir. J'ai baissé la tête et je suis reparti vers le comptoir. Au moment de payer, il est venu directement vers moi. À nouveau, il m'a regardé fixement, il a laissé sur le zinc un billet de cent pesetas et il est parti, sans un mot.

Encore une fois, je me moquais.

– Alors, t'as eu le coup de foudre ?

Il se renfrogna.

— Mais attends ! Laisse-moi te raconter la suite !

— Bon ! Vas-y, continue ! Mais tes histoires de cœur, ça ne m'intéresse pas trop !

— Un soir, alors que je finissais de balayer et de ranger la salle, la fille est entrée. Je n'en revenais pas. Elle se trouvait devant moi. Elle me fixait, tandis que moi je ne parvenais pas à détacher mon regard du sien. Nous sommes restés comme ça un bon moment, sans nous parler, sans bouger. Puis elle m'a dit qu'elle s'appelait Mireia, qu'elle m'avait remarqué, l'autre soir, et que depuis, elle n'avait cessé de penser à moi… Je n'en croyais pas mes oreilles. Jusqu'à présent, aucune fille ne m'avait parlé comme ça !

Sans en comprendre la signification, un petit picotement vint titiller mon ego. Je ne laissai rien paraître, au contraire, je surenchéris :

— Oh, là, là ! Ce n'est plus un coup de foudre, c'est un ouragan !

— Rigole ! Moque-toi bien et pourtant, c'est la vérité ! Ce soir-là, elle ne pouvait pas rester, mais nous nous sommes revus le lendemain, dans les jardins del Baluard. Nous avons tranquillement fait connaissance. Elle avait dix-neuf ans. Elle était étudiante, à l'université autonome de Barcelone. Quand je l'ai enlacée pour la première fois, elle me parlait de ses parents. Moi je n'entendais rien de ce qu'elle me disait. Je ne voyais que ses lèvres qui bougeaient. Je n'ai pas pu m'en empêcher. Je l'ai embrassée et elle m'a rendu mon baiser. J'ai cru que mes poumons allaient exploser. Le soir même, alors que je rentrais chez moi, le type du bar m'attendait au bas de l'escalier. À voir sa tête, j'ai tout de suite compris qu'il ne venait pas pour une visite de courtoisie. Il m'a empoigné par le col, m'a collé contre le mur et il m'a calmement ordonné d'oublier Mireia.

– Et alors, qu'as-tu fait ? lui demandai.

– Qu'est-ce que tu voulais que je fasse ? Ce mec, il m'impressionnait avec son calme, sa détermination.

– Tu t'es aplati ?

– Si tu continues à te moquer de moi, j'arrête de te parler et je m'en vais, vociféra-t-il, et tu te débrouilleras toute seule !

Je lui adressai un sourire des plus convaincants.

– Bon, bon ! Allez, continue !

Il me jeta un regard plein d'espoir et il reprit :

– Je n'ai pas revu Mireia durant plusieurs jours. Puis un après-midi, alors que je me reposais dans ma chambre, avant de reprendre mon boulot, j'ai entendu frapper à ma porte. J'ai ouvert. Elle était là, devant moi. Elle me souriait. Elle est entrée. Nous avons fait l'amour et profité de la pénombre de ma chambre. Ensuite, je lui ai parlé de la visite de son « ami ». Elle m'a expliqué qu'elle avait vécu une brève aventure avec lui, avec Sergi, mais qu'entre elle et lui, c'était bien fini, que je ne devais pas m'inquiéter. Elle a rajouté que ce garçon n'était pas bien méchant, qu'il ne me créerait pas d'ennuis.

Arnau s'apprêtait à m'invectiver, mais je me gardai bien de lancer un nouveau sarcasme.

Il continua :

— Nous nous sommes revus jusqu'aux alentours du 15 janvier 1939. Les troupes franquistes avançaient sur Barcelone. Des tas de gens quittaient la ville pour s'enfuir vers la France. Mon patron avait décidé de fermer le bar. Il m'avait dit que ça devenait trop dangereux. Moi je restais cloîtré dans ma chambre, sans savoir quoi faire. La dernière fois où Mireia m'a rejoint, nous percevions, au loin, des coups de canon. Je lui ai demandé de me suivre, de passer la frontière avec moi. Elle m'a répondu que c'était impossible, que ses parents avaient décidé de rester et qu'elle ne pouvait pas les abandonner. Après qu'elle fut partie, quelqu'un a frappé à ma porte. J'ai hésité, mais j'ai quand même ouvert. Je me suis retrouvé nez à nez avec Sergi. Avant que je n'aie eu le temps de dire quelque chose, il m'a envoyé un coup de poing magistral dans la mâchoire. Je suis tombé par terre et il s'est jeté sur moi.

Il criait : « Je t'avais prévenu ! Je t'avais dit de ne plus t'en approcher. »

Il me cognait de toutes ses forces, les yeux exorbités. J'ai failli perdre connaissance, mais je me suis ressaisi. Il se tenait à califourchon sur moi. J'ai roulé sur le côté et j'ai frappé ses côtes à coups de poing. Peu à peu, il a lâché et j'ai pu me redresser. Il titubait. Moi aussi. Nous nous sommes agrippés. J'ai pris mon élan et je l'ai poussé en arrière. Je n'avais pas vu que la porte d'entrée était restée ouverte. Nous avons basculé dans l'escalier. Mais comme il se trouvait devant moi, c'est lui qui a reçu toute la force de l'impact. Le calme est revenu. J'ai peu à peu retrouvé mes esprits et là… je me suis aperçu qu'il ne bougeait plus.

– Il… Il était mort ? questionnai-je.

– Je crois. Il ne respirait plus. Alors j'ai paniqué. Je l'ai laissé là. Je suis remonté comme j'ai pu dans ma chambre. Dans une valise, j'ai fourré quelques vêtements, mais aussi du chocolat, des biscuits, deux ou trois boîtes de sardines, et j'ai filé jusqu'à la gare.

– Tu n'as même pas vérifié s'il était réellement mort ? Peut-être n'était-il qu'inconscient.

– Non ! Mais je suis à peu près sûr qu'il ne vivait plus. Devant la gare, j'ai trouvé une foule immense. Les gens piétinaient sur place, collés les uns contre les autres. Je me suis renseigné sur les horaires des trains pour Gérone. Des gens m'ont indiqué qu'ils attendaient depuis plusieurs heures et personne ne put me dire si les trains circulaient encore.

– Je sais de quoi tu parles ! J'ai vécu ça, moi aussi.

– Alors je suis parti à pied, vers le nord. J'ai marché durant plusieurs jours sur les routes encombrées. De temps en temps, des avions nous survolaient. Ils tiraient sur tout ce qui bougeait. J'ai vu des femmes, des enfants, se faire hacher sur place par les mitrailleuses ! J'ai vu la peur sur leurs visages. J'ai entendu les cris, les pleurs, les appels à l'aide. Plusieurs fois, j'ai côtoyé la mort, je l'ai sentie. J'ai détesté cette haine. Quel intérêt avait ces pilotes à mitrailler tous ces pauvres gens ? Mais j'ai aussi éprouvé une grande fierté à les voir se relever pour continuer leur route. Je me suis découvert une force inconnue. De jour en jour, ma rage s'est amplifiée jusqu'au moment où j'ai senti que je ne pouvais plus supporter toute cette détresse sans réagir.

— T'as quand même réussi à passer la frontière ?

— Non, pas tout de suite ! Je me suis d'abord rendu chez un oncle qui habitait Gérone. Il m'a hébergé pour la nuit. Lui aussi s'apprêtait à tout quitter. Ses valises étaient déjà bouclées, prêtes pour le lendemain. Il m'a dit que s'il le pouvait, il rejoindrait les guérilleros, qu'il se battrait jusqu'au bout. Alors, j'ai sauté sur l'occasion. Je lui ai demandé s'il savait comment faire pour les rejoindre. Il a fait la moue. Il devait penser que je blaguais. Quand il a compris que j'étais sérieux, il m'a demandé si j'étais prêt à m'engager dans le combat… J'ai répondu oui. Alors, il m'a expliqué qu'il avait « sympathisé » avec une femme qui tenait un restaurant, du côté de Ripoll, qu'ils avaient souvent parlé de la guerre et qu'elle lui avait avoué que son frère avait pris les armes et se trouvait dans les montagnes. Le lendemain, au lieu de continuer vers la France, nous avons marché en direction de Ripoll. Il nous a fallu une semaine pour arriver là-bas. Les routes étaient tellement saturées… Des milliers de personnes tentaient par tous les moyens de rejoindre Gérone. Ils espéraient pouvoir prendre un train, un autobus qui les conduirait vers la frontière. Nous nous sommes bien gardés de leur dire que c'est à pied qu'ils devraient avancer. En chemin, certains nous questionnaient et cherchaient à comprendre pourquoi nous, nous marchions vers l'est alors que tout le monde le fuyait. Bien évidemment, nous ne pouvions pas leur répondre.

Je rappelai :

– C'est à ce moment-là que nous avons quitté Banyoles.

– Je sais. Ton père nous a parlé de ça.

– Et cette femme, elle se trouvait encore à Ripoll ?

– Oui. Elle ne voulait pas partir. Nous sommes restés deux jours chez elle. Nous lui avons parlé de notre envie de combattre. Comme elle nous faisait confiance, elle nous a indiqué comment parvenir jusqu'à une ferme, du côté de Núria. Là-bas, nous devions trouver un berger. C'est lui qui assurait les liaisons avec les guérilleros. Nous avons eu besoin d'une semaine supplémentaire pour atteindre la bergerie. Pour ne pas attirer l'attention, nous ne nous déplacions que de nuit. Tous les villages que nous traversions étaient déserts. Remarque, ça nous a permis de nous cacher et nous reposer dans des maisons vides, mais aussi d'y trouver de quoi manger.

– J'espère que vous ne vous êtes contentés que de ça, que vous n'avez rien volé ?

Arnau réfréna une fois de plus sa colère.

– Tu me prends pour qui ? J'ai vu ce que ces pauvres

gens ont enduré ! J'ai croisé leurs regards et j'ai compris ce qu'ils ont pu ressentir au moment de quitter leurs maisons. Je n'allais pas encore en rajouter ! Je n'étais plus un voyou.

— Désolée, mais beaucoup à ta place auraient bien profité de la situation, crois-moi. Bon… Allez, continue ! Vous l'avez trouvé ce berger ?

— Difficilement. Autant chercher une aiguille dans une botte de foin ! Dans ces montagnes, toutes les fermes se ressemblent ! De plus, les indications données par la femme de Ripoll ne correspondaient pas du tout à l'environnement dans lequel nous nous trouvions. Bref, nous étions perdus.

— Alors, qu'avez-vous décidé ?

— Comme nous ne voulions pas renoncer, nous avons décidé de poursuivre notre route vers les montagnes, en nous jurant que nous ne nous arrêterions pas tant qu'on n'aurait pas trouvé les guérilleros. En réalité, ce sont eux qui nous sont tombés dessus alors que nous dormions. Nous ne les avions pas entendus approcher. Devant nous se tenait une dizaine de types, l'air menaçant. Je n'étais pas très fier, car ils nous tenaient en joue avec leurs fusils. L'un d'eux s'est avancé et nous a demandé pourquoi nous nous trouvions là. Mon oncle a été le premier à leur parler. Il leur a dit qu'on voulait combattre avec eux. Ils nous ont conduits vers leur camp. Il y avait quelques tentes construites avec des branches et recouvertes de toiles percées. Ce groupe se composait en tout et pour tout d'une quinzaine de combattants. Leur chef se faisait appeler José. Il devait se méfier de nous, car durant plusieurs jours, nous sommes restés sous la garde rapprochée d'un des leurs.

– Comment avez-vous gagné leur confiance alors ?

– Pour pas nous faire repérer, nous nous déplacions toujours de nuit et le plus souvent en marchant dans les forêts ou à couvert. Mais nous avions besoin de vivres, d'eau, d'armes. Pour dégoter de quoi manger, nous devions nous rapprocher des villages ou des maisons encore habitées. De temps en temps, des habitants nous offraient un peu de ce qu'ils avaient. Mais cette fois-là, les choses ne se sont pas passées comme prévu.

– Qu'est-ce qui s'est passé ? demandai-je, impatiente.

– Un des nôtres s'est introduit dans un poulailler, à côté d'une ferme qui paraissait abandonnée. Il avait repéré un magnifique coq. Au moment de franchir la clôture, un homme est sorti de la maison. Il était armé. Il a tiré deux fois et notre camarade est tombé. Le tireur cherchait dans sa poche d'autres cartouches pour recharger sa carabine. Alors, je n'ai pas hésité. J'ai foncé sur lui tête baissée. Sous le choc, il a perdu son arme et s'est retrouvé au sol à moitié assommé. Les autres se sont précipités et n'ont eu aucune difficulté pour le maîtriser.

– Mais alors, tu es un véritable héros !

– Voilà que tu recommences ! Tu ne peux t'en empêcher !

Je lui présentai mon plus beau sourire.

— Je ne t'interromprai plus ! Promis !

— Hum, j'ai du mal à te croire ! Notre compagnon était salement touché à la cuisse et nous devions l'évacuer au plus tôt. Derrière la maison, il y avait une écurie, et, à l'intérieur, un âne. José s'est approché du propriétaire qui avait retrouvé ses esprits, et, droit dans les yeux, il lui a laissé le choix. Soit il nous donnait son âne et des vivres, soit il était mort. Tu penses bien qu'il a accepté. Il n'avait pas d'autres solutions. Nous avons confectionné un brancard que nous avons attelé à l'âne. Sur cette civière, nous avons allongé le blessé et nous avons aussi disposé suffisamment de nourriture pour tenir huit jours. En cours de route, José s'est porté à ma hauteur et m'a exprimé sa reconnaissance :

— Et le blessé, il s'en est sorti ?

— Malheureusement non. Il est mort durant le trajet. Il s'est vidé de son sang.

Je laissai s'écouler quelques secondes.

— Comment t'es-tu retrouvé de ce côté-ci de la frontière ?

— Au début, la gardia Civil ou les franquistes ne s'aventuraient que très rarement dans les montagnes ! Dans les mois qui ont suivi, nous avons participé à quelques embuscades. Celles-ci survenaient de temps en temps lorsque nous débarquions dans les villages pour nous ravitailler. Certains habitants nous aidaient comme ils pouvaient, mais parfois il arrivait que d'autres se rebellent. Au fond, je les comprenais, car ils ne disposaient que du strict nécessaire pour nourrir leurs familles. Parfois, il y avait des échanges de coups de feu. De part et d'autre des gars ont été blessés et même tués. Je n'étais pas fier de ça et je savais que mon oncle partageait mon opinion. Toutes ces erreurs provenaient du fait que nous n'étions pas du tout structurés et que chaque brigade s'employait dans sa zone, sans contact, sans aucune coordination avec les autres. Par ailleurs, nous ne disposions que de peu d'armes. La plupart d'entre nous ne possédaient qu'un fusil de chasse auquel il manquait les cartouches. José, notre chef, devait aussi gérer le manque de discipline de la part de certains d'entre nous. La brigade était majoritairement composée de fugitifs, comme moi, ou de déserteurs. Attention, nous n'étions pas tous des criminels sans foi ni loi. Mais, malheureusement, il y avait parmi nous des brebis galeuses qui, à la moindre occasion, s'acharnaient à dépouiller ou à terroriser les pauvres gens. Nous avons, pendant des mois et des mois, usé nos galoches sur les sentiers caillouteux des montagnes, bataillé sans certitude, crevé de faim, de froid. Nous passions la majeure partie de notre temps à nous cacher, à nous terrer. Petit à petit, d'autres combattants nous ont rejoints, mais il régnait, au sein de notre groupe, une ambiance très particulière. D'un côté se trouvaient des hommes sans ambition qui ne cherchaient qu'à se faire oublier et à échapper aux autorités, et de l'autre des gens qui, comme nous, voulaient lutter pour leurs convictions. Mais pour autant, nous ne montrions pas notre désaccord, nous obéissions, voilà tout. Au début de 1940, à l'occasion d'un déplacement d'un camp à un autre, José m'avait annoncé que nous allions passer de l'autre côté de la frontière afin de rejoindre, à Valcebollère, plusieurs autres brigades. La France était plus sûre pour tenir notre réunion.

— Une réunion, quelle réunion ?

— Il devait retrouver là-bas la plupart des chefs des brigades espagnoles et ceux des groupes français. Ensemble, ils devaient s'organiser et coordonner leurs forces. Groupés et structurés, ils bénéficieraient alors de plus de méthode, de plus de ressources et d'appuis. Il avait terminé en me disant que mon oncle et moi trouverions un autre groupe, certainement plus adapté à nos idées. Lui, il allait rester avec ses hommes.

Je restai un moment pensive.

— Dis-moi, ton chef, José, ne portait-il pas une grosse moustache ?

— Oui. Pourquoi ?

— Mon père m'a parlé de lui et du jour où vous l'avez déniché !

— C'est exact ! Ton père nous a suivis et il a voulu rester avec nous. Puis, un jour, José n'est pas revenu. Lui et deux autres sont tombés dans un guet-apens alors qu'ils étaient partis attaquer un poste de police commandé par un officier particulièrement barbare. Un type qui terrorisait les habitants de Núria. Il ne tolérait pas que ces gens puissent nous aider. Pour l'exemple, il a fait pendre par les pieds trois pauvres gars d'une bourgade voisine. Il les a laissé mourir sous un soleil de plomb empêchant qui que ce soit de leur apporter à boire ou le moindre secours.

– Mais s'il y a eu une embuscade, cela signifie que quelqu'un vous avait dénoncé,

– Certainement. Nous avons eu des doutes, mais nous n'avons jamais rien pu prouver… N'oublie pas que notre brigade se trouvait complètement décimée. Il ne restait plus que les deux gars qui avaient réussi à échapper au traquenard, Luis, ton père et moi. Nous, « les anciens », nous nous retrouvions complètement désemparés, incapables de prendre des décisions. C'est alors que ton père a pris les choses en main. Il nous a parlé avec sagesse et intelligence et il s'est tout naturellement imposé comme notre nouveau chef. Nous avons pris la direction de la France. Ton père voulait participer à la réunion dont avait parlé José.

– Cette obstination de sa part ne m'étonne pas.

– Au cours de ce rassemblement, ton père a reçu, compte tenu de sa conduite et de son implication à la cause, l'approbation des autres chefs pour diriger notre brigade. Il lui a été demandé d'assurer le commandement du secteur des Garrotxes dans les Pyrénées-Orientales. Voilà pourquoi aujourd'hui, nous occupons ce refuge.

Durant les jours qui suivirent, je connus quelques faiblesses, mais le récit d'Arnau, auquel je songeai souvent, m'aida petit à petit à me rétablir. Ces mots n'avaient fait que renforcer ma volonté de combattre. Dès que je fus en mesure de me lever, je demandai audience à Miquel, ce qu'il m'accorda à la première occasion. J'étais déterminée…

– Vous m'avez avertie des risques que j'encours à vouloir lutter à vos côtés, mais vous devez savoir que j'ai vécu bien d'autres périls, qui m'ont été imposés. Maintenant, c'est en pleine connaissance de cause que je revendique le droit de tenir une arme, de mener ma guerre, de résister à ces oppresseurs.

Miquel me dévisagea en débroussaillant les poils de sa barbe.

– Ces mots t'honorent. J'apprécierais beaucoup que tous nos nouveaux combattants tiennent le même discours que toi. Mais je vais certainement te décevoir…

– Me décevoir ? Mais pourquoi ? Parce que je suis une femme et que seuls les hommes peuvent endosser le rôle de combattant ?

– Non, non, bien sûr, mais tu seras bien plus efficace comme agent de liaison.

– Agent de liaison. Ah non ! Plus jamais ! Mon père m'a déjà sollicitée afin que j'espionne la milice à Prades. Non ! Je ne suis pas faite pour ça !

– Mais là, Paula, il ne s'agit pas d'espionner qui que ce soit !

– Cela consiste en quoi alors ?

– Calme-toi. Bien plus que l'action armée, nous avons besoin de femmes comme toi capables de transmettre ou de collecter des messages.

– Des femmes comme moi ! Pourquoi comme moi ? Qu'est-ce que vous me trouvez de si particulier ?

– Heu… ben… parce qu'au premier regard tu plais ! Ton visage, ta coiffure, ta manière d'être, tes postures ravissent immédiatement celui qui te croise.

Je ne pouvais plus retenir ma colère.

– Quoi ? Vous voulez vous servir de moi uniquement pour mes beaux yeux ? Vous vous foutez de moi ?

Il tenta de me convaincre.

– Ce travail d'agent de liaison a déjà porté ses fruits. Tous les réseaux font ça… Sans ces femmes, il n'y aurait pas de victoire possible. Il y aurait certainement beaucoup plus de désordres, plus d'arrestations, plus de morts. Pour lutter efficacement, nous avons besoin du renseignement qu'un groupe pourra partager avec un autre, de l'information qui autorisera une action rapide et efficace, de l'indice qui permettra de sauver de nombreuses vies. Cette besogne ne peut s'accomplir qu'avec la participation de femmes motivées comme toi…

Touchée et consciente du bien-fondé de ces mots, je capitulai :

– J'accepte !

NEUVIÈME CAHIER

De décembre 1943 à janvier 1944

Enfin ! À ma façon, j'allais pouvoir combattre l'envahisseur. En tout cas, je le pensais fermement.

Retrouver une amie sincère devait m'emporter dans un tourbillon de joie immense.

AGENT DE LIAISON

Janvier…

Le soleil écrasait de sa lumière blanche les collines environnantes. Derrière les premières hauteurs émergeait la cime enneigée du Canigou. Perchée sur ma bicyclette, j'admirais cette montagne majestueuse, dans toute sa splendeur. Elle symbolisait pour moi, la liberté, la possibilité d'un ailleurs, l'indépendance. J'avais découvert toute l'importance de ces mots lorsque sur le sable d'Argelès-sur-Mer, je peinais à accepter le désastre de ma vie. Au sortir de Taurinya, j'empruntai la route qui devait me conduire jusqu'à Villefranche-de-Conflent. En traversant Fillols, je ressentis un pincement au cœur en songeant à Julien, à nos douces heures, à nos folles envolées…

Deux jours plus tôt, j'avais quitté Le Callau et rejoint ma famille à Taurinya. Pour l'occasion, Claudi et Antonia avaient organisé une fête agrémentée d'un délicieux repas.

Cette soirée avait donné lieu à des retrouvailles émouvantes, surtout avec ma petite sœur Anna qui prenait de la maturité. Elle n'avait cessé de me questionner sur ma grossesse. Elle avait voulu tout savoir. Est-ce que je souffrais ? Est-ce que je sentais le bébé bouger ? Bien entendu, j'avais répondu à toutes ses interrogations. J'avais même agrémenté mes paroles d'images plus plaisantes que réelles. Un peu plus tard, après qu'elle se fut endormie, j'avais eu droit à un examen en règle de la part de ma mère.

Elle avait exigé que je lui dévoile les vraies raisons de mon départ de La Coûme, que je lui révèle la cause de ma séparation d'avec Julien, que je lui explique le motif de mon retour imprévu chez Claudi et Antonia.

Plutôt que de me réfugier dans un mutisme incohérent et inutile, j'avais préféré ne rien lui cacher. Sans aucune retenue, j'avais étalé mes péripéties, détaillé mes déboires, prouvé ma détermination et annoncé ma volonté de continuer au mépris de tous les dangers. J'avais aussi tout naturellement évoqué mon père : son implication, son combat et le respect que ses hommes lui portaient. Elle m'avait demandé pourquoi il ne lui donnait plus aucun signe de vie. Je n'avais pas eu le courage de lui avouer mon angoisse alors que je savais qu'il n'était pas encore revenu de sa périlleuse mission.

Elle était tout d'abord restée sans voix avant de laisser exploser sa colère.

— Vous voulez me rendre folle, tous les deux ? Vous

ne croyez pas que j'ai assez souffert comme ça ? Vous n'êtes que deux égoïstes qui ne pensent qu'à eux ! Quelle importance accordez-vous à votre famille ? D'abord, il y a « Môssieur » qui s'en va batailler dans les montagnes sans se soucier de sa femme et de ses enfants, et maintenant, voilà que sa fille, enceinte qui plus est, lui emboîte le pas et prétend combattre les armes à la main, comme le ferait un homme ! Et moi, et Anna, vous y songez de temps en temps ?

Ses mots s'étaient perdus dans un sanglot.

Sa réaction me parut normale.

Comment une femme, une mère aurait-elle pu s'accommoder des frasques que nous lui faisions vivre, mon père et moi ? Je m'étais rapprochée d'elle et l'avais prise dans mes bras pour la réconforter.

– Je suis désolée, ma petite maman, vraiment ! J'imagine les soucis que nous t'occasionnons ! Je...

Les yeux rougis, elle m'avait coupé la parole :

– Je n'aurais pas dû m'emporter comme je l'ai fait ! Au contraire, je devrais être fière de vous deux ! Mais que mes journées me paraissent longues ! Quand tout cela finira-t-il ?

– Bientôt, ma petite maman, bientôt ! C'est pour ça que nous nous battons, chacun à notre manière ! Pour moi, ce sera dans la clandestinité ! Papa, lui, il lutte les armes à la main pour qu'un jour nous puissions tous rentrer chez nous, dans notre pays, dans notre village !

Nous avions encore pleuré toutes les deux, enlacées.

Elle avait ajouté :

— Sois prudente ma fille, nous t'aimons tant !

Je traversai Corneilla-de-Conflent. À part deux chiens errants, je ne rencontrai personne. Il ne me restait plus que quelques kilomètres pour atteindre Villefranche-de-Conflent. Je portai des vêtements que j'avais choisis afin de ne pas attirer l'attention, mais aussi pour dissimuler mon ventre qui s'arrondissait. Je m'étais coiffée et maquillée sobrement, de façon à plaire au premier regard. Dès que je croisai quelqu'un, je déployai un sourire franc qui reflétait ma gaieté.

Au détour d'un virage, j'aperçus les remparts de la cité médiévale, percés de leurs meurtrières austères. J'entrai dans l'enceinte par la porte cochère.

Je dus mettre pied à terre, car des étals de toutes sortes encombraient l'artère principale. D'agréables senteurs de pâtisseries vinrent titiller mes narines. Ma course avait creusé mon appétit. Je m'offris un beignet fourré à la compote de pommes que je dégustai, assise sur un banc de pierre.

Les collines qui dominaient la ville ne permettaient pas aux rayons du soleil d'éclairer ses ruelles.

Je remarquai, suspendu dans le vide, un magnifique château fort. Bien qu'ancienne, cette construction paraissait beaucoup plus récente que celle des murailles qui nous entouraient. Ma pâtisserie terminée, je me dirigeai vers l'église dans laquelle je devais rencontrer mon

« contact ». Je ne possédais aucune information sur lui.

Arnau m'avait simplement indiqué :

– Tu entres dans l'église. Tu te diriges vers le confessionnal. Tu t'assieds et tu attends ton tour. Après ta confession, tu regagnes ta place. Sous le siège, tu trouveras une enveloppe. Tu la dissimules sous tes vêtements et tu quittes la ville. Dès que tu seras à l'abri des regards, tu la cacheras dans le guidon de ton vélo, à l'endroit que je t'ai montré !

Je traversai la place et m'approchai de l'église. Quelques clients attablés à la terrasse d'un café discutaient. Un imposant clocher crénelé s'élevait devant moi. De toute sa masse, il écrasait la petite porte en marbre rose qui donnait accès au sanctuaire. Au-dessus de celle-ci, je remarquai les coquilles Saint-Jacques sculptées dans la pierre.

J'appuyai ma bicyclette contre un mur et j'entrai. J'eus besoin d'un moment afin de m'habituer à la quasi-obscurité qui régnait dans ces lieux. Seules quelques discrètes ouvertures donnaient un peu de clarté aux chapelles latérales toutes séparées de la nef par des arcs-boutants. Au fond, derrière l'autel, se dressait un retable sans fioritures, dépourvu de tous ors.

Connaissant celui de l'église de Prades, ce détail m'étonna. Je repérai le confessionnal et m'assis à proximité. Deux femmes, vêtues de noir, attendaient non loin de moi. Je ne voulais pas imaginer qu'une de ces deux personnes puisse figurer comme mon contact.

Je regardai alentour, mais je ne vis personne d'autre. Mon tour arriva. Je pénétrai dans le lieu de pénitence et m'agenouillai. La trappe s'ouvrit et le prêtre exerça sa charge. Baptisée et croyante, je me laissai prendre au jeu et je dévoilai « mes fautes », bien innocentes. Tandis que je les énumérais, j'entendis la porte de l'église se refermer. Sur le moment, je n'y prêtai pas attention.

Je rejoignis ma place et je passai ma main sous le siège. Sous mes doigts, je sentis le papier. Je jetai un coup d'œil alentour. À part moi, plus personne n'occupait les lieux. Prestement, j'enfournai le pli sous un pan de ma veste et je sortis.

Alors que je grimpais sur mon vélo, une silhouette attira mon attention. Cette vision furtive me figea. Les battements de mon cœur s'accélérèrent. Avais-je bien vu ?

Afin de m'en assurer, je pédalai de toutes mes forces et me dirigeai vers la ruelle. Elle débouchait sur la voie principale, encore saturée par les étalages des marchands ambulants. Je regardai à droite puis à gauche. Mes jambes vacillèrent. À quelques dizaines de mètres devant moi, je reconnus la démarche affirmée d'Inés. Je ne me trompais pas… Il s'agissait bien d'elle. Mon amie…

Je n'étais pas surprise. Lorsque j'avais quitté le camp d'Argelès-sur-Mer, Inés m'avait dit qu'une fois libérées, elle et sa grand-mère rejoindraient le village d'Escaro, situé à quelques kilomètres de là.

J'enfourchai à nouveau ma bicyclette et me précipitai à sa hauteur. Je la dépassai et m'arrêtai devant elle.

Elle esquissa un mouvement de recul. Elle me sourit, mais ce rictus sans joie, sans sincérité, me déstabilisa.

Je m'avançai vers elle.

– Inés, comme je suis heureuse de te retrouver ! Tu m'as tellement manqué !

Elle ne répliqua pas de suite.

Son visage affichait une inquiétude que je ne m'expliquais pas. Sans un mot, elle m'entraîna vers la porte cochère. Elle attendit que nous nous trouvions à l'extérieur des remparts pour parler.

– Bonjour Paula ! Moi aussi, je suis contente de te revoir, mais je ne peux pas rester avec toi ! Je dois partir !

Le ton de sa voix et la brusquerie de ses paroles me laissèrent supposer que je la dérangeais. J'acquiesçai.

– Bien sûr ! Bien sûr ! Je ne veux pas te retarder…

Elle pivota vers moi, les yeux emplis de larmes.

– Je suis navrée ! Nous ne pouvons nous voir ! Pas aujourd'hui ! D'ailleurs, toi aussi, tu dois t'en aller ! Si tu le souhaites, retrouve-moi après-demain, à midi, à l'entrée du village d'Escaro !

Sur ce, elle me tourna le dos.

Je la regardais s'éloigner et disparaître tout au bout de la route. Dépitée, je repris mon vélo et fis demi-tour. Chemin faisant, plusieurs questions vinrent tarauder mon esprit. Pourquoi s'était-elle comportée de la sorte avec moi ? Pour quelle raison n'avait-elle montré aucune joie à me revoir ? Quel sentiment l'animait, lorsqu'elle m'avait vivement conseillé de quitter les lieux ?

Toutes ces interrogations restaient sans réponse.

Quelques kilomètres plus loin, je marquai une halte dans un bois de chênes-lièges. Une fois à l'abri des regards, je retirai la poignée droite du guidon et glissai l'enveloppe enroulée à l'intérieur. Je replaçai la manette et continuai ma route. Pour rallier Taurinya, je fus contrainte à deux bonnes heures de pédalage. À bout de souffle, je rangeai ma bicyclette sous l'appentis et je rejoignis les miens.

Le lendemain matin, je m'empressai de vérifier la présence du pli dans sa cachette. À mon grand étonnement, il ne s'y trouvait plus. Arnau avait dû passer par ici. J'étais déçue qu'il n'ait pas pris le temps de lancer quelques graviers sur ma fenêtre. Il aurait pu, il aurait dû m'appeler…

Je quittai Taurinya vers neuf heures pour me rendre à Escaro. Je grimpai dans le train en gare de Villefranche-de-Conflent. Quelques minutes plus tard, je descendis à Joncet. Je savais que devant moi se profilaient les sept kilomètres d'une route très pentue. En connaissance de cause, j'avais anticipé cette difficulté et emporté avec moi mon vélo. Un emplacement était prévu à cet effet dans l'un des wagons.

J'entrepris mon périple, non sans une certaine angoisse. Tout d'abord, je me demandais si, dans mon état, j'avais assez de force pour avaler cette distance et aller au bout de mes efforts, mais surtout, comment allaient se passer nos retrouvailles ?

Après quelques kilomètres, je n'en pouvais plus. Mes jambes flageolaient, mes poumons semblaient vouloir éclater. Heureusement, j'avais pris soin d'emporter avec moi un sac à dos dans lequel j'avais rangé une bouteille d'eau et quelques biscuits. Je m'arrêtai afin de me restaurer et de me reposer. Puis le cœur vaillant, je repris mon ascension.

J'atteignis le point de ralliement avant midi. Je m'assis sur le rebord d'un parapet et j'attendis.

Au-dessus de moi, accrochées à la montagne, se dressaient les maisons du village d'Escaro. Au loin, je percevais un bruit de fond, un ronronnement que je ne savais définir.

Je vis arriver Inés. Elle s'approcha de moi en arborant un grand sourire. J'allai à sa rencontre. Dans un élan de joie, elle me prit dans ses bras. Ravie de cette entrée en matière, je la serrai tendrement contre moi.

– Paula, comme je suis heureuse que tu aies pu venir !

– Pour rien au monde, je n'aurais raté ça ! C'est un bonheur de te retrouver !

– Viens. Ne restons pas là !

Elle m'entraîna sur un chemin de terre qui nous éloigna du village. Côte à côte, nous avons marché quelques centaines de mètres avant d'atteindre un sous-bois ombragé et accueillant.

Nous nous sommes assises sur un tapis de mousse verte et douce et nous sommes restées là, sans bouger, sans parler, profitant simplement du moment.

Quelques minutes plus tard, je brisai le silence :

– Tu n'as pas trop changé depuis tout ce temps. Je dirais même que tu t'es embellie.

Inés s'esclaffa.

– Tu n'es pas mal non plus.

Je me gardai de l'informer de mon état. Nous avons ri de bon cœur, de la même manière que nous ricanions lorsque, perchées sur nos paillasses dans le camp, nous nous moquions l'une de l'autre.

Ce fou rire agissait sur nous comme un souffle bénéfique. Cette joie sans équivoque nous liait.

Passé cet instant, je la questionnai :

– Te souviens-tu des mots que tu m'as dits lorsque j'ai quitté le camp ?

Inés me jeta un regard interrogateur.

– Heu… non ! Je ne me souviens pas ! Qu'est-ce que je t'ai dit ?

Cette demande m'étonna, car je pensai qu'elle avait gardé, comme moi, le souvenir de ses propres paroles.

En m'appliquant à bien prononcer chaque mot, je déclamai :

– « Nos larmes sont utiles ! Elles nous révèlent le bon chemin… Tu occupes une partie de mon cœur et tu y demeureras pour toujours. Nous nous reverrons, c'est sûr, nous nous retrouverons. » Voilà, ce sont tes paroles !

– Oh oui ! Maintenant, je me souviens. Je suis épatée que tu les aies retenues ! Je dois t'avouer qu'après ton départ, j'ai pleuré. J'ai versé toutes les larmes de mon corps. Sur le moment, je n'avais pas voulu te montrer ma peine. Je souhaitais que tu gardes de moi le souvenir d'une jeune fille forte. En fait, je ne possédais pas cette énergie. Je dois même reconnaître que je te jalousais. Toi tu retrouvais ta liberté, et nous, nous n'avions aucune idée des épreuves qu'il nous fallait encore endurer avant de quitter cet endroit.

Ses yeux étaient embués de larmes.

— Je comprends. Je comprends parfaitement. Mais tu dois savoir que pendant toutes ces années, tes paroles m'ont aidé à surmonter mes souffrances, à croire à des lendemains qui chantent. Tu ne peux t'imaginer leur puissance et le soutien qu'elles ont pu m'apporter.

Dans un élan de tendresse, nous nous sommes à nouveau étreintes et nous avons pleuré.

— Je serai heureuse que tu me parles de ce que tu as vécu après mon départ du camp.

Elle tourna son regard vers les sommets qui nous entouraient et les fixa pendant un bon moment. Je devinai qu'elle s'efforçait de cacher son émotion.

— Tu te souviens de notre joie lorsque nos baraques ont été construites ? Nous rêvions… Nous allions enfin quitter nos gourbis et avoir un toit sur notre tête. Nous pensions ne plus avoir à souffrir du froid, à supporter les chaleurs de l'été. Rappelle-toi comme nous étions joyeuses à l'idée de retrouver l'équilibre d'une vie sociale, même si elle pouvait être médiocre. Mais rien ne s'est déroulé de cette façon, après que tu fus partie, vraiment rien…

Elle afficha sa gêne.

— D'abord, nos habitations ne correspondaient en rien à ce que nous avions imaginé ! L'hiver, malgré notre poêle à bois, la tramontane qui s'infiltrait par le moindre interstice nous glaçait. L'été, il régnait à l'intérieur une atmosphère tellement irrespirable que nous devions, presque comme avant, vivre et dormir dehors ! Ensuite, nous avons dû nous adapter à une recrudescence de la population. Notre camp recevait de plus en plus de femmes, d'enfants et les conditions de vie empiraient de jour en jour. Les baraquements ne suffisaient plus à loger tout le monde. Nous avons dû nous entasser à plus de cinquante par chalet, au lieu de trente, comme prévu. Puis l'eau potable a manqué. Celle que nous buvions arrivait au camp par camions-citernes. Son goût donnait la nausée. Mais le pire restait à venir… Cette flotte écœurante a été rationnée. Du coup, les services de l'hygiène ont vite été dépassés. Les latrines débordaient. Il devenait difficile de se doucher, de se laver, d'effectuer ses besoins dans des conditions de salubrité convenables. De nouvelles épidémies se sont développées et les morts se sont comptés par dizaines.

Elle s'interrompit. Ses mains tremblaient. Je les pris dans les miennes.

Elle articula péniblement :

— Ma grand-mère n'a pas survécu à tout ça. Elle…

elle est morte là-bas, loin de chez elle, loin de ses racines…

— Je suis désolée.

Elle renifla et se calma.

— Ça va ! Ça va ! Ce n'est que peu de temps avant la fermeture du camp, en septembre 1941, je crois, que j'ai pu sortir de cet enfer. Depuis bien longtemps, j'avais signalé aux autorités que des cousins vivaient et travaillaient à Escaro. Chaque semaine, je me rendais dans les services administratifs afin de me renseigner sur d'éventuelles recherches. Toutes les semaines, j'obtenais la même réponse : « Nos services sont débordés ». Je comprenais, nous étions des milliers à réclamer les mêmes recherches. Puis un jour, ma chance a basculé. Je me souviens parfaitement du jour de ma libération. Le soleil me brûlait, mais je m'en fichais. Depuis plusieurs heures, je m'étais postée à proximité de l'entrée du camp, car deux jours plus tôt, j'avais été informée que ma famille d'Escaro avait été retrouvée et que quelqu'un allait venir me chercher.

— Pour nous, les choses se sont passées à peu près de la même façon.

— Oui, je me souviens… Je trépignais. J'ai aperçu un homme que je ne connaissais pas, qui avançait dans ma direction. J'ai su tout de suite compris qu'il était là pour moi. J'ai attrapé le baluchon que j'avais préparé la veille et dans lequel j'avais entassé mes maigres trésors : quelques vêtements, mais surtout… l'alliance que ma grand-mère m'avait confiée, peu de temps avant son décès. Ce monsieur me souriait. Je te jure qu'à cet instant, il m'est apparu tel un dieu, d'autant que le soleil l'enveloppait de tous ses rayons. Ce qui le rendait, dans mon esprit, encore plus divin.

À ces mots, elle pouffa de rire. Je montrai la même gaieté.

– Mon cousin s'appelle Edmon. Il vit ici avec sa femme Marta et leurs deux enfants : Elisabet et Alexandre. Edmon travaille à la mine.

Je sursautai :

– Une mine ! Mais alors, le bruit de fond que nous percevons ne provient-il pas de là ?

– Si, bien sûr ! Sais-tu que l'exploitation du minerai de fer, dans cette région, date d'au moins 150 ans avant Jésus-Christ ?

Bien entendu, je ne pouvais pas connaître ce point de l'histoire d'un pays qui n'était pas le mien. Aussi, j'éludai cette précision et je changeai de conversation :

– Et Henrietta ! Sais-tu ce qu'elle est devenue ? L'as-tu revue avant de quitter le camp ?

Son expression se transforma et je devinai immédiatement un mauvais présage. Elle me dévisagea.

– Elle non plus n'a pas supporté la maladie ! Elle s'en est allée durant le mois de janvier 1941. Toutes deux, nous parlions souvent de toi. Quand elle prononçait ton nom, son regard s'illuminait. Elle me disait souvent : « Paula, elle est et restera pour toujours dans ma mémoire, dans mon cœur. J'espère tant la revoir un jour ! ».

À mon tour, je fondis en larmes puis je restai un moment dans un mutisme écrasant.

Inés respecta ma tristesse et ne parla pas. Je reniflai et l'invitai à me détailler la suite de son parcours tout au long de ces années.

– Ici, je me suis rapidement sentie en sécurité. Tu te doutes bien qu'après m'être éloignée de l'enfer, je ne pouvais que retrouver mon assurance et mon désir de vivre. Mes cousins m'ont apporté une aide précieuse, un soutien durable. Au fil des mois, je me suis éloignée de mes démons, mais sans pour autant les voir disparaître tout à fait. Je pense que toi aussi tu dois, de temps en temps, te souvenir de cette souffrance ?

– Bien sûr ! Tout cela restera à jamais gravé dans nos mémoires.

Elle approuva…

– J'ai vécu en recluse durant des mois et des mois, au grand dam de mes cousins qui ne cherchaient qu'à me changer les idées. Puis, j'ai réfléchi et progressivement, je me suis raisonnée. J'étais à l'abri, vivante. J'avais, sans effort, à manger, à boire, un lit, un toit au-dessus de ma tête. Que pouvais-je demander de plus à la vie après avoir connu le pire de ses aspects ? La réponse s'est présentée à moi, sans crier gare.

Impatiente de connaître la suite, je l'invitai du regard à continuer. Mais, comme si elle voulait donner plus l'importance aux paroles à venir, elle garda le silence pendant quelques secondes.

– Il y a quelques mois, un soir, alors que nous finissions notre repas, nous avons entendu une voiture s'arrêter devant chez nous. Puis quelqu'un a frappé à notre porte. Avec mes cousins, on s'est regardés, une pointe d'inquiétude dans les yeux. Il n'était pas commun que quelqu'un débarque chez nous à cette heure-là. Quand Edmon a ouvert, nous nous sommes retrouvés face à un homme qui aidait un autre, plus jeune que lui, à se maintenir debout. Le visage juvénile de ce dernier paraissait exsangue. Il haletait. Une jambe de son pantalon rougissait à vue d'œil. Médusée, j'ai assisté à une scène qui, sur le moment, m'a paru irréelle. Marta a tout de suite demandé à Elisabet et Alexandre de rejoindre leur chambre. Il n'était pas souhaitable qu'ils soient les témoins de ce qui allait suivre. Sans un mot, Edmon a débarrassé la table afin d'y allonger le blessé. Tandis que Marta s'empressait de réunir de quoi assurer les premiers soins, il s'appliquait à découper à l'aide de ciseaux la jambe du pantalon de ce pauvre garçon qui gémissait. Un filet de sang s'échappait d'un trou béant à mi-hauteur de sa cuisse. Marta a appliqué des compresses qu'elle avait imbibées d'un liquide jaunâtre et odorant. Le blessé avait perdu connaissance… Heureusement pour lui, car Marta s'est saisie d'une espèce de petite pince et avec une dextérité incroyable, l'a plongée dans la plaie pour en extraire un bout de métal noir. Puis, sans perdre de temps, elle l'a désinfectée et à l'aide d'une épingle courbe, elle a suturé la blessure. Elle a ensuite bandé la jambe de ce pauvre garçon qui n'avait toujours pas retrouvé ses esprits. Edmon et l'autre individu, qui durant toute cette intervention n'avaient ni bougé ni bronché, ont chargé et transporté le mutilé dans la remise, derrière la maison. Comme je n'y avais jamais mis les pieds, je les ai suivis. À mon grand étonnement, elle était pourvue d'une arrière-salle dans laquelle se dressait un lit en bois prêt à recevoir quelqu'un. Ils ont allongé le blessé, l'ont couvert et sont revenus à la maison. Le visiteur ne s'est pas attardé. Avant de partir, il s'est approché de Marta et dans un souffle, il l'a remerciée. Puis il a tourné les talons et a rejoint la voiture qui a disparu dans la nuit. À ce moment-là, je me suis aperçue que ce n'était pas lui qui conduisait, mais un autre homme.

– Et il a déguerpi comme ça, sans autres marques de reconnaissance, de gratitude ?

– Oui, exactement… Ces événements se sont enchaînés avec une telle rapidité, avec une telle maîtrise de la part de Marta et d'Edmon que je n'en revenais pas.

– À ta place, je me serais aussi posé des questions. As-tu interrogé tes cousins sur ce point ?

– Je n'en ai pas eu besoin. Dès que nous avons été seuls tous les trois, Edmon m'a demandé de m'asseoir et Marta nous a rejoints. Elle a parlé la première d'un ton solennel, bien que ses paroles se soient voulues rassurantes :

« Je suppose que tu te poses mille questions, Inés, et je

comprends parfaitement ton étonnement, car tu as assisté ce soir à quelque chose d'inhabituel, hors du commun pour toi. Depuis que tu habites avec nous, nous avons tout mis en œuvre pour t'éviter de vivre ce genre d'aventure. Mais ce soir, tu as pu te rendre compte que les situations se sont bousculées et qu'il était nécessaire d'agir au plus vite. Nous n'avons pu t'épargner ce spectacle. »

À ce moment-là, je me suis rebiffée. Je les ai regardés tous les deux.

J'ai rétorqué : « Je ne suis plus une gamine, il y a des choses que je peux admettre. Vous n'avez pas à vous justifier. Je ne vous juge pas ! Il n'y a rien de plus normal que de porter assistance à une personne blessée ! »

Marta m'a souri, comme soulagée par ma répartie.

« Tu as raison. J'ai occupé jusqu'en 36 un poste de médecin à l'hôpital de Sant Pau à Barcelone. Les soins que j'ai apportés ce soir à ce jeune homme restent pour moi très courants. »

Je n'ai pu contenir ma surprise, mais je me suis sentie fière de la confiance que Marta et Edmon m'accordaient. J'étais rassurée, mais j'ai encore demandé : « Qui sont ces hommes ? Pourquoi n'ont-ils pas conduit ce jeune garçon chez un médecin ou à l'hôpital à Prades ? »

Marta et Edmon se sont regardés, et c'est lui qui a continué. « Nous avons décidé de quitter l'Espagne en 1936, car déjà nous ressentions les prémices d'une catastrophe. Je comprends que ça puisse te paraître peu glorieux, mais nous ne souhaitions pas que nos enfants grandissent et vivent dans un monde comme celui que ces gens nous proposaient. Je connaissais ici quelqu'un qui travaillait à la mine et qui a réussi à me faire embaucher. Mais pour Marta, malgré ses qualifications, elle n'a pas pu exercer. Au début, les Français ne nous portaient pas dans leur cœur. Maintenant, après l'exode et avec cette guerre, c'est encore pire, la plupart nous haïssent. » Je n'ai pas pu me retenir : « Mais pourtant ils savent où vous trouver quand le besoin se fait sentir ! »

« Nous ne nous préoccupons pas de ce qu'ils peuvent penser. C'est notre façon de voir les choses. Depuis deux ans, nous menons notre bataille de cette manière. Marta intervient auprès des blessés graves et moi j'assure le soutien de nos compagnons qui luttent au sein des brigades. »

— Tu veux dire que tu aides les guérilleros ?

— Oui ! Exactement !

Je scrutai Inés. Je me retins de lui avouer que moi aussi, je m'étais engagée dans ce combat et je la laissai poursuivre.

— La nuit qui a suivi m'a apporté la certitude que moi aussi, je devais me battre à leurs côtés. Au petit matin, je leur ai fait part de mes intentions. Au début, ils ne voulaient rien entendre, mais face à mon insistance, ils ont finalement accepté. Edmon m'a obtenu un rendez-vous avec un de ses contacts. Et depuis, je suis devenue agent de liaison. Je n'en crus pas mes oreilles. Ainsi Inés exerçait les mêmes missions que moi.

Forte de cette confession et de la confiance dont elle faisait preuve à mon égard, je déclarai fièrement :

— Inés, je dois te confier que moi aussi j'assume les mêmes tâches que toi.

Elle me toisa, laissant apparaître un demi-sourire.

— Je le sais déjà, Paula…

— Tu le sais ? Mais c'est impossible, personne n'est au courant, à part ma mère…

— Je connais beaucoup de choses sur toi. Beaucoup plus que tu ne peux l'imaginer.

Je n'en revenais pas. Comment Inés pouvait-elle se vanter de détenir autant d'informations à mon sujet ? Piquée au vif, je lui posai la question qu'elle éluda sèchement :

— Paula, tu fais partie des nouvelles recrues. Tu ne sais rien encore des mécanismes qui activent nos réseaux. Tu apprendras, mais il te faudra du temps et beaucoup de patience.

Je ne comprenais pas grand-chose à ce jargon qui me vexait plus qu'il ne me donnait d'explications.

— Tu ne réponds pas à ma question !

— Aujourd'hui, il ne me paraît pas nécessaire de t'informer sur ce point ! Je souhaitais te rencontrer uniquement pour t'indiquer que je suis et serai un de tes « messagers », voilà tout. Nous travaillerons encore ensemble…

— Pourquoi encore ? Nous n'avons rien accompli toutes les deux !

– Détrompe-toi Paula ! L'autre jour, nous avons travaillé ensemble à Villefranche-de-Conflent.

Ces révélations brutales qui se succédaient les unes après les autres m'étourdirent.

– Mon messager, c'était… c'était toi ?

– Oui Paula ! C'était moi !

– Mais alors je comprends maintenant pourquoi tu m'as dit, ce jour-là, que nous ne pouvions rester ensemble, et « que moi aussi je devais rapidement quitter les lieux ! »

– C'est exact, Paula ! Aujourd'hui, je tenais à te revoir pour te donner la certitude que tu existes et que tu seras pour toujours dans mon cœur, mais nous ne pourrons plus nous parler, Paula. C'est la dernière fois avant longtemps, je le crains. Tant que cette guerre durera, ce ne sera plus possible, même si nous nous rencontrons lors de nos « échanges » ! Je suis sincèrement désolée, mais cela reste la meilleure façon de ne pas nous faire prendre…

Ces mots me peinèrent, mais venant d'elle, ils ne m'étonnèrent pas. Je retrouvai la jeune fille déterminée que j'avais connue dans le camp, celle qui n'avait rien perdu de sa ténacité, de sa vigueur, de ses capacités avec lesquelles elle m'avait, par le passé, éblouie. À nouveau, je la percevais prête à donner sa vie sans hésitation, pour sa cause. Pour sa bataille…

DIXIEME CAHIER

De janvier 1944 à juin 1944

Au moment où j'entreprends l'écriture de ce dixième cahier, je me demande encore comment j'ai pu, à un moment, refuser le bienfait que la vie m'accordait.

MAMAN

Le plus souvent, Arnau venait à Taurinya à la nuit tombée. Nous nous abritions dans la remise, derrière la maison et à la lueur d'une lampe torche, il me livrait tout un tas de conseils pour que j'accomplisse mes missions dans les meilleures conditions de sécurité. Il insistait sur les précautions que je devais prendre lors de certains trajets. Il m'indiquait les raccourcis, les pistes, les sentiers, ceux qui évitaient les villages, les hameaux. À chaque occasion, il m'alertait sur les dangers d'une trop grande confiance en moi.

– Garde à l'esprit que tu dois te méfier de tout et de tous. Les risques sont permanents et à chaque instant tu t'exposes.

Cette sollicitude, dont il faisait preuve à mon égard, me touchait et, comme à chaque fois, je le rassurai.

– Ne t'inquiète pas Arnau, je prends soin de moi.

Il s'approcha, me serra contre lui.

– Je ne veux pas te perdre Paula !

Il abandonna son corps contre le mien et quand son désir le trahit, tous mes sens s'éveillèrent. Ravageurs… Je plaquai ma bouche contre la sienne. Il éteignit la lampe et il me souleva. J'entortillai mes jambes autour de ses hanches. Il m'emporta vers un établi qui se trouvait là. Il le déblaya et m'assit dessus. Nous nous rejoignîmes dans un râle sans fin, dans une volupté trop longtemps retenue.

Je dus attendre quatre journées avant de le revoir. Dès qu'il arriva, je l'entraînai vers le fond de la remise. J'avais sciemment étendu sur le sol une espèce de matelas. Là, je le laissai explorer mon corps, le couvrir de baisers qu'ardemment je lui rendais. Puis, désireuse de le garder encore à mes côtés, je me lovai dans ses bras et lui demandai :

— Est-ce que mon père a donné signe de vie ?

Ma question sembla le déranger.

— Non. Je suis désolé. Je peux seulement te dévoiler qu'une opération d'envergure serait en cours de préparation du côté du Val d'Aran. Il s'agirait d'une offensive visant la reconquête de l'Espagne. D'après Miquel, ton père serait fortement impliqué dans l'organisation de cette attaque.

Cette dernière indication me rassura et exacerba ma fierté. La seule idée que mon père puisse prendre part à cette expédition me transporta de joie.

— Vous séjournez toujours au Callau ?

— Les autres oui ! Pas moi !

– Pourquoi pas toi ?

– Miquel m'a chargé d'une autre mission.

– Une mission ? Laquelle ?

– C'est que… ça ne va pas te plaire !

– Moi ? En quoi suis-je concernée ?

– Il m'a demandé de veiller sur toi.

Je sursautai. Je n'en croyais pas mes oreilles. J'étais horriblement vexée.

– Veiller sur moi ! Mais enfin, pourquoi ? Il ne me fait pas confiance pour me faire surveiller comme… une, une incapable ? Et puis, je n'ai pas besoin d'un ange gardien !

– C'est ton père qui lui a demandé ça avant de partir, et Miquel le lui a juré !

– Mais alors, toi… tu…

– Oui Paula ! Où que tu ailles, où que tu sois, je ne suis jamais bien loin de toi. D'ailleurs, je dois t'avouer que ce travail ne me déplaît pas !

Quand Arnau fut parti, je ne trouvai pas le sommeil. Ma colère s'amplifiait d'heure en heure. Je ressentais cette mesure fixée par mon père comme une trahison. Je n'avais pas besoin d'un chaperon et je me jurai de le prouver dès que possible.

L'occasion se présenta lorsque Arnau me chargea de deux autres « livraisons ». La première me conduisit à Valmanya. Elle ne me posa aucune difficulté. Mon contact se trouvait à l'heure prévue à l'endroit indiqué.

La passation du message s'effectua comme convenu, sans un regard, sans un geste de trop, sans une parole.

En revanche, lors de mon retour, je tombai, à l'entrée de Prades, sur une file de véhicules arrêtés. Un peu plus loin, des gendarmes barraient la route. J'appréhendai la situation. Discrètement, je scrutai les environs à la découverte d'Arnau, mais je ne le repérai pas. Légèrement en retrait, deux soldats allemands discutaient avec des hommes en uniformes noirs. Parmi eux, je venais de reconnaître Julien.

Il se tenait droit. Son allure arrogante me transperça. Le voir rire et palabrer avec ces deux fantassins étrangers m'accabla et déclencha en moi, un regain d'agressivité. Je cherchai à comprendre comment « mon Julien » pouvait se comporter ainsi. Ses idéaux, ses principes l'aveuglaient-ils autant pour qu'il ne s'aperçoive pas de ses erreurs ? Pour quelles raisons n'avait-il pas pris, depuis plusieurs mois, la mesure des souffrances et des injustices que lui et ses acolytes imposaient à leurs semblables ? Au nom de quoi ?

Décidément, je n'arrivais pas à concevoir cet état d'esprit. Julien, je le haïssais maintenant, car il avait ruiné tous mes espoirs.

Un des gendarmes réclama mes papiers. J'obtempérai.

Pendant qu'il tournait autour de moi, je sentis qu'il me détaillait, un sourire au coin des lèvres…

— D'où venez-vous et où allez-vous, mademoiselle ?

Pas question de mentir…

— Je viens de Valmanya et maintenant je retourne à Taurinya.

Ses petits yeux me scrutaient. Suspicieux…

– Et quel était le but de votre déplacement à Valmanya ?

Je me méfiai aussitôt, car il avait un comportement différent avec les autres personnes contrôlées. Selon toute vraisemblance, il souhaitait s'amuser avec moi, prouver son autorité ou sa virilité.

Avec aplomb, je lui répondis :

– Me promener !

– Vous promener ? Jusqu'à Valmanya ? Pourquoi faire tout ce chemin pour se promener ? Des jolis coins, il y en a d'autres par ici !

Je lui tins tête :

– Existe-t-il une loi qui interdit de se déplacer à sa guise ?

Décontenancé par mes paroles, il ne sut que répondre.

Il s'emporta :

– Ne le prenez pas sur ce ton, mademoiselle ! Je ne fais que mon travail !

Un autre gendarme, apparemment plus gradé, s'avança et s'interposa :

– Que se passe-t-il ici ?

– Cette femme… je la contrôle et elle le prend de haut !

Le chef me toisa et consulta mes papiers.

– Vous êtes Espagnole ?

Cette question éveilla en moi une aigreur accrue. Je m'apprêtai à lui répondre vertement quand brusquement, une voix familière ordonna :

– Ça suffit ! Laissez passer cette femme !

Les deux policiers se dévisagèrent et, penauds, ils s'écartèrent de mon chemin. Par réflexe, je tournai mon regard vers Julien. Il me fixait. Il avança d'un pas dans ma direction, mais je me détournai, empoignai le guidon de ma bicyclette et forçai sur les pédales afin de mettre rapidement de la distance entre lui et moi.

Alors que je m'éloignai, un étrange frisson me parcourut et cette impression déplaisante me poursuivit jusqu'au moment où je rejoignis Taurinya.

La seconde mission me demanda beaucoup plus d'efforts physiques. Je dus emprunter, sur plusieurs kilomètres, des pistes terreuses qui m'obligèrent à affronter d'importants dénivelés. À plusieurs reprises, je fus contrainte de mettre pied à terre et de continuer, en poussant mon vélo. Je rentrai éreintée.

Joan…

Le 23 mai, tu t'es enfin montré à moi… J'ai entendu tes premiers cris alors que je souffrais. Mais grâce à la joie ressentie à ce moment-là, j'ai pu supporter mes douleurs. Je t'ai pris dans mes mains, petit être tout fripé et sanguinolent. Je t'ai caressé, embrassé, serré sur ma poitrine. De tout mon être, j'ai formé pour toi un vœu de bonheur dans ce monde, et un autre pour que tu vives dans la paix…

LE RENONCEMENT

Arnau ne trahit pas son engagement. Il me confia de nouvelles missions dont je m'acquittai avec soin et sans encombre.

Durant mes « sorties », ma mère et Antonia se relayaient auprès de Joan. Anna semblait ravie et participait à sa façon à certaines tâches.

Le printemps avançait, entraînant avec lui d'agréables journées ensoleillées. Bien souvent, nous profitions tous ensemble de ces douces et longues veillées tandis que la clarté du moment ne paraissait pas vouloir s'effacer.

Dès qu'il le pouvait, Arnau venait me rejoindre. Ce soir-là, il me rapporta les dernières rumeurs et évoqua les nombreuses arrestations parmi les francs-tireurs ou partisans de la région. Les résistants du maquis « Henri Barbusse » avaient subi, au cours du mois de mars, de lourdes pertes et leur groupe s'était retrouvé dans l'obligation de se dissoudre. Il m'informa également que ses compagnons avaient quitté le Callau, qu'il n'avait plus aucun contact avec eux et qu'il ne savait même pas comment les rejoindre !

Il avait conclu :

— Ça sent l'embrouille ! Je suis certain que quelque chose se prépare et personne ne me tient informé !

Je m'insurgeai :

— Si tu veux tenter de les retrouver, tu n'es pas obligé de passer ton temps à me surveiller ! Je me débrouille bien toute seule !

— Il n'en est pas question ! J'ai reçu un ordre et je l'exécuterai jusqu'au bout ! Par contre, le mieux serait que tu arrêtes tout ça…

J'étais bien décidée à crever l'abcès.

— Arnau ! Ta place n'est pas ici, près de moi ! Tu dois rejoindre tes camarades ! Je n'ai pas besoin d'un chaperon !

— Non ! J'ai juré !

À mon tour, je l'interrompis :

— Je renonce Arnau ! Pour toi, pour mon enfant, pour ma famille. Je me résigne à ne plus accomplir mes missions ! Je te rends ta liberté. J'expliquerai tout ça à mon père le moment venu !

Quand il repartit, au bout de la nuit, il était apaisé, reposé. Son attitude me réconforta, mais la promesse que je venais d'effectuer me dévasta plus qu'elle ne me soulagea. Elle fit naître en moi un sentiment de culpabilité et de renoncement si éloigné de mes convictions et de mes capacités.

Une tension palpable régnait à l'approche de l'été. Les troupes d'occupation multipliaient leurs contrôles. Dans notre village, les miliciens procédèrent à l'arrestation de plusieurs personnes de la même famille. Les habitants paraissaient craintifs, distants les uns envers les autres. Nos voisins, d'ordinaire affables, se murèrent chez eux. Notre angoisse ne diminua pas quand Claudi relata l'attaque menée par cinq résistants dans les rues de Perpignan. Ces combattants avaient réussi à dévaliser deux convoyeurs de fonds. Cette action insensée nous conforta dans l'idée que des hommes trouvaient un courage démesuré pour tenter de pareilles folies…

Arnau me rejoignit sous la treille alors que je nourrissais Joan. Il s'assit près de moi et me regarda allaiter.

– Pourquoi l'as-tu prénommé ainsi ?

– Mon grand-père paternel, que je n'ai pas connu, s'appelait Joan. Pour moi, c'était évident… Mon fils ne pouvait se prénommer autrement.

– Et si tu avais eu une fille ?

– Pour une fille, j'aurais choisi Inés. Elle se trouve être une des personnes qui compte le plus pour moi. Nous étions toutes les deux internées au camp d'Argelès-sur-Mer. Nous avons l'une pour l'autre une amitié indéfectible. D'ailleurs, si tu le souhaites, je te donnerai à lire mes cahiers. Ils te donneront une idée des liens qui nous unissent, toutes les deux. Tu découvriras aussi ce que nous avons vécu là-bas, sur le sable.

– Tes cahiers ?

– Oui ! J'ai commencé à les écrire lorsque j'étais au camp d'Argelès-sur-Mer ! Ils relatent mon existence, celle de ma famille et de tous ceux qui me sont chers, depuis le moment où nous avons quitté Banyoles, jusqu'à aujourd'hui.

– Mais alors, j'y figure…

– Oui, bien sûr !

– Quand pourrai-je les lire ?

– Pas tout de suite ! J'ai encore beaucoup à écrire, à raconter !

– Et après la guerre, tu t'arrêteras, tu n'écriras plus ?

Une émotion étrange me traversa.

– Après… Je ne sais pas encore. Je ne sais vraiment pas…

ÉPILOGUE

Mars 2008

Joan Feixas qui, quelques minutes plus tôt avait quitté Perpignan, se dirigeait à présent vers Prades. Tout en conduisant, il ressentait une excitation qu'il pensait tout à fait légitime. Il allait, bientôt, obtenir les réponses à toutes les questions qui, depuis deux jours, encombraient son esprit. Il se montrait malgré tout détendu. Il savait en son for intérieur que les révélations de Maria Rubio devaient le mener, enfin, vers la lumière, et lever toutes les zones d'ombre qui avaient entouré les derniers moments de la vie de sa mère.

Il avait lu et relu les cahiers que Maria Rubio lui avait remis. Il s'était tant imprégné de ces lignes, de ces phrases, de ces mots, qu'il en connaissait maintenant les moindres détails et leurs sens les plus cachés.

D'ailleurs, si quelqu'un le lui avait demandé, il aurait pu les retranscrire sans aucune hésitation. Il se sentait à présent l'unique détenteur de cet incroyable trésor. Et il en était fier…

Ces cahiers représentaient pour lui un cadeau que sa mère lui avait légué par-delà les temps. Ils lui appartenaient et pour rien au monde, il n'aurait voulu s'en séparer.

La veille, il avait téléphoné à Maria Rubio. Elle avait suggéré qu'ils se retrouvent en ce début d'après-midi chez elle, à Prades.

Après les échanges de politesse, elle le fit entrer dans le salon et lui offrit de s'asseoir sur un canapé quelque peu avachi. Elle proposa une tasse de café qu'il accepta. Pendant qu'elle s'occupait dans la cuisine, Joan examina la pièce. Il ne s'attarda pas sur les meubles qui au premier regard ne reflétaient pas un environnement des plus modernes.

Quelques photographies alignées sur un vaisselier montraient les visages de gens qu'il ne connaissait pas. Sur l'une d'elles, il lui sembla reconnaître Maria assise près d'un homme moustachu. « Certainement son mari », songea-t-il…

Dans un cadre en bois, un peu plus à gauche, le portrait d'une femme brune resplendissait…

Maria revint avec un plateau sur lequel étaient disposés les tasses et quelques biscuits secs. Elle déposa le tout sur la table basse qui les séparait et se cala dans un fauteuil de velours rouge, en face de lui. Elle paraissait tout à fait à son aise et elle souriait. Décontenancé, Joan ne savait pas comment entamer la conversation.

D'une certaine manière, cette femme l'impressionnait. Elle se montrait sûre d'elle. Ses yeux dégageaient une force qui imposait le respect. Sa façon de se tenir, de s'habiller ou de parler le fascinait. Il chassa rapidement de son esprit cette sensation d'attirance qui s'était fait jour lors de leur première entrevue.

Elle rompit le silence qui devenait pesant.

– Je suppose que vous avez lu les cahiers que votre mère a écrits et que vous vous posez bien des questions ?

– Oui. Je les ai lus et relus. Je porte un immense attachement à ces lignes, à ces mots... À eux seuls, ces cahiers symbolisent la présence éternelle de ma mère auprès de moi.

Le sourire de Maria s'effaça.

– Comme je vous comprends, Joan ! Comme je vous comprends...

Elle redressa son menton.

– Je pense que vous avez découvert beaucoup de détails sur votre mère. Vous savez maintenant qui était votre père. Mais j'imagine que vous attendez de moi bien d'autres précisions !

– Oui. J'espère bien que vous pourrez répondre à mes interrogations !

– Je vous écoute, monsieur Feixas.

– Tout d'abord, je voudrais savoir comment vous

m'avez retrouvé ?

Maria parut amusée par cette question.

– Aujourd'hui, quoi de plus simple avec les moyens informatiques ? Quelques clics et vous obtenez l'annuaire le plus complet de France.

Cette évidence énerva Joan. Il ne releva pas…

– Pourquoi ne pas m'avoir appelé plus tôt, puisque vous aviez mon numéro de téléphone ?

– Il y a quelque temps encore, j'ignorais complètement l'existence de ces cahiers. Deux semaines avant son décès, nous avions recueilli ma mère chez nous. D'après les médecins, ses jours étaient comptés. Elle logeait à côté, dans cette chambre…

Elle avait jeté un regard attendri en direction de la porte entrouverte.

– Peu de temps avant sa mort, elle était tellement faible que je lui servais ses repas dans sa chambre. Ce jour-là, elle a refusé de manger. Ça ne m'a pas étonnée. Depuis quelque temps, elle ne s'alimentait presque plus. Elle ne buvait que très peu. Seulement quelques gouttes d'eau que je versais sur ses lèvres. Elle m'a regardée et elle s'est mise à pleurer… J'ai… j'ai tout de suite pensé qu'elle souffrait. J'ai préparé le traitement antidouleur prescrit par le médecin. Elle a ouvert les yeux et elle m'a dit qu'elle n'avait plus besoin de ces médicaments. Qu'elle voulait seulement se confesser ! Je ne comprenais pas, car je savais ma mère complètement athée. Étonnée, je lui ai demandé :

« Tu veux te confesser auprès d'un prêtre ? »

« Non, Maria ! C'est à toi que je veux dévoiler mes fautes ! »

Croyez-moi ! À cet instant, ces paroles m'ont causé une souffrance aussi intense qu'une brûlure. Mais peut-être avais-je mal compris ?

« Dévoiler quoi ? Quelles fautes ?

Elle m'a demandé de m'asseoir près d'elle.

« Je vais t'expliquer ! »

Joan, attentif, se redressa. Émue, Maria marqua une pause. Peu à peu, elle retrouva de l'assurance.

– Voilà ce que ma mère m'a confié. Ce sont ses mots…

« Le 8 juin 1944, nous avons appris que les Américains venaient de débarquer en Normandie. Dans le pays, malgré l'occupant, beaucoup exultaient. D'autres chantaient la Marseillaise à tue-tête. Des drapeaux bleu, blanc, rouge fleurissaient aux fenêtres des maisons. Cette annonce signifiait, pour les Allemands, le début de la fin. Dans nos rangs, une certaine insouciance s'était installée. Certains se sont imaginés capables d'attaquer les troupes basées à Prades. D'autres prétendaient rejoindre les alliés sur le front de l'ouest. Compte tenu de l'euphorie qui nous gagnait, nous nous sommes retrouvés, durant quelques jours, dans l'incapacité de définir quelle conduite tenir. De-ci de-là, des groupes de combattants émergeaient de nulle part. Tout le monde se sentait pousser des ailes et voulait en découdre alors que nous, nous combattions depuis le début, dans l'ombre. Heureusement, nos chefs ont su réagir et ont rapidement rétabli l'ordre. Par la force, parfois… Dans cette pagaille, il a fallu reconstituer les bataillons, forcer les plus méritants à assumer des fonctions d'encadrement, à contraindre certains à l'obéissance, au maniement des armes, à corriger et organiser les actions à venir. À partir de là, nos missions d'agents de liaison ont doublé. »

Maria marqua une pause. Elle proposa un autre café à Joan qui refusa. Elle se leva et alla dans la cuisine. Elle revint avec une nouvelle tasse et se rassit. Joan discerna un malaise chez elle.

Il déclara :

— Si vous décidez de ne pas continuer maintenant, je le comprendrais parfaitement !

Elle répliqua :

— Je vous remercie de votre attention, mais ça va aller. C'est juste que… l'émotion me submerge. Quand ma mère a relaté ces faits, elle était très faible et je voyais qu'elle faisait de gros efforts pour trouver la force de poursuivre.

— Prenez votre temps ! assura Joan.! Prenez votre temps !

Maria avala son café et elle reprit :

— Ma mère gardait les yeux fermés. Ses lèvres s'étaient pincées, mais elle a persisté.

« Je devais porter mes messages de plus en plus loin. Il m'est même arrivé d'aller jusqu'à Perpignan. Parfois, c'est vers la montagne que j'ai dû me rendre, dans le Capcir. Tantôt, je voyageais en train, tantôt, en autocar. Les contrôles se multipliaient dans les gares et sur les routes. Les arrestations allaient bon train à cause des dénonciations, mais aussi parce que beaucoup, galvanisés par l'avancée des Alliés, relâchaient leur vigilance. Tous les jours nous parvenaient des signalements de personnes torturées et passées par les armes. J'avais peur, mais je devais continuer, coûte que coûte. Au milieu de toute cette pagaille, quelques informations nous redonnaient le moral. La réunification du maquis Henri Barbusse en était un bon exemple. Vaincu, quelques mois plus tôt, il s'était reformé aux anciennes mines de fer de la Pinosa. Puis, le 29 juillet, il y a eu l'attaque de la villa Lafabrègue, le siège de la Gestapo à Prades. Le lendemain, alors que je m'acheminais en vélo vers Los Masos, je me suis retrouvée bloquée à un barrage routier. Les soldats allemands, les miliciens et les gendarmes fouillaient tous les véhicules qui se présentaient à eux. Sur le bas-côté, de pauvres gens, bras levés sous la menace des fusils, attendaient, près de leurs bagages ouverts, que ceux-ci soient inspectés. »

— Là encore, ma mère a interrompu ses confessions. J'avais conscience qu'elle peinait, mais elle a souhaité continuer.

« J'avais caché mon message dans mon soutien-gorge. Un gendarme s'est approché de moi. Mais comme je ne portais qu'un chemisier léger, il a remarqué que mon sous-vêtement présentait une anomalie. Un bourrelet. Certainement que la lettre s'était déplacée pendant que je pédalais et je ne m'en étais pas aperçue. Il l'a immédiatement signalé aux miliciens qui se sont littéralement jetés sur moi. Ils ont récupéré le message et ils ont continué à me palper. Je pense qu'ils voulaient s'assurer que je ne cachais pas d'armes, ou un autre message. Puis sans ménagement, deux d'entre eux m'ont menottée et m'ont conduite, jusqu'à la villa Pradoux. Dans les rues, les personnes que nous croisions me regardaient avant de détourner rapidement la tête… Je me suis retrouvée dans une cellule sombre qui sentait le moisi. À l'origine, cette pièce devait servir de cave. Petit à petit, je me suis habituée au demi-jour apporté par le peu de lumière qui filtrait entre les planches obstruant l'ouverture. Il n'y avait pas de meubles… Je me suis effondrée, car je connaissais le sort réservé aux personnes emprisonnées, surtout aux femmes… »

— Je ne voulais pas qu'elle continue. Elle tremblait comme une feuille. Mais puisqu'elle paraissait résolue à s'exprimer coûte que coûte, j'ai renoncé à l'en empêcher…

« Je me suis adossée contre une des parois et je me suis laissée glisser par terre. J'ai plaqué mes mains sur mes oreilles et j'ai fondu en larmes. J'ai dû m'endormir… Il faisait nuit quand un homme est venu me chercher. Malgré la saison, j'avais froid. Quand il m'a conduite à l'étage, j'ai entendu, de manière diffuse, des cris et des pleurs. Mes jambes ne me portaient plus. Les bras liés derrière le dos, j'avançais comme un automate désarticulé. Je suis entrée dans une pièce à peine éclairée par une lampe disposée sur un bureau en bois. De lourds rideaux de velours rouge dissimulaient les fenêtres. Mon gardien m'a aidé à m'asseoir sur une chaise disposée devant le secrétaire, puis il est sorti, sans un mot. Je ne peux pas dire combien de temps j'ai attendu là, mais mon corps n'en pouvait plus. Je ne sentais plus mes mains engourdies par les liens. Ma tête roulait à droite, à gauche. Par moment, je perdais conscience. J'avais soif. Des spasmes tordaient mes intestins… »

— Elle a à nouveau pleuré, confia Maria. Elle a versé toutes les larmes de son corps puis elle a continué dans un chuchotement.

« Un autre homme est entré. Il était très jeune. Entre vingt-cinq et trente ans à peine. Il portait, comme les miliciens, un pantalon noir et une chemise beige ouverte sur son torse. Il m'a regardée et il m'a calmement demandé mon nom et mon prénom. Je les lui ai fournis et il les a notés sur un registre. Ses yeux bleus me sondaient, me transperçaient. Son visage, sa chevelure blonde, sa voix douce incitaient plus à l'apaisement qu'à la méfiance. Mais encore consciente, je me méfiais. Puis il a brandi le message que je transportais sur moi au moment de mon arrestation. Il m'a demandé à qui il était destiné. Je n'ai pas répondu. J'ai soutenu son regard. Il s'est levé et il s'est mis à tourner autour de moi. On aurait dit un lion en cage… Un rictus déformait ses lèvres. Il s'est rassis et a renouvelé sa question. Comme je ne réagissais pas, il s'est dressé d'un seul coup. Sa chaise a valdingué de l'autre côté de la pièce. J'ai tout de suite compris qu'il avait perdu patience et que j'allais subir sa colère. Il s'est approché de moi et il m'a giflé avec une telle violence que sur le coup, j'ai cru que les os de ma nuque s'étaient brisés. Lentement, j'ai redressé la tête, des larmes de douleur coulaient de mes yeux. Comme sa main avait frappé mon oreille, un bourdonnement infernal transperçait mon cerveau. À nouveau, j'ai soutenu son regard. Il s'est mis à hurler en m'assurant que j'allais finir par parler. Et là, un déluge de gifles, de coups de poing, s'est abattu sur moi. J'ai rapidement perdu connaissance. Lorsque j'ai retrouvé mes sens, je me trouvais allongée à même le sol de ma cellule. Mon visage baignait dans une mare de sang. Une douleur épouvantable s'était propagée dans tous les membres de mon corps. Je me suis redressée, tant bien que mal, et j'ai pris conscience que mes lèvres avaient doublé de volume.

Mes paupières gonflées brouillaient ma vue. Dans ma bouche, j'avais un goût de sang. En passant ma langue sur mes dents, j'ai constaté qu'il me manquait une incisive. Puis, j'ai senti une odeur infecte. J'ai rapidement compris que ce relent provenait de mon corps. Sous moi, mon urine se mélangeait à mes excréments. J'avais honte ! Mon Dieu, quelle humiliation… Près de moi, j'ai découvert un seau d'eau. Je me suis littéralement jetée dessus. J'ai bu jusqu'à plus soif et avec le peu de liquide qui restait, je me suis lavée. Enfin, comme j'ai pu ! Et là, une effroyable question a germé dans mon esprit : est-ce que j'avais parlé ? Je ne pouvais pas répondre… Après mon évanouissement, je ne me souvenais plus de rien. Je me suis tassée sur moi-même et je me suis endormie. Plus tard, dans la journée, quelqu'un s'est introduit et a déposé devant moi une écuelle. Comme je voyais mal et que je sortais d'un sommeil troublé, je n'ai pas pu découvrir qui était entré. J'ai rampé, j'ai attrapé le plat et avec mes doigts, j'ai mangé… Quand mon gardien est revenu me chercher, la nuit était tombée. Il m'a aidée à me lever et il m'a conduite dans cette affreuse pièce. Il devait me soutenir, car je ne tenais pas sur mes jambes. Mon tortionnaire se trouvait déjà là. Je suis restée debout et lorsqu'il m'a demandé si j'avais réfléchi à la question, j'ai su que je n'avais pas parlé. Pas encore… »

– À ce moment-là, j'ai exigé qu'elle s'arrête, souffla Maria. Cette épreuve n'avait que trop duré ! Elle s'est couchée et elle s'est endormie. Quand elle s'est réveillée, quelques heures plus tard, elle a tenu à me raconter la suite. Malgré l'heure avancée, j'ai accepté. Elle a voulu s'asseoir dans le lit, alors j'ai calé son dos avec des oreillers. Je n'en revenais pas de la force qu'elle déployait…

« Lorsque je suis revenue à moi, j'ai tout de suite éprouvé de telles douleurs qu'à nouveau j'ai perdu connaissance. Puis lentement, je me suis remise. J'étais allongée sur le côté. J'ai ouvert les yeux. Devant moi, un gros cafard noir semblait me regarder. J'ai toussé et j'ai craché du sang. J'ai voulu me redresser, mais quand j'ai posé mes mains sur le sol pour m'aider, j'ai ressenti une douleur terrible. J'ai crié. J'ai regardé les doigts de ma main droite… Je n'avais plus d'ongles. »

— Quand elle a évoqué ce point, je me suis souvenue que lorsque j'étais enfant je lui demandais souvent pourquoi elle n'avait pas d'ongles à ses mains. Elle me répétait toujours qu'elle était née ainsi, avec cette malformation. Cet aveu m'a terriblement blessée, mais je n'avais pas encore tout entendu…

« Les heures ont défilé. De temps en temps, j'entendais des bruits, des râles étouffés, des cris lointains. Le temps m'a paru bien long. J'avais peur. Je me suis repliée sur moi-même. Mon gardien est entré et a déposé au sol l'écuelle d'eau et de quoi me nourrir. Pour mes besoins, je disposais d'un autre récipient qu'il venait régulièrement vider dans une cuve qu'il transportait sur un chariot à roulettes. Cet homme ne se pressait pas. Il me dévisageait longuement, sans un mot, sans compassion, puis il refermait la porte derrière lui. J'étais en vie, mais la question était toujours la même : est-ce que j'avais parlé ? »

– À ce point de son récit, ma mère a attrapé mes mains. Elle a planté son regard dans le mien et elle a avoué :

« La réponse à cette question ! Je l'ai rapidement obtenue. Mon gardien est venu me chercher pour me conduire vers mon lieu de torture. Lorsque je suis entrée dans la pièce, j'ai tout de suite remarqué les deux chaises devant le bureau. Une des deux était occupée. Mon bourreau m'a demandé de m'approcher. J'ai obéi et quand j'ai découvert le visage de Paula, je me suis effondrée. Je l'ai regardée. Elle paraissait inanimée. Sa tête penchait sur le côté. Des touffes de cheveux s'éparpillaient sur le sol. J'ai tout de suite compris que quelqu'un les lui avait arrachés. Le milicien souriait. Il m'a remercié pour les informations que je lui avais fournies et il a précisé que celles-ci lui avaient permis de démanteler notre réseau… J'ai pleuré, j'ai crié, j'ai vomi toute la haine que je portais à cet homme. Il m'a simplement annoncé que Paula n'avait pas parlé, mais que ce n'était qu'une question de temps, que tôt ou tard, il lui ferait avouer où se trouvaient les salauds de communistes espagnols. J'ai vu mon gardien à la porte. J'ai ressenti une délivrance et j'ai pensé que ce soir je n'allais pas encaisser de coups. Avant de quitter la pièce, je me suis tournée vers Paula. Elle ne bougeait toujours pas. De retour dans ma cellule je me suis mise à sangloter… Ainsi j'avais parlé… J'avais certainement donné tous les noms de mes contacts puisque Paula se trouvait là, torturée comme moi. Je me maudissais, moi qui m'étais crue capable de résister à la douleur, moi qui m'étais juré de la supporter. À cause de moi, de nombreuses personnes allaient souffrir, dans leur chair, dans leur âme, ou pire encore… Comment allais-je surmonter ce déchirement ? Comment allais-je pouvoir me racheter ? Est-ce que j'en avais vraiment la possibilité ? J'ai estimé que deux jours s'étaient écoulés quand la porte de ma cellule s'est à nouveau ouverte. Mon gardien tenait Paula par les bras. Il l'a conduite au milieu de la pièce. Je me suis levée aussitôt, pour m'avancer vers elle. L'homme m'a rejetée en arrière et m'a ordonné de ne pas bouger. Paula m'a souri, mais elle grimaçait. Dans ses yeux, j'ai pu lire une immense indulgence. Puis, notre tortionnaire est entré. Il a enjoint à Paula de s'asseoir à même le sol. Avec son regard sans expression, il l'a observé un moment, puis il lui a intimé de se taire… Il s'est porté à ma hauteur et il m'a plaquée au sol. Il s'est appuyé sur mes jambes… Il a relevé ma robe… Il a baissé son pantalon et son caleçon, et là, il a commencé à me violer…

Joan, abasourdi, planta ses doigts dans l'accoudoir du canapé. Aucun mot ne sortait de sa bouche. Maria pleurait. Elle attrapa un mouchoir en papier et essuya ses larmes. Elle toussota et respira avidement. Les lèvres tremblantes, elle ajouta :

– Cette horreur s'est reproduite plusieurs fois, dans les mêmes conditions. Pendant qu'il abusait d'elle, il… il la giflait tout en regardant Paula. Il la traitait de salope… et les coups pleuvaient…

Joan se leva et marcha devant lui tant la douleur qui l'assaillait de toute part le martyrisait. Il s'immobilisa près d'une fenêtre et il considéra le paysage sans pour autant y porter le moindre intérêt. Ses pensées se situaient bien ailleurs et malgré l'envie de hurler qui le taraudait, il préféra réfréner sa colère.

Bon nombre d'explications aux questions qu'il s'était posées durant toute son existence, et auxquelles personne n'avait jamais vraiment répondu, jaillissaient à présent dans son esprit. Il revint vers Maria. Elle lui proposa de s'asseoir. Il acquiesça.

Elle reprit la parole :

– Je suis née neuf mois plus tard !

Joan tressaillit. Il ne s'attendait pas à cette énième révélation, à ce coup fatal. Pourtant, il pensait avoir tout entendu.

— Mais alors ! Ça veut dire que…

— Oui Joan, nous avons tous les deux le même sang qui coule dans nos veines, celui de Julien Pagès, milicien à Prades de 1943 à 1944.

Il blêmit et il resta prostré dans le canapé, incapable de réagir. Maria se leva et alla chercher une carafe d'eau. Elle le servit.

Les yeux hagards, il tentait de retrouver son bon sens.

— Mais alors, peux-tu me dire comment ta mère a pu survivre à toutes ces épreuves ?

— J'allais y venir, Joan !

Il remarqua qu'il l'avait tutoyée.

Il balbutia :

— Il me faudra du temps pour avaler tout ça ! Beaucoup de temps !

— Je sais et je te comprends ! Je suis passée par là ! Pour répondre à ta question, je dois revenir à cette époque, à cet été 1944.

Joan redouta un instant un nouveau déluge de révélations épouvantables.

Il lança un regard interrogateur à Maria qui, en retour, se voulut rassurante.

— Je ne te cacherai rien, Joan ! Je pense qu'aujourd'hui tu es en droit de tout savoir ! Ma mère a eu la vie sauve, c'est vrai, grâce à Arnau !

— Arnau ? aboya Joan. Mais que vient-il faire dans cette histoire ? J'ai lu les cahiers de ma mère, il ne connaissait pas la tienne que je sache ?

– Tu as raison ! Ils ne s'étaient jamais rencontrés avant ! Laisse-moi te préciser comment leurs destins se sont croisés !

– C'est aussi ta mère qui t'a révélé ça ?

– Oui, c'est elle ! Mais crois-moi, à ce moment-là elle ne ressentait aucune envie d'inventer quoi que ce soit !

– Oui, certainement ! Je suis désolé ! Je t'écoute !

– Voilà ce qu'elle m'a divulgué :

« Ce calvaire a duré plusieurs jours. Lors de chaque viol, je croisais le regard de Paula. Elle ne pleurait plus. Au contraire, son visage, ses yeux affichaient une expression d'arrogance qui m'impressionnait. Par son attitude, elle bravait cet homme qui me salissait et qui, au plus profond d'elle, la martyrisait cruellement. Le comportement de Paula m'a donné la force de supporter, le courage de me rebeller, moi aussi ! J'étais décidée à ne plus me laisser faire. Je me sentais prête à me révolter quitte à perdre la vie. Mais le lendemain, la porte de ma cellule est restée fermée. Personne n'est venu me chercher. J'ai tendu l'oreille, mais je n'ai perçu que quelques râles étouffés. Au lever du jour, le même calme régnait. J'ai tambouriné à la porte, j'ai appelé, sans aucun résultat. À ce moment-là, j'ai compris que quelque chose d'anormal s'était produit. Dans l'après-midi, j'ai entendu des bruits sourds puis des voix. Quelques instants plus tard, je me suis retrouvée face à un homme déguenillé qui brandissait un fusil. Hébétée, je suis sortie de ma cellule et je me suis immédiatement dirigée vers la lumière, vers la liberté. Une fois dehors, j'ai hurlé… Un des combattants qui m'avait libérée s'est approché de moi et m'a demandé si je savais où était Paula. Je n'ai pu répondre. Je pensais que comme moi, elle venait d'être délivrée. Il est parti en courant vers la villa et n'en est ressorti qu'une heure plus tard. Pendant ce temps, une femme m'avait entourée d'une couverture, car je claquais des dents malgré la température extérieure élevée. Elle m'avait également offert une tasse de café chaud que j'ai bue, assise sur le perron, face au soleil. Quand l'homme est revenu, j'ai remarqué sa pâleur. Il s'est posé près de moi et, les yeux hagards, il a dit qu'il ne l'avait pas trouvée. Qu'elle n'était pas là ! Comme je lui ai demandé pourquoi il tenait tant à la retrouver, il m'a répondu qu'il s'appelait Arnau et que Paula faisait partie de son groupe. Alors, je lui ai raconté notre rencontre au camp d'Argelès-sur-Mer, notre contact à Villefranche-de-Conflent, notre dernière entrevue à Escaro, ma dénonciation, mes tortures… Il m'a écoutée, sans un mot, puis il s'est levé. Il a marché devant lui sur quelques mètres, et il est revenu vers moi, en me disant qu'il connaissait tout ça, toute cette histoire… Et comme je paraissais étonnée, il m'a révélé que Paula avait tout écrit dans dix cahiers qu'elle lui avait donnés, peu de temps avant son arrestation… Quelques mois plus tard, alors que la France se libérait petit à petit de la domination des nazis, Arnau est venu me retrouver à Escaro. Je me cachais, dans ce village, de la même manière qu'un rat dans son trou. Ma honte, comme mon ventre, enflait de jour en jour. J'étais étonnée de le voir à la porte de la maison. Je ne m'attendais pas à ce qu'il veuille encore me voir, me parler… Dans ses mains, il tenait un paquet attaché avec une corde fine. Marta, ma cousine, lui a servi à boire et elle est sortie en nous laissant seuls. Arnau a déposé son paquet sur la table. Dans son regard, j'ai deviné de la douleur. Il m'a tendu les cahiers de Paula en me disant que c'était sûrement ce qu'elle aurait voulu, que j'en fus l'héritière ! J'ai posé mes mains sur le colis et j'ai pleuré. Il a ajouté qu'il savait ce qu'il était arrivé à Paula ! Je tremblais comme une feuille quand il a commencé à parler…

« Lorsque les Allemands ont commencé leur repli, avec mes compagnons, nous avons rejoint les partisans français qui quittaient les montagnes. Ensemble, nous avons entrepris de nettoyer les villages du Conflent et délivrer Prades. Dans cette ville, notre premier objectif a été de nous rendre, le plus vite possible, au siège de la Gestapo. Mais quand nous sommes arrivés, nous l'avons trouvé complètement déserté. Alors, nous nous sommes dirigés vers la villa Pradoux. Comme pour la villa Lafabrègue, plus aucun milicien n'occupait les lieux. C'est là que nous t'avons trouvée et libérée, comme deux autres pauvres gars bien mal en point. Ensuite, nous nous sommes rendus à Perpignan, pour aider nos camarades à finir le travail. Beaucoup d'entre eux ont continué vers Narbonne, Béziers, et plus loin encore. D'autres encore, voulaient rejoindre les troupes de Leclerc qui avançaient vers l'Allemagne. Moi j'avais en tête un autre projet. Je suis revenu à Prades et je me suis porté volontaire pour inventorier, trier et étudier tous les documents retrouvés à la villa Lafabrègue. Il m'a fallu plus d'un mois pour mettre de l'ordre dans ce foutoir car, lors de leur débâcle, les Allemands avaient commencé à détruire leurs archives. À force d'un travail acharné, j'ai fini par récupérer les éléments de ton dossier et celui de Paula. Je peux t'affirmer que ce que j'y ai trouvé me paralyse encore. Comme les Allemands détaillaient scrupuleusement tous leurs rapports, j'ai pu découvrir les circonstances de vos arrestations, mais aussi l'identité de vos contacts, les accusations, les jugements, les sentences et surtout… le nom de votre tortionnaire. »

Quand il a évoqué ce sujet, j'ai éprouvé de la honte. Mais, sur l'instant, ce qui me préoccupait le plus était de savoir ce qu'il était advenu de Paula. Arnau m'a apporté la réponse.

« Quand les Allemands ont eu vent de l'arrestation de Paula, ils ont exigé que les miliciens la leur livrent. Certainement qu'ils voulaient continuer de l'interroger à leur façon… Je n'ai récupéré aucun compte-rendu concernant cet épisode. D'ailleurs, je préfère ne rien savoir des souffrances qu'elle a pu endurer. »

En prononçant ces mots, la voix d'Arnau s'est étranglée dans sa gorge. Il a eu beaucoup de peine à poursuivre son récit.

« Je ne sais pas si elle a parlé et je ne veux pas le savoir. Ce que j'ai appris c'est qu'elle devait être transférée vers la citadelle à Perpignan et que le camion qui les transportait, elle et plusieurs autres prisonniers, a été attaqué par des partisans, sur la route, en aval d'Ille-sur-Têt. Dans la pagaille, Paula aurait tenté de fuir, mais à l'instant où elle descendait du fourgon, elle serait tombée, fauchée par plusieurs balles. Je n'ai eu aucune difficulté à identifier le groupe qui a procédé à cet assaut. J'ai pu retrouver un des hommes qui y avait participé. C'est lui qui m'a tout expliqué. Paula et les autres morts ont été enterrés dans une fosse commune près du village.

Je me suis révoltée. Je lui ai demandé :

– Mais alors elle a été enterrée avec des Allemands ?

« Oui, à coup sûr », m'a répondu Arnau.

Une nouvelle fois, je me suis effondrée, abattue par ces révélations, dévastée par mon remords. Moi je vivais, je pouvais marcher, parler, penser, aimer. Mais en avais-je encore le droit, car par ma faute, ma petite Paula, ma chère Paula était morte. À cause de moi, de mon manque de courage, elle n'avait connu, tout au long de son existence, que les pires douleurs… Arnau me regardait l'air absent, perdu dans ses idées. Je l'ai encore questionné :

– Notre bourreau, tu sais qui c'est ?

« Oui. Il se nomme Julien Pagès. Quand tu liras les cahiers de Paula, tu découvriras qui il était et l'attachement qu'elle lui portait. D'après mes renseignements, il se cache dans les mines, à Taurinya, celles où il a travaillé après l'armistice. »

À cet instant, nous nous sommes regardés. J'ai décelé dans ses yeux la même détermination que la mienne. Le lendemain au lever du jour, nous sommes partis à Taurinya. Nous avons atteint les mines en fin de matinée. Depuis quelques semaines, faute de main-d'œuvre, plus personne ne travaillait. Nous nous sommes dirigés vers les baraquements. Le gardien, qui se trouvait là, nous a presque insultés et nous a demandé ce que nous faisions là, que nous n'avions pas le droit, que c'était un terrain privé ! Arnau s'est avancé et il a discuté un moment avec lui. Puis il est revenu, en me montrant l'entrée d'une galerie. Il m'a dit :

« Il est là-bas ! Viens, suis-moi ! » Je lui ai demandé pourquoi cet homme avait dévoilé où se cachait Julien. Il a souri et il m'a répondu qu'il avait fait comprendre que s'il ne parlait pas, s'il s'entêtait à cacher un collaborateur notoire, il allait avoir de gros ennuis. Près de l'entrée, un appentis abritait tout un lot de lampes à carbure. Arnau en a pris une et nous sommes rentrés dans la mine. Nous avons marché dans la pénombre un bon moment. Les galeries s'éparpillaient dans tous les sens. Par chance, à chaque intersection, nous avons trouvé des panneaux numérotés. Moi je suivais Arnau qui paraissait sûr de lui et de son parcours. Au bout d'un conduit étroit, nous avons aperçu une lueur. Arnau a plaqué sa main sur ma bouche et m'a demandé de ne plus parler. Stupéfaite, je l'ai vu extraire, de l'intérieur, de sa chemise, un gros revolver. Durant tout notre trajet, je n'avais absolument pas remarqué qu'il portait cette arme sur lui. Lentement et sans bruit, nous nous sommes rapprochés. Près du front de taille, nous avons découvert une toile de tente. Un homme se tenait assis non loin d'un feu d'où s'échappaient des odeurs de poisson frit. Tout à coup, il s'est redressé et il a regardé dans notre direction. Arnau s'est avancé et a crié « Ne bouge pas ou je te descends ! » L'autre s'est immobilisé. À mon tour, j'ai marché vers lui et je l'ai immédiatement reconnu. C'était bien Julien Pagès, notre persécuteur. Il m'a sans doute identifiée, mais son visage ne montrait aucune peur, pas la moindre émotion. Quand il s'est adressé à moi, un petit sourire au coin des lèvres, je suis restée sidérée. « Inés ! Comme je suis heureux de te revoir bien que je ne sois pas surpris ! Ah, on en a passé du bon temps ensemble, hein ? Mais je suis convaincu que j'aurais dû t'abattre quand j'en avais encore l'occasion ». Il n'a pas terminé sa phrase. Arnau venait de lui tirer une balle dans la tête. »

Voilà son histoire, Joan… Mais tu dois savoir aussi que ma mère m'a élevée toute seule. Qu'elle ne s'est jamais mariée et qu'elle n'a pratiquement jamais quitté Escaro ! Quelques heures avant sa mort, elle m'a avoué qu'à plusieurs reprises elle s'était rendue dans la plaine, du côté d'Ille-sur-Têt, qu'elle avait cherché la sépulture de Paula. Elle avait questionné les gens, les élus des communes environnantes, mais en vain… Personne n'avait entendu parler de ce fait de guerre. Nul ne connaissait la présence sur leur territoire d'une fosse commune. Elle m'a également dévoilé qu'au mois de juin 1955, elle avait reçu un courrier officiel, l'informant qu'elle devait obtenir la Croix du combattant volontaire de la résistance. Mais elle n'a pas voulu accepter cette médaille. Elle pensait qu'elle ne la méritait pas. Elle ne s'est pas présentée à la cérémonie.

Maria se leva à nouveau, abandonnant Joan à sa méditation. Celui-ci tentait de mettre de l'ordre dans ses idées. Cet amoncellement de révélations le laissait quelque peu désarçonné. Elle venait de se confier à lui. Elle avait tout déballé alors qu'elle aurait pu se taire et conserver l'honneur de sa mère intact.

Elle revint s'asseoir et planta ses yeux dans les siens. Ce qu'elle y découvrit parut la réconforter. Il lui sourit.

– Merci, Maria ! Merci pour ton courage ! Je ne suis pas certain qu'à ta place j'aurais agi de la même façon. Le destin de nos mères nous a réunis. Moi, je ne souhaite pas divulguer leur histoire. Elle leur appartient et ce n'est pas à nous de les juger. À présent, seul nous incombe le devoir de la préserver. Et puis, je dois t'avouer que le lien qui nous unit symbolise pour moi la parenté que je n'ai jamais connue et qui m'a tant manquée durant toute mon existence.

Maria pleurait. Elle se leva en même temps que Joan et dans un élan fraternel ils s'étreignirent. Ils demeurèrent ainsi pendant un long moment avant que Joan la questionne.

– Et sais-tu ce qu'il est advenu d'Arnau ?

– Ma mère m'a seulement dit que quelques mois après la fin de la guerre, elle avait reçu une carte postale d'Arnau. Elle provenait d'une province retirée de l'ouest de l'Argentine. Il voulait continuer sa vie dans ce pays, il y avait trouvé la paix. C'est le seul courrier qu'elle a reçu de sa part.

Joan esquissa une moue. Il trouvait bien dommage de ne pas en savoir plus sur la destinée de cet homme. L'attachement que sa mère et lui avaient partagé s'était à présent effacé et disparu dans la plus totale indifférence.

À sa surprise, Maria lui demanda :

– Accepterais-tu de me parler de toi, de ton enfance, de ton parcours jusqu'à aujourd'hui ? Mais aussi, retracer le parcours de tes grands-parents ? Celui d'Anna ou encore celui de ta tante m'intéresse aussi !

Joan ne se montra pas étonné par cette requête qu'il trouva bien légitime. Maria avait lu les cahiers de sa mère, quoi de plus normal qu'elle veuille aussi connaître l'épilogue de leur histoire… Mais parler de lui ou de sa famille lui avait toujours déplu, car au fil des années, il s'était jugé démuni de tous repères, de toutes traces. Mais pour elle, pour Maria, il se résigna et il lui adressa un sourire avant de commencer.

– Je n'ai que très peu de souvenirs de mon enfance. Quand j'ai été en âge de poser des questions, ma grand-mère s'est toujours montrée évasive. Ou alors, elle éludait mes demandes. Chaque fois, elle me répondait : « Tu as passé les premiers mois de ta vie en forêt ! Comme Robin des bois ! ». Ce qui m'a été rapporté, c'est que Claudi a été le premier à apprendre l'arrestation de ma mère. Il n'a pas hésité un seul instant. Il savait que des miliciens allaient rapidement débarquer chez eux. Il a quitté son travail et il s'est précipité à Taurinya. Après avoir réuni le strict nécessaire, toute la famille s'est enfuie dans la montagne, côté espagnol. Là-bas, il connaissait une bergerie abandonnée et nous y sommes restés jusqu'à la fin de la guerre. Il a bien fait, car le même jour, les miliciens ont cerné et envahi la maison. En désespoir de cause, ils l'ont pillée et incendiée.

Longtemps, j'ai retiré beaucoup de fierté de pouvoir raconter toute cette histoire à mes camarades de classe. Bien sûr, j'ai souvent demandé à ma grand-mère, à Claudi ou à Antonia pourquoi, je n'avais pas de papa ni de maman, comme les autres.

Je comprenais bien que je dérangeais en posant ces questions, mais les réponses données ne me satisfaisaient pas du tout et le plus souvent j'entendais : « Ton père est mort pendant la guerre ! Ta mère a été une combattante, une résistante ! Tu peux être fier d'elle !

— Ils ont agi de cette façon pour te protéger ?

— Oui ! Certainement ! Mais je sentais bien que personne ne me disait la vérité. Anna elle-même ne sait rien de tous ces événements. Un jour, je lui donnerai à lire les cahiers. Il faut qu'elle sache… Après la guerre, ma grand-mère s'est installée à Perpignan avec Anna et moi. C'est elle qui nous a élevés. Heureusement, elle a pu trouver du travail dans un atelier de couture. Au cours des années qui ont suivi, elle et Antonia ont entrepris des recherches afin de retrouver la trace de mon grand-père. Elles se sont déplacées plusieurs fois à Toulouse en vue de rencontrer d'anciens combattants. Mais ces investigations n'ont rien donné.

La seule information qu'elles ont pu obtenir, c'est que mon grand-père faisait partie des treize mille guérilleros ou vétérans qui s'étaient portés volontaires pour participer, dans le Val d'Aran, à « l'opération reconquête de l'Espagne ». Elles ont aussi appris que cette invasion avait échoué et que beaucoup de ces combattants n'étaient pas revenus.

Maria s'aperçut que Joan peinait à s'exprimer. Elle ne broncha pas.

— Pendant les vacances, je retournais régulièrement chez Claudi et Antonia. Même si je n'étais qu'un jeune enfant, je revois les stigmates de l'incendie, les murs extérieurs noircis par la fumée qui s'était échappée par les fenêtres, les vitres brisées, la vaisselle renversée. Ces images sont gravées dans ma mémoire. Je ne les oublierais jamais. Petit à petit, Claudi a retapé la maison afin de la rendre à nouveau habitable. Il a réussi à lui redonner son aspect initial. Il s'est toujours conduit avec moi comme un père, avec sagesse. Nous étions très proches. Il a su se montrer attentionné, lors de mes maladresses. Il a trouvé les mots justes pour me remettre dans le droit chemin. Cette éducation m'a permis de traverser mon adolescence dans de bonnes conditions. Il m'a initié à la pêche, appris à reconnaître les champignons, à cultiver les tomates ou les pommes de terre. Quand j'ai eu dix-huit ans, c'est lui qui m'a offert ma première moto. Elle n'était pas neuve, mais je m'en moquais. Plus que d'un engin dont je rêvais, c'est de la liberté qu'il m'a gratifié. Pour ma scolarité, c'est Anna qui m'a aidé. Elle fréquentait le lycée Arago à Perpignan et pour elle, les mathématiques, l'histoire, la géographie, l'espagnol n'avaient aucun secret. Elle survolait facilement toutes ces matières. Tous les soirs, c'est elle qui me faisait travailler et qui m'a donné le goût des études. Nous logions dans la même chambre. Nous avons aussi partagé nos premiers émois amoureux et nos premières déceptions. Ma grand-mère n'a pas remplacé ma mère, mais durant toute son existence elle s'est démenée sans compter afin de nous offrir, à Anna et à moi, le meilleur. De temps en temps, on la taquinait. On lui affirmait qu'elle était encore belle, qu'elle n'aurait aucune difficulté pour trouver un compagnon. Elle n'a jamais voulu refaire sa vie. Et immanquablement, elle déclarait qu'elle ne le pouvait pas. Mais parfois, je pouvais voir dans son regard, une profonde tristesse qui l'emportait dans des songes d'où elle n'émergeait que des heures plus tard. Elle ne pleurait pas, mais je savais que son cœur saignait. Elle s'est éteinte en 1990. Elle avait quatre-vingt-neuf ans.

Joan marqua un long silence. Ses lèvres frémissaient.

– Anna a poursuivi ses études. Elle est devenue professeur de français et d'espagnol. Elle s'est mariée et elle a deux enfants. Elle vit actuellement à Montpellier. Après mon baccalauréat, j'ai intégré l'école d'Egletons, en Corrèze. Depuis, je travaille dans une entreprise de travaux publics, en tant que conducteur de travaux. Je me suis marié et j'ai deux garçons qui m'ont donné cinq petits-enfants…

À ces mots, il se montra plus détendu. Il demanda :

– J'ai encore une question à te poser !

– Bien sûr, que veux-tu savoir ?

– Qu'est devenue la fondation de Pitt et Yvès Krüger, à La Coûme ?

Maria pouvait lui répondre.

– Cette institution existe encore de nos jours pour le plus grand bonheur des enfants du monde entier qui viennent y séjourner. Elle a été portée à bout de bras par ces gens qui ont déployé un immense courage. Souhaites-tu connaître leur histoire ?

– Évidemment, ma mère a vécu des jours merveilleux là-bas. Elle y a laissé son empreinte !

– En juin 1944, Pitt s'est réfugié dans son abri. Le curé de Mosset l'avait dénoncé. Il n'acceptait pas que l'on puisse donner aux enfants de La Coûme une éducation qui ne fut pas religieuse. Par ailleurs, Pitt était très mal vu par le voisinage étant donné qu'il ne faisait pas la guerre et qu'il était allemand. Mais il a dû se rendre. Les occupants menaçaient de tuer dix enfants au hasard s'il ne le faisait pas rapidement. Il a été enfermé à Perpignan, puis transféré à Paris, à Saarbrücken et enfin à Berlin en tant que prisonnier politique et objecteur de conscience. Pendant ce temps, Yvès est restée seule avec les enfants. Heureusement, plusieurs personnes dévouées l'ont soutenue dans sa tâche. Vers la fin de la guerre, alors que « l'armée rouge » avançait vers l'Allemagne, Pitt fut envoyé sur le front russe où il fut fait prisonnier. En septembre 1945, les granges de La Coûme ont été dévastées par un incendie. Leurs reconstructions a été confiée à des détenus allemands. L'ironie du sort veut que ces hommes aient connu en France le même sort que lui. Il n'est revenu qu'en 1948. Jusqu'à la mort d'Yvès, en 1988, ils ont continué à faire vivre leur communauté et à accueillir de nouveaux enfants. Quelques mois plus tard, Pitt a rejoint Yvès…

Sur le chemin du retour, Joan s'arrêta sur un parking, près du lac de Vinça. Il sortit de sa voiture et il contempla le magnifique coucher de soleil qui embrasait le Canigou. Il se souvint alors des mots que sa mère avait rédigés dans ses cahiers :

« Dans ces moments-là, des émotions me submergeaient et bien fréquemment, cherchant à m'évader, je me tournais vers cette montagne au pic enneigé, vers ce massif majestueux appelé « Canigou ». Cette éminence agissait sur moi comme une immense attraction qui m'éblouissait, et je m'abandonnais, ébahie, devant tant de beauté. »

Printed by Amazon Italia Logistica S.r.l.
Torrazza Piemonte (TO), Italy

43383522R00194